HEYNE <

Reem Sahwil
mit Kerstin Kropac

Ich habe einen Traum

Als Flüchtlingskind in Deutschland

WILHELM HEYNE VERLAG
MÜNCHEN

Originalausgabe 09/2017

Bildnachweis: Ich habe einen Traum (60392)
Bildredaktion: Tanja Zielezniak, Stand: 21.04.2017
Alle Bilder stammen von Susanne Krauss (susanne-krauss.com), mit Ausnahme von: Privatarchiv Reem Sahwil: 1 o., 1 u.; Gettyimages: 2 o., 2 u. (Sam Tarling/Kontributor); Imago: 4 u. (Bildwerk); Picture Alliance: 3 o., U4 (Steffen Kugler/Bundesregierung/dpa).

MIX
Papier aus verantwortungsvollen Quellen
FSC® C014496

Verlagsgruppe Random House FSC® N001967

Beratung: Stefan Linde
Redaktion: Anja Freckmann
Umschlaggestaltung: Hauptmann & Kompanie Werbeagentur, Zürich,
unter Verwendung eines Fotos von: © Gordon Welters/laif
Satz: Satzwerk Huber, Germering
Druck: GGP Media GmbH, Pößneck
Printed in Germany
ISBN: 978-3-453-60392-9

www.heyne.de

Haifa.

Hier schimmert das Mittelmeer in seinem schönsten Azurblau. Breite Straßen sind von haushohen Palmen gesäumt. In üppig bewachsenen Gärten blühen rosa und knallpinke Oleander neben Oliven- und Orangenbäumen. Nirgendwo sind die Früchte saftiger oder die Datteln süßer. Auf den sattgrünen Wiesen der riesigen Parks spielen Kinder Fußball. Juden, Muslime, Christen – alle miteinander.

Alles ist friedlich.

Und alle sind glücklich.

Meine Uroma lehnt sich auf ihrer schmalen Bank zurück – gegen die hässlich graue Wand unseres Hauses. Mit ihrem verwaschenen Stofftaschentuch wischt sie sich eine Träne aus ihrem Gesicht. Es zerreißt mir jedes Mal das Herz, wenn ich die alte Dame weinen sehe. Etwas hilflos blicke ich zu ihr auf. In ihren faltigen Händen dreht sie den Schlüssel zu ihrem alten Zuhause. Diesen Schlüssel trägt sie immer bei sich. Jeden Morgen steckt sie ihn in ihr buntes Gewand mit derselben Selbstverständlichkeit, mit der sie sich jeden Morgen ihr weißes Kopftuch umbindet – und das, obwohl sie ihr Haus in Haifa bereits vor über sechzig Jahren verlassen hat. Für mich ist das unvorstellbar lange her – unendlich lange bevor ich geboren wurde, sogar unendlich lange bevor meine Eltern geboren wurden.

Ein anderes Leben. In einer anderen Zeit.

Doch für meine Uroma ist es, als hätte sie ihre Haustür erst gestern hinter sich zugezogen. Dieser Schlüssel in ihren Händen fühlt sich an wie ein Versprechen, das noch eingelöst werden muss: das Versprechen ihrer Rückkehr.

Ich sitze zu ihren Füßen auf dem lehmigen Boden vor dem Haus, in dem ich mit meiner Familie lebe: mit meinen Eltern, zwei Onkeln und ihren Familien, einer unverheirateten Tante, einem unverheirateten Onkel, Oma und Uroma – insgesamt 24 Personen. Deshalb ist bei uns auch immer viel los. Natürlich. Immerhin sind wir vierzehn Kinder!

In diesem Moment stürmen einige meiner Cousins und Cousinen lachend aus der Haustür ins Freie, an Uroma und mir vorbei, ohne uns zu beachten. Sie sind mitten im Spiel: Fangen – definitiv eine der Lieblingsbeschäftigungen der Kinder hier im Lager. Meine Cousinen kreischen aufgeregt, und meine Cousins warten jedes Mal, bis der Fänger ganz dicht bei ihnen ist, um dann im letzten Moment zu entwischen. Dabei müssen sie sich in den verwinkelten Gassen immer wieder ducken, weil die Stromkabel, die wie bunte Girlanden sämtliche Häuser des Flüchtlingslagers miteinander verbinden, an manchen Stellen ziemlich tief hängen. Sehnsüchtig schaue ich ihnen hinterher – wie gerne würde ich mit ihnen herumtoben!

Weil auch Uroma kurz abgelenkt ist, versuche ich, den Kindern hinterherzurobben. Laufen kann ich nicht, da ich seit meiner Geburt einseitig gelähmt bin – eine Folge der schlechten medizinischen Versorgung hier im Lager. Aber trotz meiner Behinderung lassen mich meine Cousins und Cousinen immer mitspielen – so gut es eben geht. Gerade will ich meiner

Lieblingscousine Doaa zurufen, dass sie auf mich warten soll, da stoppt ein Gehstock meine Flucht. Er steckt plötzlich direkt vor mir im lehmigen Boden.

Frustriert blicke ich an ihm hoch – in das vorwurfsvolle Gesicht meiner Uroma. Leider ist sie selbst mit ihren hundert Jahren noch viel flinker als ich! Resolut treibt sie mich zurück zu ihrer Bank, wo ich mich wieder neben sie setzen soll, um ihr weiter zuzuhören. Uroma liebt es, wenn sie Zuhörer hat. Aber ich bin sechs Jahre alt. Ich will spielen! Trotzig senke ich meinen Blick und schiebe meine Unterlippe vor. Ich finde es gemein, dass ich immer bei der alten Frau hocken muss, während meine Cousins und Cousinen Spaß haben. In solchen Momenten hasse ich meine Behinderung. Zumal ich Uromas Geschichten längst auswendig kenne – schließlich habe ich sie bereits tausendmal gehört. Mindestens.

Nachdem Uroma ächzend zurück auf ihre Bank gesunken ist, streichelt sie mir liebevoll über die Wange und schaut mich aus ihren wässrigen Augen zärtlich an. Schlagartig tut es mir leid, dass ich abhauen wollte. Vorsichtig lehne ich meinen Kopf gegen ihr Knie. Ich höre, wie meine Uroma einen tiefen Atemzug nimmt. Und während sie mir über mein Haar streicht, beginnt sie wieder zu erzählen: Wie sie als Witwe in Haifa ganz friedlich in einer Reihenhauszeile mit drei Einheiten gelebt hat – links neben ihr Christen, in der Mitte meine Uroma, rechts eine jüdische Familie. »Alle Menschen waren gleich. Es gab kein Reich, es gab kein Arm. Die Religion war egal. Wir waren alle nur stolz, in Haifa zu wohnen. Für uns war es die schönste Stadt der Welt. Direkt am Meer.« Sie seufzt. »Ich wäre so gerne dort geblieben!« Wieder werden ihre Augen glasig. Uroma wischt sich eine Träne weg, und ich streichle tröstend über ihr Bein. Dann lasse ich meinen Kopf wieder sinken und höre weiter zu, als meine Uroma wieder in ihren Erinnerungen versinkt, wie sie früher immer am Rande eines sprudelnden Brunnens gesessen hat. Zusammen mit Rachel, ihrer jüdischen Nachbarin. Rachel war damals Uromas beste Freundin. Die beiden haben stundenlang zusammen Tee getrunken, gequatscht und gelacht. Politik hat die beiden Frauen überhaupt nicht interessiert. Natürlich haben sie mitbekommen, dass es in der Stadt Unruhen gab. Vor allem seit die UNO im Herbst 1947 beschlossen hatte, Palästina in einen jüdischen und einen arabischen Staat zu teilen. Sie wussten auch, dass Haifa demnach künftig zu Israel gehören sollte. Sogar von den Kämpfen, die neuerdings in der Stadt zwischen Arabern und Juden stattfanden, hatten die beiden gehört. Aber irgendwie dachten sie, das Ganze würde sie nichts angehen. Sie hofften, da würden sich ein paar Leute eine Weile streiten, wie es doch eigentlich schon immer in dieser Region gewesen war, aber danach würden in der schönen Hafenstadt wieder Ruhe und Frieden einkehren.

Doch leider haben sich meine arabische Uroma und ihre jüdische Freundin Rachel geirrt. Eines Morgens – ungefähr in der Mitte des Jahres 1948 – hämmerte es in der Frühe an Uromas Haustür. Bewaffnete Männer stürmten in ihr kleines Reihenhaus, bedrohten meine Uroma und forderten sie auf, sofort ihr Haus zu verlassen. Meine Uroma war völlig unvorbereitet. In aller Eile und unter den strengen Augen der aufgebrachten Männer stopfte sie schnell ein paar Kleider und ihren geliebten Messingmörser in eine Reisetasche. Anschließend verließ sie, immer bewacht von den fremden Männern, das Haus und schloss wie selbstverständlich die Haustür ab. Den

Schlüssel steckte sie in ihr Gewand. Dann ist sie geflohen – ohne sich von Rachel zu verabschieden. Uroma dachte, sie und ihre Freundin würden sich ohnehin bald wiedersehen, und dann könnte sie ihr von diesem unglaublichen Vorfall erzählen. An ihrem sprudelnden Brunnen bei einer Tasse Tee …

Doch erst einmal musste sie zusammen mit meiner Oma und ein paar anderen aus der Familie fliehen. Immerhin hatte sie so zwar das Wichtigste bei sich, aber gleichzeitig unendlich viel zurückgelassen: ihre beste Freundin Rachel, ihr Haus, in dem so viele Erinnerungen steckten, ihre Vergangenheit, eigentlich ihr gesamtes geordnetes, behütetes, geliebtes Leben. Uroma floh aus Haifa. Zusammen mit unzähligen anderen unglücklich Vertriebenen zog sie am Karmelgebirge vorbei. Es war heiß. Die glühende Sommersonne forderte gerade unter den Ältesten und Schwächsten der Flüchtlinge zahlreiche Todesopfer. Immer wieder ertönte ein Wehklagen durch die Menschenmenge. Leute fielen ab und blieben zurück. Wer sich auf den Beinen halten konnte, marschierte weiter und weiter. Bis der Tross nach ein paar Tagen völlig erschöpft den Libanon erreichte. Knapp zweihundert Kilometer Luftlinie von ihrem Zuhause in Haifa entfernt fanden die Flüchtlinge Zuflucht: in der ehemaligen französischen Militärkaserne Wavel bei Baalbek, nahe der syrischen Grenze. Hier sah alles aus, als wäre es von einer Staubschicht bedeckt. Graue Böden, graue Wände, ein graues Leben. Damals glaubte meine Uroma fest daran, nur ein paar Wochen in Wavel bleiben zu müssen, allerhöchstens zwei oder drei Monate …

Inzwischen leben wir in diesem Lager in der vierten Generation. Meine Eltern wurden hier geboren, auch sie haben als Kinder schon in diesen engen Gassen gespielt. Ohne einen einzigen Spielplatz, ohne grüne Wiesen. Es gibt nicht mal einen Baum in diesem Lager. Stattdessen ist alles trocken, laut und staubig. Obwohl ich es nie anders kennengelernt habe, finde ich unser Lager nicht schön. Ständig fällt der Strom aus. Manchmal gibt es kein Wasser. Alles wirkt schmutzig und verwahrlost. Allein die Menschen hier machen das Leben lebenswert und bunt. Und sie alle warten nur darauf, zurückkehren zu dürfen. In das Leben, das sie eigentlich leben sollten – in einer schönen Umgebung, in einem Haus, das man voller Stolz sein Zuhause nennt, in Sicherheit und mit einer Chance auf eine sorgenfreie und glückliche Zukunft. Ich seufze und schaue frustriert auf die graubraune Fassade des gegenüberliegenden Hauses, von der überall der Putz abbröckelt. Natürlich hat keiner Lust, dieses Lager schön zu machen.

Dies ist nicht unser Zuhause! Auch wenn wir hier leben …

In diesem Moment bemerke ich im Augenwinkel meine Lieblingscousine Doaa, die schnaufend auf uns zusteuert und sich neben mir auf den Boden plumpsen lässt. »Ich kann nicht mehr!«, stöhnt sie. Ihre Wangen sind gerötet, ihre Augen strahlen. Als plötzlich ein Mofa um die Ecke biegt und ganz dicht an uns vorbeiknattert, zucken wir erschreckt zusammen. Mein Vater und meine Onkel schimpfen jedes Mal, wenn sie das mitkriegen: Die Kerle sollen gefälligst auf die alte Frau und uns Kinder Rücksicht nehmen! Aber die jungen Männer lachen bloß und brettern weiter. Meine Cousins und Cousinen kennen das schon und springen jedes Mal kreischend in Richtung Häuserwand. Es ist fast wie ein Spiel, das allerdings sofort vergessen ist, als ein Nachbarsjunge mit seinem neuen Fußball in unserer Gasse auftaucht. Aufgeregt schwirren ihm meine Cousins und Cousinen entgegen. Doaa reckt ihren Hals und rappelt sich dann auf, um zusammen mit den anderen den neuen Ball zu bestaunen.

Ich zucke gleichgültig mit den Schultern. Mit einem Fußball kann ich wirklich überhaupt nichts anfangen. Stattdessen nehme ich vorsichtig Uromas Hand und streichle sie. Dabei fällt mir wieder auf, wie erstaunlich weich ihre Haut ist, obwohl sie so alt und faltig aussieht. Meine Uroma seufzt. Ich spüre ihren unendlichen Schmerz. Natürlich ahnt sie, dass sich ihr Traum von einer Rückkehr nach Haifa niemals mehr erfüllen wird. Deshalb umschließt sie meine beiden Hände und sieht mich beinahe bittend an: »Du musst Haifa in deinem Herzen behalten. Versprichst du mir das?« Ich nicke. Wie immer. Dabei spüre ich den harten Schlüssel auf meinem Handrücken. Uroma lächelt dankbar.

Obwohl bislang keiner außer ihr diese legendäre Stadt gesehen hat, tragen wir alle Uromas Bilder in uns. Haifa ist für uns ein Ort, in dem alle Weltreligionen friedlich zusammenleben, ein Ort, in dem es Kirchen, Synagogen und Moscheen gibt. Ganz selbstverständlich. Und alles nebeneinander. Hier kann man sich Oliven von den Bäumen pflücken, und keiner muss hungern. In Haifa spielen die Kinder auf saftig grünen Wiesen und lernen in modern ausgestatteten Schulen. Es ist der Ort, in dem es für alle Menschen Arbeit und eine sichere gemeinsame Zukunft gibt. Haifa ist die Heimat unserer Herzen. Unsere Hoffnung. Unsere Hoffnung auf ein Zuhause.

Solange ich in dem Flüchtlingslager Wavel lebte, glaubte ich, Haifa sei unsere Zukunft – und hielt an diesem Traum fest, obwohl ich insgeheim längst begriffen hatte, dass er vermutlich niemals wahr werden würde.

Aber dieser Traum war wichtig. Er machte unser Leben leichter. Er ließ uns hoffen.

Hätten wir uns damit abgefunden, dass wir für alle Zeiten in Wavel leben müssten – als Flüchtlinge ohne Rechte, ohne eine Chance auf eine freie Berufswahl, auf Bildung und Krankenversorgung wäre unser Leben dem Tod gleichgekommen. Dann hätten wir alle nur darauf gewartet, dass es vergeht. Ein Tag wie der andere … Aber so behielten wir alle die Hoffnung. Den Mut. Die Zuversicht.

All das schenkte uns der Glaube an Haifa.

Meine Familie und ich hatten sogar besonders großes Glück. Wir durften die besondere Erfahrung machen: Haifa ist nicht nur ein Traum. Haifa ist möglich. Wenn auch an einem anderen Ort. Auch in Rostock stehen überall Bäume, und es gibt Parks, in denen die Kinder aller Weltreligionen friedlich miteinander spielen. Hindus, Juden, Christen und Moslems. Alle dürfen unabhängig von ihrem Glauben oder ihrer Nationalität gemeinsam eine Schule besuchen und von einer Zukunft träumen, die sie gestalten können, wie sie wollen.

Natürlich ist Rostock nicht Haifa und die Ostsee nicht das Mittelmeer. Hier wachsen auch keine Olivenbäume – und wenn, dann tragen sie keine Früchte. Aber darauf kommt es nicht an. Entscheidend ist: Wir haben hier in Rostock zum ersten Mal ein Zuhause gefunden. Ein friedliches, sicheres Zuhause. In dem ich davon träumen kann, Journalistin zu werden. Oder Schriftstellerin. Oder einfach nur ein glücklicher, freier Mensch.

Ich möchte all das nie wieder aufgeben müssen.

I

Ich mag die Geschichte, wie meine Eltern sich kennengelernt haben. Am liebsten lasse ich sie mir von Mama erzählen, wenn ich schon eingekuschelt in meinem Bett liege und sie noch auf meiner Bettkante sitzt. Dabei klingt ihr Kennenlernen für westliche Ohren wahrscheinlich überhaupt nicht romantisch. Genau genommen kann ich mir inzwischen selbst nicht mehr vorstellen, auf diese Art meinen späteren Mann kennenzulernen. Aber weil ich jeden Tag spüre, wie glücklich meine Eltern miteinander sind, höre ich ihre Geschichte trotzdem gerne.

Als meine Eltern sich zum ersten Mal begegneten, war Papa bereits Mitte zwanzig und arbeitete als Schweißer in einer Lkw-Werkstatt außerhalb unseres Lagers. Schon alleine das machte ihn für sämtliche Eltern heiratsfähiger Töchter zu einem äußerst begehrten Heiratskandidaten – immerhin war in den Flüchtlingslagern zu dieser Zeit etwa jeder dritte Mann arbeitslos. Das war ein echtes Problem, da die Männer doch eigentlich ihre Familien versorgen sollten. Ihre Frauen und Kinder sowieso, aber auch ihre Mütter und unverheirateten Schwestern. Denn Frauen gingen normalerweise keiner geregelten Beschäftigung nach, mal abgesehen von Haushalt und Kinderversorgung. Sie wurden von ihren Männern versorgt – und das war in den Lagern schwierig.

Das lag vor allem daran, dass Palästinenser auch nach den vielen Jahren, die sie bereits im Libanon lebten, noch immer nicht die gleichen Rechte hatten wie die Einheimischen. Palästinenser galten als Ausländer. Deshalb brauchten sie zum Beispiel eine spezielle Arbeitsgenehmigung, die sie für viel Geld bei den Behörden beantragen mussten. Trotzdem bekam diese Genehmigung nicht jeder. Papa hat mal irgendwo gelesen, dass sie damals pro Jahr nur etwa hundertmal ausgestellt wurde. Eine lächerliche Zahl, wenn man bedenkt, dass alleine im Libanon schon zu dieser Zeit angeblich mehr als 300000 Palästinenser lebten. Viele Berufe – wie Friseur oder Taxifahrer – durften sie gar nicht ausüben, weil Palästinenser aufgrund ihrer Staatenlosigkeit nicht Mitglied im entsprechenden libanesischen Berufsverband werden konnten. In den verbleibenden Jobs wurden Palästinenser deutlich schlechter bezahlt, meistens bekamen sie nur etwas mehr als die Hälfte von dem, was ihre libanesischen Kollegen für dieselbe Arbeit erhielten. So hat Papa als Schweißer anfangs zum Beispiel nur 350 Dollar im Monat verdient. Trotzdem beschwerte er sich nicht – schließlich war er dankbar, dass er überhaupt einen festen Job ergattert hatte. Die meisten seiner Landsleute kamen nur als Saisonarbeiter in der Landwirtschaft oder beim Bau unter, deshalb träumten viele davon, eine deutsche oder französische Frau zu heiraten und mit ihr ins Ausland zu gehen. Aber das kam natürlich höchst selten vor. Ein schöner Traum. Mehr nicht. Manche waren auch alleine oder mit ihren Frauen und Kindern nach Europa, Australien, Amerika oder Kanada geflohen. Fast jede palästinensische Familie hatte Verwandte im Ausland, denen es deutlich besser ging als den Menschen in den Lagern. Aber viele trauten sich nicht zu gehen. Aus Angst erwischt zu werden, oder weil sie ihre Großfamilien nicht verlassen wollten.

Deshalb waren viele palästinensische Männer, vor allem die jüngeren, angesichts ihrer begrenzten Möglichkeiten frustriert. Sie nannten die Flüchtlingslager bloß »Gräber der Lebenden«. Weil es praktisch keine Hoffnung gab, dass sich an der schwierigen Lage dort etwas ändern könnte.

Mein Vater konnte diese Haltung nicht verstehen. Aufgeben war noch nie seine Art, dazu ist er viel zu optimistisch. Er hatte einen Job gefunden, der ihm Spaß machte, bei einem Chef, der Papas Arbeit sehr schätzte und ihn deshalb fair behandelte. Das Einzige, was meinem Vater zu seinem Glück noch fehlte, war eine liebe Frau.

Seine älteste Schwester Abeer war die Erste, der er von seinen Heiratsplänen erzählte. Sie versprach, sich sofort darum zu kümmern. Schließlich sollte ihr geliebter Bruder Atef eine besonders tolle Frau bekommen, eine, die fleißig war, schön, ordentlich und zuverlässig. Aufgeregt flitzte Abeer zuallererst zu ihrer Grundschulfreundin Aliya. Zu meiner Oma. Die hatte nämlich eine Tochter, auf die all das zutraf: Manal, also meine Mama. Manal war sehr gläubig und betete fünfmal am Tag in Richtung Mekka – in der Morgendämmerung, zur Mittagszeit, am Nachmittag, vor und nach dem Sonnenuntergang. Außerdem war sie ausgesprochen hübsch, sanftmütig, häuslich und gerade siebzehn Jahre alt – also im allerbesten Heiratsalter für arabische Verhältnisse. Schließlich war jede arabische Familie froh, wenn sie ihre Töchter rechtzeitig gut verheiraten konnte. Denn je älter eine Tochter wurde, desto geringer wurde ihre Chance, noch einen vernünftigen Mann abzubekommen. Das war dann aus zwei Gründen problematisch: Erstens mussten erst der Vater und später die Brüder für die unverheiratete Frau aufkommen. Und zweitens half die Ehe laut Koran bei der

»geistigen Vervollkommnung«. Eine Heirat war für alle Beteiligten also doppelt wichtig.

Aber mal ganz abgesehen davon war es für die unverheirateten Frauen bestimmt auch frustrierend, von keinem Mann auserwählt worden zu sein. Dementsprechend aufgeregt war meine Oma, als sie erfuhr, dass sich ein Mann für ihre Manal interessierte. Das musste sie natürlich sofort mit ihrem Mann, meinem Lieblingsopa, besprechen. Deshalb flitzte sie unmittelbar nach ihrem Gespräch mit Abeer zu dem kleinen Kiosk, den mein Opa im Flüchtlingslager betrieb und in dem er Mehl, Reis, Süßigkeiten, Haushaltswaren und eben all das verkaufte, was man täglich brauchte. Als Oberhaupt der Familie musste er dieser Angelegenheit natürlich unbedingt zustimmen. Und das tat er wohl auch.

Anschließend wurden Mamas Brüder eingeweiht, deren Aufgabe es nun war, sich über den Heiratskandidaten zu erkundigen. Trank er womöglich Alkohol? War er als Schläger bekannt? Gab es sonst irgendwelche Auffälligkeiten?

Aber weil mein Vater einen tadellosen Ruf genoss, wurde er schließlich zum Kaffeetrinken und ersten Kennenlernen in das Haus der Familie meiner Mutter eingeladen.

Meine Mama wusste von all dem übrigens überhaupt nichts. Während sie noch im Schlafanzug ihr Zimmer aufräumte, saß Papa bereits mit Herzklopfen auf dem Sofa im Wohnzimmer – neugierig beäugt von Oma, Opa und Mamas drei Brüdern. Aber Papa machte seine Sache anscheinend gut, denn ziemlich bald wurde meine ahnungslose Mutter dazu gerufen: »Manal, könntest du uns bitte Kaffee ins Wohnzimmer bringen?« Meine Mutter band sich eilig ihr Kopftuch um, bereitete den Kaffee zu und brachte ihn dann zusammen mit ein paar Süßigkeiten auf einem Tablett ins Wohnzimmer.

Und dann stand sie zum ersten Mal vor Papa.

Im Schlafanzug!

Vor ihrem künftigen Ehemann!

Das war ihr natürlich furchtbar peinlich. Aber Papa hat ja Humor. Mama hat ihm trotzdem gut gefallen. Deshalb stimmte er nach dem Treffen zu: »Okay! Ich nehme Manal zu meiner Frau.« Danach ging alles ganz schnell. Bei ihrem nächsten Treffen haben sich die beiden schon verlobt. Meine Mutter wurde zu diesem Thema übrigens gar nicht befragt. Also gefragt wurde sie schon, aber eine gute arabische Frau widerspricht ihrem Vater ohnehin nicht, wenn er etwas möchte. Das gehört sich nicht. Ihre Eltern haben für Mama entschieden.

Ich bin mir trotzdem sicher, dass meine Mutter bis heute dankbar ist, dass sie meinen Vater heiraten durfte – diesen eigensinnigen Mann mit dem markanten Gesicht, der immer erst einmal gut zuhört, ehe er seine Entscheidungen trifft, und dann mutig genug ist, sie auch durchzusetzen. Ein Mann, der fleißig war und meine Mutter regelmäßig mit kleinen Geschenken überraschte. Sie freuten sich wohl beide darüber, dass sie es so gut getroffen hatten.

Gemeinsam bezogen sie das Haus, das die Familie meines Vaters bewohnte. Ganz unten im Erdgeschoss lebten seine Oma – also meine Uroma aus Haifa – zusammen mit Papas Mutter und seiner liebenswerten Schwester Abeer.

Obwohl Abeer etwas älter als mein Vater war, lebte sie noch bei ihrer Mutter. Erstaunlicherweise hatte noch kein Mann sie ausgewählt, dabei war Abeer sehr attraktiv und vor allem unglaublich warmherzig. Weil sie sich sehr gut mit dem Koran auskannte, arbeitete sie in der Koranschule und im Kindergarten des Flüchtlingslagers. Sie war die »gute Seele« des Hauses.

Eine Etage über den drei Damen, im ersten Stock, wohnten zwei von Papas Brüdern mit ihren Familien. Und ganz oben – in der zweiten Etage – ab sofort meine Eltern. Eigentlich hatte sich ja ein weiterer Bruder von Papa diese Etage gebaut. Weil dieser Bruder aber noch unverheiratet war, ließ er erst einmal meinen Vater mit meiner Mutter einziehen. Das war ein großes Glück für das junge Paar, da es für Palästinenser sehr schwierig war, eine Wohnung zu finden. Sämtliche Lager waren überfüllt. Natürlich. Die meisten Lager waren von Mauern umschlossen und nach über sechzig Jahren noch genauso groß wie bei ihrer Gründung. Allerdings war seitdem die Anzahl der Bewohner massiv gestiegen! Mittlerweile lebten bei uns in Wavel schätzungsweise 9000 Menschen. Dieses Missverhältnis zwischen Einwohnerzahl und verfügbarem Platz führte dazu, dass unser Flüchtlingslager inzwischen wie ein besonders gewagtes Stapelspiel aussah: Jede Lücke wurde genutzt. Schmale Gänge wurden überdacht und zu Wohnraum umfunktioniert, winzige Nischen ausgebaut, gleichzeitig wuchsen die Häuser immer weiter in die Höhe. Das hatte regelmäßig Katastrophen zufolge. Die ursprünglichen Bauten bestanden nämlich häufig noch aus einem Gemisch aus Zink und Lehm. Wenn nun mehrere Etagen Beton darauf gesetzt wurden, konnte es passieren, dass diese Häuser einfach zusammenbrachen.

Aber selbst daran hatten die Flüchtlinge sich inzwischen gewöhnt: Wenn ein Haus einstürzte, wurde es aus dem Schutt wieder neu aufgebaut. Schließlich waren Baustoffe teuer – deprimierender Alltag in Wavel.

Leider wird es den Palästinensern nicht gestattet, außerhalb der bestehenden Mauern neue Lager zu errichten. Selbst wenn eine Hilfsorganisation mal versuchte, zumindest den genehmigten Platz besser zu nutzen, grätschte die libanesische Regierung dazwischen. 1993 wollte beispielsweise das UNRWA, das Hilfswerk der Vereinten Nationen für Palästina-Flüchtlinge, mehrstöckige Häuser in den Lagern errichten. Doch sie hatten kaum mit den Bauarbeiten begonnen, da wurden sie schon aufgefordert, ihre Arbeiten sofort wieder einzustellen.

Die Palästinenser, die außerhalb der Lager leben, haben entweder außergewöhnlich gute Kontakte zu Libanesen oder aber besonders viel Geld. Im Idealfall beides. Aber egal, wie sie es geschafft haben, dem Lager zu entkommen – besonders willkommen sind sie nicht, das lassen die Libanesen ihre neuen Nachbarn meist sehr deutlich spüren. Deshalb ziehen viele Palästinenser sogar freiwillig zurück in die Enge der Lager, sobald sich eine Gelegenheit ergibt.

Es ist ein Dilemma.

Vor allem weil sich anscheinend niemand für diese unerträgliche Situation verantwortlich fühlt. Es heißt, der Libanon kümmere sich absichtlich nicht um die palästinensischen Flüchtlinge, weil der Staat damit den Druck auf Israel und die Weltgemeinschaft erhöhen wolle. Sollen die doch eine Lösung für das palästinensische Flüchtlingsproblem finden! Immerhin war der Libanon schon so freundlich gewesen, die vielen Flüchtlinge aufzunehmen … Allerdings scheint diese zweifelhafte Taktik, wenn es denn eine ist, nicht aufzugehen: Weder Israel noch die Weltgemeinschaft haben bislang besondere Anstrengungen unternommen, um an dem Zustand der seit so vielen Jahren staatenlosen Palästinenser etwas zu ändern …

Mein Vater jedenfalls wollte seine Familie lieber nicht der Gefahr aussetzen, irgendwann unter Haustrümmern begraben zu werden, und dachte nicht einmal über eine weitere Etage auf dem Haus seiner Familie nach. »Wir finden dann schon eine Lösung!«, meinte er zuversichtlich und begann damit, ein Kinderzimmer herzurichten. Mama war nämlich schwanger.

Meine Eltern freuten sich riesig. Sie beschlossen, dass ich Reem heißen sollte, wenn ich ein Mädchen werden würde. Riem gesprochen. Mit einem weichen, englischen »R« am Anfang. Meine Mutter mochte die Bedeutung des Namens: wunderschöne weiße Gazelle. Mit den Eigenschaften: geduldig, brav, lernt sehr viel, bewegt sich wenig, interessiert sich für ihre Schönheit, kreativ, zielstrebig.

Wenn ich das heute lese, staune ich, wie gut diese Attribute mich tatsächlich beschreiben ...

Mein Vater verwöhnte meine Mutter in der Folgezeit noch mehr als sonst. Wenn sie nicht gekocht hatte – kein Problem! Dann gingen sie eben essen. Nie war Papa ihr böse oder machte ihr Stress. Es sollte Manal gut gehen!

Doch leider gab es in der Schwangerschaft Komplikationen. Frauenprobleme, wie Mama es nennt – was immer das genau bedeutete. Um ihr erstes Baby – also mich – nicht zu verlieren, musste meine Mutter ab sofort regelmäßig zum Arzt gehen und obendrein Medikamente einnehmen. Diese Situation bedeutete eine enorme finanzielle Belastung für meine Eltern. Palästinenser können sich nämlich nicht versichern. Für sie gibt es überhaupt keine Sozialversicherungen: weder Renten- noch Arbeitslosenversicherung und eben auch keine Krankenversicherung. Für jeden Arztbesuch müssen sie selber aufkommen. Deshalb beurteilt das UNRWA die Gesundheitsversorgung der Palästinenser noch dramatischer als ihre Wohnungsnot. Mittellose Palästinenser, die einen chirurgischen Eingriff brauchen, müssen entweder betteln oder sterben. In anderen arabischen Ländern betreibt die PLO eigene Krankenhäuser – leider nicht im Libanon.

Aber weil Papa einigermaßen gut verdiente und auch ein bisschen Geld gespart hatte, stellte Mamas Behandlung vorerst kein größeres Problem dar. Noch nicht!

Papa hatte sich genau ausgerechnet, dass sein Geld für die Extra-Arztbesuche, die Tabletten und die Entbindung reichen würde. Deshalb lächelte er Mamas Sorgen einfach weg. »Es wird schon alles gut …«

Eigentlich sollte ich im Jahr 2000 um die Weihnachtszeit herum geboren werden. Doch dann verschlechterte sich Mamas Zustand unerwartet. Anstatt im Dezember kam ich schon im September zur Welt: ganze drei Monate zu früh, 1100 Gramm schwer – damit wog ich etwas mehr als eine Mehltüte. Mein Vater war gerade bei der Arbeit, als der Anruf vom Arzt ihn erreichte, dass seine Tochter Reem soeben das Licht der Welt erblickt hatte. Weil Mama noch zu schwach war, um mich selbst ins Krankenhaus zu bringen, raste Papa sofort los. Zu Fuß. Ein Auto besaß er schließlich nicht.

In Deutschland wäre eine Frühgeburt wie ich sofort intensivmedizinisch versorgt worden. In der spärlich ausgestatteten Arztpraxis unseres Flüchtlingslagers dagegen geschah erst einmal gar nichts. Natürlich nicht. Sie hatten überhaupt nicht die nötigen Geräte. Als Papa etwa eine halbe Stunde später in seinem Blaumann in die Praxis stürzte, drückte ihm eine Krankenschwester sein winziges Baby, also mich, in die Hand, eingewickelt in ein viel zu großes gelbes Handtuch, in dem ich beinahe verschwand. Papa hatte noch nie zuvor so ein kleines Menschenkind gesehen. Meine Händchen waren ungefähr so groß wie sein Daumennagel, mein Kopf kaum größer als ein Tennisball, meine Haut war blau angelaufen. »Sie müssen ganz schnell ins Krankenhaus, sonst hat die Kleine keine Chance!« Mit diesen Worten scheuchte ihn die Krankenschwester aus der Praxis.

Mein Vater holte einmal tief Luft, dann drückte er mich fest an sich und rannte wieder los. Leider sind die Gassen im Lager so eng, dass kein Auto hindurchpasst. Mein Vater musste erst einmal quer durchs Lager sprinten, ehe er endlich das große Tor erreichte, über dem der Schriftzug »Flüchtlingslager für Palästinenser« prangte. Panisch sah er sich um. Er brauchte dringend ein Taxi. Doch seine verzweifelten Rufe gingen im Verkehrslärm unter. Es dauerte eine Weile, bis er endlich ein freies Taxi gefunden hatte. Sobald er auf der quietschenden Rückbank Platz genommen hatte, hielt Papa seinen verrußten Zeigefinger unter meine Nase, um zu prüfen, ob ich überhaupt noch lebte. Mein Atem war so schwach, dass er ihn kaum spürte. »Es wird alles gut«, murmelte er vor sich hin. Wohl mehr zu sich selbst als zu mir. Zwar haben Frühchen in der 28. Schwangerschaftswoche heute in Deutschland eine Überlebenschance von etwa 96 Prozent. Aber im Jahr 2000 – noch dazu im Libanon – hätte wohl niemand eine solch optimistische Prognose gestellt.

Das Hauptproblem war, dass zum Zeitpunkt meiner Geburt meine Lunge noch nicht ausgereift war. In Deutschland spritzt man Frauen mit der Problematik meiner Mutter rechtzeitig Kortison, damit die Lungenreife des Babys bereits im Mutterleib beschleunigt wird. Aber daran hatten Mamas Ärzte wohl nicht gedacht. Oder sie wussten nichts davon. Oder sie hatten einfach kein Kortison vorrätig. In der behelfsmäßig ausgestatteten Arztpraxis unseres Flüchtlingslagers war alles möglich.

Dabei sind solche Kortisonspritzen nicht einmal teuer. Gerade habe ich gelesen, dass sie heute ungefähr einen Dollar kosten. Ein Dollar – und ich hätte alle diese Probleme nicht, mit denen ich seit Jahren zu kämpfen habe. Das ist schon ein erschütternder Gedanke. Nur weil meiner Mutter kein Kortison gespritzt worden war, bekam ich als kleines Baby mit jedem schwachen Atemzug viel zu wenig Sauerstoff, was dazu führte, dass mit jedem Atemzug Zellen abstarben. In *jedem* Organ. Wobei von allen Organen das Gehirn am empfindlichsten auf Sauerstoffmangel reagiert.

In Deutschland wäre ich deshalb sofort an eine Beatmungsmaschine angeschlossen worden. Aber Deutschland war in diesem Moment unendlich weit weg. Stattdessen lag ich in einem libanesischen Taxi im Arm meines Vaters, der nervös von mir auf den Stau und wieder zurück zu mir starrte, während wertvolle Minuten vergingen, in denen mein Gehirn irreparabel geschädigt wurde.

Papa erzählte mir später, dass ich wie tot in meinem Handtuch gelegen hatte, denn ich bewegte mich nicht und gab auch keinen einzigen Laut von mir. Permanent überprüfte er, ob ich überhaupt noch lebte. Und nur wenn Papa seinen Finger ganz dicht unter meine Nase hielt, spürte er meinen schwachen Luftzug. Er sagt heute, das sei die schlimmste Fahrt seines Lebens gewesen. Und mein Vater hat einige schlimme Fahrten hinter sich – schließlich musste er mit Schleppern über die Türkei nach Deutschland fliehen. Alles wegen mir. Aber das ahnte er zu diesem Zeitpunkt natürlich noch nicht.

Die Fahrt in die Klinik dauerte lange. Viel zu lange. In der 80000-Einwohner-Stadt Baalbek sind die Straßen eigentlich rund um die Uhr verstopft. Autos hupen. Fahrer schimpfen. Mein Vater betete, dass ich überlebte, dass ich wenigstens bis zur Klinik durchhielt. Denn dort würde mir sofort geholfen werden. Davon war er überzeugt. Deshalb fiel eine tonnenschwere Last von ihm ab, als er vor der Klinik aus dem Taxi sprang. Nun musste er sich nur noch bis zur Säuglingsstation durchfragen. Schnaufend hielt er dem diensthabenden Arzt im schneeweißen Kittel das gelbe Tuch entgegen. »Meine Tochter ist zu früh geboren. Sie atmet kaum noch. Sie müssen ihr helfen!« Doch der Mediziner musterte meinen Vater bloß mit einem abschätzigen Blick.

Mein Vater trug noch seinen schmutzigen Blaumann von der Arbeit, der ihm in diesem Moment wie ein Stigma vorkam. Wie eine Kluft, die sich zwischen ihm und diesem Arzt auftat. Zwischen Arm und Reich. Zwischen meiner rettenden Behandlung und dem lauernden Tod. Ungerührt schüttelte der Mediziner seinen Kopf. Er weigerte sich sogar, mich auch nur anzuschauen. »Sie müssen erst 2000 Dollar bezahlen. Dann können wir mit der Behandlung beginnen.« Damit ließ er meinen verzweifelten Vater ungerührt auf dem Gang stehen. *2000 Dollar!*, hallte es in Papas Kopf nach. So viel Geld besaß mein Vater nicht. Für 2000 Dollar musste er trotz seiner großzügigen Lohnerhöhungen in den vergangenen Wochen volle drei Monate arbeiten. Keiner aus unserer Familie hatte so viel Geld zur Verfügung. Und schon gar nicht jetzt sofort. Aber die Zeit drängte!

Erschüttert drückte Papa das gelbe Bündel, in dem ich lag, an sich und wählte vom öffentlichen Krankenhausapparat die Nummer seines libanesischen Chefs in der Lastwagenwerkstatt. Er war der einzige Mensch, der ihm einfiel, dem es eventuell möglich war, auf Anhieb so viel Geld aufzutreiben. Leider war sein Chef gerade unterwegs. Mein Vater raufte sich die Haare. Schließlich nahm dessen Sohn das Gespräch entgegen. »Atef hier. Ich brauche sofort 2000 Dollar. Sonst muss meine Tochter sterben. 2000 Dollar. Ich zahle sie zurück, ich arbeite sie ab. Aber ich brauche sie jetzt auf der Stelle hier im Krankenhaus.«

Der Sohn seines Chefs versprach, sich gleich auf den Weg zu machen. Unruhig lief mein Vater auf dem schmuddeligen Krankenhausgang auf und ab. Die Klinik war zwar besser ausgestattet als die Praxis im Lager. Aber im Vergleich zu deutschen Krankenhäusern wirkte sie geradezu mittelalterlich. Die Wände waren schmutzig. Die Geräte uralt. Überall auf den Gängen lagen auf schmalen Liegen wimmernde Frauen, schreiende Kinder. Mein Vater sah lieber gar nicht richtig hin. »Reem, wir haben es bis hierher geschafft«, flüsterte mir mein Vater ins Ohr. »Du musst jetzt durchhalten! Es wird alles gut.« Weitere wertvolle Minuten verstrichen. Denn auch der Sohn seines Arbeitgebers musste sich erst einmal durch das Baalbeker Verkehrschaos kämpfen …

Heute sagen mir Ärzte immer wieder, dass es an ein Wunder grenzt, dass ich überhaupt am Leben bin. Sie sagen, diese ersten Stunden überlebt zu haben, wäre der eindeutige Beweis dafür, dass ich eine Kämpferin bin.

Sobald der verantwortliche Mediziner die geforderten 2000 Dollar in den Händen hielt, rief er eine Krankenschwester herbei, die mich endlich an die lebensnotwendige Beatmungsmaschine anschloss. Zu diesem Zeitpunkt waren durch meinen Sauerstoffmangel angeblich schon 80 Prozent meiner Hirnzellen unwiderruflich zerstört. Die Ärzte teilten meinem Vater mit, dass nicht sicher sei, ob ich überleben würde. »Wir müssen die nächsten zehn bis fünfzehn Tage abwarten.« Später erklärten sie dann, dass ich auf jeden Fall behindert sein würde. »Durch den Sauerstoffmangel scheint Reems linke Körperhälfte gelähmt zu sein. Ob sie auch geistig beeinträchtigt sein wird, lässt sich jetzt allerdings noch nicht feststellen.«

Mein Vater konnte mit alldem nichts anfangen. Sauerstoffmangel. Linke Körperseite gelähmt. Geistige Beeinträchtigung. »Was genau bedeutet das?«, fragte er ängstlich. »Wird sie laufen können? Wird sie sprechen können? Wird sie normal leben können?« Doch die Ärzte zuckten nur mit den Schultern. »Das kann zu diesem Zeitpunkt keiner sagen. Das wird sich zeigen, wenn sie älter ist.«

Mein Papa nickte. Wie immer. Er hörte erst einmal zu und nahm sich vor, später nach einer Lösung zu suchen. Nun musste er erst einmal zurück ins Lager, um nach Mama zu schauen, der es aber glücklicherweise schon viel besser ging. Das war ein doppeltes Glück. So musste Papa wenigstens nicht für *zwei* Kranke zahlen. Denn schon meine Behandlung war unbezahlbar. Sie kostete viel mehr als die 2000 Dollar, die sein Chef ihm vorgestreckt hatte. Schon alleine dieser sogenannte Brutkasten, der Inkubator, verschlang umgerechnet vierzig Euro pro Stunde. Zum Vergleich: Mein Vater verdiente in derselben Zeit gerade mal drei Euro …

Trotzdem gab mein Vater nicht auf. Obwohl es ganz klar war, dass er die Behandlungskosten auf Dauer niemals aufbringen konnte, machte mein ohnehin schon fleißiger Papa nun noch mehr Überstunden. Er arbeitete sogar jedes Wochenende durch. Mit seinem Chef hatte er vereinbart, dass er die

2000 Dollar erst nach meinem Krankenhausaufenthalt und in kleinen Raten zurückzahlen würde. Trotzdem reichte sein Verdienst nicht einmal für meinen Brutkasten aus ... Deshalb gaben auch meine Großeltern, meine Onkel und Tanten, Papas Cousins und Cousinen, Mamas Cousins und Cousinen, einfach jeder aus der Familie sein Geld dazu, um mir zu helfen. Keiner fragte, wann oder ob er es zurückbekommen würde. Es war einfach selbstverständlich, dass jeder half – und trotzdem reichte es nicht. Meine Behandlung war für eine einfache palästinensische Familie unbezahlbar. Zumal ich mir auch noch Infektionen zugezogen hatte, sodass die Ärzte sich erneut Sorgen machten, ob ich überhaupt überleben würde.

Papa raste also zwischen seiner Arbeit und meinem Krankenhaus hin und her. Deshalb unterstützte ihn eine Cousine dabei, ein anderes Krankenhaus zu finden, das weniger kostete. Sie wandte sich an das Deutsche Rote Kreuz und an das UNRWA. Schließlich erfuhr sie von einem Krankenhaus, in dem die Behandlungskosten übernommen wurden und Papa lediglich Windeln, Milch und Medikamente zahlen sollte. Einziges Problem: Dieses Krankenhaus lag in Saida, 120 Kilometer und zweieinhalb Stunden Fahrzeit entfernt. Zwar gab es einen Krankenwagen, der mich dorthin transportieren würde – nur war der nicht für Frühchen ausgestattet. Ich würde also mindestens zweieinhalb Stunden ohne Sauerstoff unterwegs sein müssen. Als Papa mit einem Arzt über diese Verlegung sprach, machte der ein Gesicht, als hätte er in eine Zitrone gebissen. »Das ist aber sehr riskant. Ich muss Ihnen von dieser Fahrt abraten.«

Papa sah ihn verkniffen an. Was hatte er denn für eine Wahl? Dieses Krankenhaus konnte er sich nicht leisten. »Ich würde das trotzdem nicht machen«, insistierte der Mediziner. Papa schüttelte den Kopf. Der Arzt hatte gut reden! Er hatte eine Krankenversicherung, ein hohes Einkommen und vermutlich obendrein noch eine finanziell gut situierte Familie. Aber mein Vater? Der hatte inzwischen nicht einmal mehr eine Idee, von wem er sich noch Geld borgen könnte. Ratlos fuhr Papa zurück ins Lager, um seine verzweifelte Lage mit seinem ältesten Bruder Ata zu besprechen, mit dem er immer über alles redete. Ata sah ihn betroffen an. »Du *musst* Reem verlegen! Wenn du den Ärzten kein Geld mehr bezahlst, schalten sie die Geräte eh ab. Du hast gar keine andere Wahl.« Mein Vater ließ seinen Kopf hängen. »Ich schaffe das nicht.« Mit Grauen dachte er an seine erste Taxifahrt in die Klinik, wie er ständig seinen Finger unter meine Nase gehalten hatte, um zu prüfen, ob ich noch lebte. »Ich ertrage diese Angst nicht noch einmal. Ich könnte nicht damit leben, wenn sie in meinen Armen stirbt.« Ata legte Papa mitfühlend die Hand auf die Schulter. Er seufzte. »Dann fahre ich mit Reem im Krankenwagen.« Mein Vater blickte auf. »Das würdest du tun?« Er hatte Tränen in den Augen. Genau wie Ata. Der nickte. »Reem muss in die andere Klinik.«

Und so stieg Ata zu mir in den Krankenwagen, während mein Vater im Taxi hinterherbrauste. Mein Vater hatte entschieden, dass Mama zu Hause bleiben sollte, um sich zu schonen. Stattdessen hatte er eine Cousine gebeten, ihn zu begleiten. Nun knetete Papa nervös seine Hände und versuchte daran zu denken, wie schnell die Zeit manchmal vergehen konnte. Es würde nicht lange dauern, und sie hätten die Klinik in Saida erreicht … Trotzdem bereute Papa schon bald, nicht selbst bei mir im Krankenwagen zu sitzen, da er nun überhaupt nicht wusste, wie es mir ging. Wie musste sich da erst meine Mutter fühlen? So weit weg in Wavel … Papas Cousine machte ihm Mut. »Wenn irgendetwas nicht in Ordnung wäre, hätten sie angehalten oder uns ein Zeichen gegeben. Reem schafft das. Ich bin mir sicher!«

Wie durch ein Wunder überlebte ich diese Fahrt. Mein Vater und Ata schlossen sich glücklich in die Arme. Sie hatten es geschafft! Zumindest war nun gewährleistet, dass ich an die nötigen Geräte angeschlossen blieb. Auch wenn es nicht immer einfach war, die benötigten Medikamente zu organisieren, irgendwie schaffte es Papa doch immer. Schließlich war er gut vernetzt. Eine Cousine hatte Verwandte in Saida, die für ihn die Apotheken abklapperten, bis sie die Spritze gefunden hatten, die ich gerade brauchte. So ging es Tag für Tag.

Heute denke ich häufig, dass ich meiner Familie niemals das zurückgeben werde können, was sie für mich getan haben. Dabei ist das für alle anderen gar kein Thema: Familie muss zusammenhalten! Das ist in unserer Kultur selbstverständlich. Ich empfinde diese Einstellung als Riesengeschenk. Denn ohne die Unterstützung meiner Familie hätten meine Eltern meine teure Behandlung niemals bezahlen können, sie hätten niemals das Krankenhaus in Saida gefunden und niemals alle Medikamente beschaffen können, die ich in dieser Zeit benötigte. Deshalb werde ich meiner Familie ewig dankbar sein. Ich glaube, dass es einen stärker fürs Leben macht, wenn man eine solche Familie im Rücken weiß, da man sich niemals alleine fühlen muss. Vielleicht schöpft mein Vater dadurch seinen beinahe unerschütterlichen Optimismus – selbst in schwierigen Situationen.

Als meine Eltern mich nach vierzig Tagen Brutkasten gemeinsam aus der Klinik nach Hause holten, wussten sie nichts. Sie wussten nicht, ob ich geistig behindert sein würde. Sie wussten nicht, welche Behandlungen nötig waren und wie sie diese Behandlungen bezahlen würden. Sie hatten keine Ahnung, was auf sie zukommen würde. Trotzdem verließ mein Vater die Klinik mit geradem Rücken und voller Zuversicht. Er ist kein großer Mann. Aber er ist stark. Ein hundertprozentiger Optimist. Noch kein einziges Mal in meinem Leben habe ich ihn sagen hören, dass es für ein Problem keine Lösung gäbe. Und so war er auch damals überzeugt davon, dass er eine Behandlung für mich finden würde. Er nahm meine Mutter in den Arm und versprach ihr, dass ich ein ganz normales Leben führen könne, und schwor, dafür noch härter zu arbeiten als zuvor.

In der nächsten Zeit übernahm er deshalb zusätzlich zu den Überstunden noch Extraaufträge und legte so viel Geld zur Seite, wie er nur konnte. Am liebsten hätte er eine eigene Werkstatt eröffnet, schließlich war er fleißig und ehrgeizig genug, um sich selbstständig zu machen – aber als Palästinenser durfte er das nicht. Zumindest nicht außerhalb des Lagers. Und wer brauchte *in* unserem Lager schon eine Lkw-Werkstatt? In solchen Momenten frustrierte diese ständige Begrenztheit dann sogar meinen sonst so optimistischen Vater. Halt bot ihm auch in dieser Zeit unsere Familie, die versprach, ebenfalls Geld für mich zu sparen – auch wenn zu diesem Zeitpunkt noch keiner genau wusste, wofür eigentlich. Bislang stand nur fest, dass ich meine linke Seite nicht bewegen konnte und dadurch auch niemals laufen lernen würde, wenn man keine wirksame medizinische Therapie fand.

Dass ich – ebenfalls wegen des Sauerstoffmangels – schielte, war für meinen Vater das kleinere Problem. Dafür gab es in Syrien gute Ärzte, das hatte er bereits herausgefunden. Viel schwieriger war die Sache mit meinem Bein. Denn ich hatte nicht nur eine Spastik – ich hielt also meinen Fuß immer gestreckt wie eine Ballerina – auch meine Sehne wuchs nicht mit. Als meine gleichaltrige Cousine Doaa längst alleine durch die Zimmer flitzte, zog ich mich gerade wackelig an unserem Tisch hoch und machte meine Eltern stolz, indem ich zumindest an ihren Händen vorsichtig einen Schritt vor den anderen setzte. Ohne ihre Hilfe bewegte ich mich, allerdings nur robbend vorwärts – und selbst das nur schlecht, da mein linker Arm zwar nicht lahm, aber doch sehr schwach war. Deshalb begann für meine Eltern und mich, schon als ich noch ein kleines Kind war, eine Odyssee von einem Arzt zum nächsten, von einer Klinik zur anderen. Mein Vater hörte sich überall um und fragte jeden um Rat. Leider fiel den meisten Ärzten nichts anderes ein als das Standardprogramm: Sie verordneten mir Beinschienen, um mein Bein zu strecken.

Als ich gerade mal wieder eine neue Schiene angepasst bekam, sagte der Arzt beiläufig zu Papa: »Für ihre Tochter wäre es gut, auf Sand zu laufen. Dieser unebene Boden trainiert ihre Fußmuskulatur.« Zwar war Papa klar, dass eine trainierte Fußmuskulatur meine Spastik nicht korrigieren würde, trotzdem organisierte er sofort ein Auto, um mit mir nach Saida an den Strand zu fahren. Ein Onkel, seine Frau und zwei meiner Cousinen wollten unbedingt mitkommen. Und so machten wir uns schon am folgenden Wochenende alle zusammen auf den Weg ans Meer. Weil der Pkw natürlich zu klein war für vier Erwachsene und drei Kinder, mussten wir uns ganz schön zusammenquetschen. Ich saß bei Mama auf dem Schoß und schaute nach draußen. Papa und sein Bruder diskutierten mal wieder darüber, welche Nachteile wir als Staatenlose im Libanon hatten. *Staatenlos*. Dieses Wort hatte ich schon als Kleinkind ebenso oft gehört wie *Bonbon*, *Haus* oder *Oma*. Dieses Wort trug anscheinend die Schuld daran, dass Palästinenser nicht dieselben Berufe ausüben durften wie Libanesen, dass Palästinenser keine Krankenversicherung hatten und kein Haus kaufen konnten. *Staatenlos* war offenbar schlecht und ein ständiges Thema in unserer Familie.

»Wann sind wir endlich da?«, unterbrach Doaa die Unterhaltung unserer Väter, woraufhin unsere Mütter, die die ewige Diskussion wohl auch nicht mehr hören wollten, lachten und riefen: »Das dauert noch!« Ich legte meinen Kopf auf Mamas Brust und schlief ein. Als ich aufwachte, tat mir der Po weh, und Mama beklagte sich, weil ihr Bein eingeschlafen war. Nur Papa klang fröhlich. Er jubelte: »Da ist das Meer! Ich sehe das Meer!« Wir alle waren froh, als wir uns endlich aus dem Auto falten konnten! Mama half mir, die Schiene abzunehmen, während meine Cousinen ungeduldig darauf warteten, mit mir zusammen in Richtung Meer zu laufen. Zum ersten Mal spürte ich den warmen weichen Sand unter meinen Füßen. Er fühlte sich großartig an. Ich ließ mich fallen und den Sand durch meine Finger rieseln. Mit meinen rechten Zehen buddelte ich kleine Sandkuhlen. Die linken Zehen konnte ich leider nicht bewegen, da vergrub ich gleich den ganzen Fuß. Später lief ich an Mamas Hand durch das seichte Wasser und versuchte, mit dem Fuß Papa oder meine Cousinen nass zu spritzen. Weil meine Cousinen mit ihren Schwimmflügelchen sich daraufhin ins tiefere Wasser flüchteten, traute auch ich mich weiter hinein.

Mama hielt mich. Zum ersten Mal fühlte ich mich leicht, fast schwerelos. Ein unglaubliches Gefühl! Wir alle waren glücklich nach unserem Tag am Meer – zumindest so lange, bis wir am Abend unser Auto erreichten. Papa entdeckte es als Erster. »Nein!«, schimpfte er. Mein Onkel schüttelte ungläubig den Kopf. Da hatte doch tatsächlich jemand die Fahrertür aufgebrochen! Dabei hatten wir überhaupt nichts Wertvolles im Wagen gelassen. Nur unsere Klamotten – und die waren nun weg. Inklusive meiner Beinschiene. Das war das Schlimmste! Noch dazu war es völlig unverständlich: Was wollte so ein Dieb denn mit meiner Beinschiene? Meine Mutter stöhnte frustriert auf. Nicht nur weil ich nun wieder zum Arzt musste, sondern auch, weil es wieder dauern würde, bis die neue Schiene endlich fertig war, und ich sie doch eigentlich permanent tragen sollte. Obendrein kosteten diese Schienen ein Vermögen. Deshalb fuhren wir am Ende dieses wunderschönen Tages niedergeschlagen und in nassen Badesachen zurück nach Baalbek, wo Papa gleich einen neuen Arzttermin vereinbarte, damit ich möglichst schnell eine neue Schiene bekam.

Ich fand es eigentlich ganz angenehm, auch mal ohne dieses harte Ding schlafen zu können, und verkündete fröhlich: »Die drückt immer so! Ohne Schiene werde ich viel besser schlafen.« Papa seufzte. Er machte sich Sorgen. Wenn ständig solche unerwarteten Extraausgaben dazukamen, würde er nie das Geld für eine richtige Operation zusammenbekommen. Schließlich glaubte er fest daran, dass mir irgendwann geholfen werden würde … »Reem wird alleine gehen können.« Dieses Versprechen hatte er meiner Mutter und sich selbst gegeben – und er wollte es auf keinen Fall aufgeben. Deshalb legte er jeden Monat so viel Geld wie möglich beiseite. Außerdem telefonierte er in regelmäßigen Abständen sämtliche Kliniken im arabischen Raum ab und stellte mich allen möglichen Ärzten vor in der Hoffnung, dass irgendwer eine Idee hatte, wie ich geheilt werden könnte.

Schon als Kindergartenkind hatte ich wegen dieser ständigen Fahrerei quer durch den Libanon und das benachbarte Syrien gefühlt mehr Reisen hinter mir als jeder fliegende arabische Teppichhändler. Dabei hasste ich diese Arztbesuche. Ich kann mich daran erinnern, dass ich mich schon als kleines Mädchen darüber ärgerte, dass wir in den Arztpraxen immer länger warten mussten als die anderen Patienten. »Papa, die sind doch alle nach uns gekommen!«, beschwerte ich mich dann, woraufhin Papa nur seufzend mit den Schultern zuckte. Wenn wir endlich drankamen, musste mein Vater den Ärzten *vor* jeder Untersuchung einen ganzen Stapel Geldscheine in die Hand drücken. Trotzdem brachen die Ärzte ihre Untersuchung manchmal nach einem Blick auf die Uhr ab. Mittendrin. Weil sie meinten, Papa hätte ihnen nicht genug gezahlt. Dann komplimentierten sie uns aus dem Behandlungszimmer, Papa musste mit verkniffenem Gesicht und Zornesfalten auf der Stirn neues Geld holen und die Warterei begann von vorne ...

Papa ließ das alles geduldig über sich ergehen. Sein einziges Ziel war, mir zu helfen. Damit, dass wir Palästinenser einen anderen Stand hatten als die Einheimischen, hatte er sich längst abgefunden.

Aber mir fiel diese Ungerechtigkeit in dieser Zeit zum ersten Mal auf. Überhaupt begann ich mir damals zum ersten Mal Gedanken darüber zu machen, dass nicht alle Menschen gleich waren. So nahm ich in dieser Zeit auch zum ersten Mal bewusst wahr, dass ich anders war als die anderen Kinder. Das war mir zwar schon früher aufgefallen, nur hatte es mich bislang nicht besonders gestört. Das änderte sich nun schlagartig: Ich war behindert – und manchmal machte mich das richtig wütend.

Zum Beispiel, wenn ich es nicht einmal alleine von unserer Etage nach unten zu Doaa oder ins Erdgeschoss zu Uroma, Oma und Abeer schaffte. Ich konnte nicht einmal an der Hand Treppen steigen, stattdessen musste ich immer getragen werden. Zwei Stockwerke nach unten zu meiner Oma – wo wir oft gemeinsam aßen, wo die Kinder spielten oder fernsahen, wo das Familienleben stattfand … Je größer ich wurde, desto schwerer fiel meiner zierlichen Mutter die Schlepperei. Um ein ständiges Auf und Ab zu vermeiden, verbrachte ich manchmal ganze Tage unten im Erdgeschoss. Meist saß oder lag ich neben meiner Uroma, die aufgrund ihres hohen Alters ebenfalls nicht mehr so richtig gut zu Fuß und dementsprechend froh war, wenn sie jemanden hatte, der ihr zuhörte und nicht ständig davonlief. Deshalb bin ich mir ziemlich sicher, dass keiner aus meiner Familie so viele Geschichten über Haifa gehört hat wie ich. Damals waren diese Geschichten noch neu für mich. Sie erschienen mir wie die Märchen aus Tausendundeiner Nacht: grüne Parks, in deren Mitte Brunnen standen, aus denen meterhoch das Wasser in die Luft sprudelte. Was für ein märchenhafter Kontrast zu dem staubigen Graubeige vor unserer Haustür!

Da meine Eltern kein Geld für einen Rollstuhl hatten, wurde ich, wenn wir ausgingen, immer in einem alten Kinderbuggy durch die Gegend geschoben. Doch die Wege im Flüchtlingslager waren holprig. Der Regen hatte an einigen Stellen tiefe Mulden in den Lehm gespült. Ich kann mich noch heute genau an das Gefühl erinnern, wenn der Buggy abrupt stoppte, weil er mal wieder in irgendeinem Loch stecken geblieben war, und ich dann vorwärts aus meinem Sitz kippte. Ich habe es gehasst.

Alle anderen konnten sich frei bewegen – nur ich wurde entweder geschoben oder ging auf wackeligen Beinen an der Hand. Es machte mich zunehmend traurig, wenn ich zugucken musste, wie meine Cousins und Cousinen miteinander Verstecken oder Badminton spielten, während ich bei meiner Uroma oder meiner Mutter am Boden saß. Dann fragte ich sie: »Warum kann ich nicht laufen? Warum ich? Warum kann ich nicht wie die anderen mit Doaa spielen?« Ich fand das furchtbar ungerecht. Meinen Eltern tat es wohl weh, mich oft so unglücklich zu sehen. Um mich aufzumuntern, überhäuften sie mich mit Geschenken. So stellten sie mir nach der Augenoperation zum Beispiel ein kleines Planschbecken auf die Terrasse. Mein Opa brachte mir regelmäßig Süßigkeiten aus seinem Kiosk mit. Kein anderes Kind aus unserer Familie wurde dermaßen verwöhnt und besaß so viel Spielzeug wie ich. Wobei meine Ausstattung vermutlich trotzdem mit keinem deutschen Kinderzimmer mithalten konnte. Wenn ich heute sehe, dass in deutschen Kinderzimmern die Spielsachen in Regalen bis unter die Decke gestapelt stehen, kann ich nur staunen. Ich hatte damals einen Schrank und ungefähr einen Wäschekorb voller Spielsachen – und war damit definitiv die ungekrönte Puppen-und-Plastikgeschirr-Königin. Alle meine Cousins und Cousinen freuten sich, wenn sie mit meinen Sachen spielen durften. Was allerdings nicht nur daran lag, dass ich mehr hatte als sie. Es war einfach selbstverständlich, dass wir alle miteinander spielten.

Auch wenn wir zusammen in den Kindergarten gingen. Da schoben mich meine Cousinen im Buggy sicher zum

Kindergarten und später wieder zurück nach Hause. Meist saßen sie auch neben mir, wenn wir bastelten oder malten. Zumindest in der ersten Zeit. Bis ich Jana kennenlernte. Meine allerbeste Freundin. Sie war ein freundliches, aber sehr zurückhaltendes Mädchen – genau wie ich. Wenn die anderen Kinder um die Wette liefen, saßen wir nebeneinander am Tisch, quatschten, lachten und kneteten. In diesen Momenten konnte ich meine Behinderung komplett vergessen. Wir waren einfach nur zwei Freundinnen, die miteinander Spaß hatten.

Nachmittags gingen wir zusammen rüber zur Koranschule – Pflichtprogramm für alle muslimischen Kinder ab etwa fünf Jahren. Jeden Tag bekamen wir hier zwei Stunden Unterricht. Meist sprachen wir über unsere Religion oder lasen gemeinsam aus dem Koran. Für mich stand der Koran für Frieden. Und Liebe. Er bedeutete Würde, Respekt, Ehrlichkeit, Bescheidenheit, Demut und Güte. Das lebte mir meine Familie jeden Tag vor. Für sie standen alle Glaubensrichtungen gleichberechtigt nebeneinander. Deshalb fand ich es schön, nun zusammen mit den anderen Kindern in der Heiligen Schrift zu lesen. Dabei erschloss sich für mich in der Koranschule eine ganz neue Welt: Zwar konnte ich nicht so schnell laufen wie die anderen Kinder, dafür fiel es mir wesentlich leichter als den meisten anderen, die Koransuren auswendig zu lernen. Wort für Wort. Ton für Ton. Höhe für Höhe. Die Suren wurden nämlich anders gesprochen, als wir normalerweise redeten. Es war eine Art religiöser Singsang – nur ohne Melodie.

Insgesamt gab es 114 Suren – 6236 Verse! Natürlich konnte ich längst nicht alle auswendig, aber immerhin mehr als die anderen Schüler! Deshalb wurde ich ausgewählt, am Koranwettbewerb von Baalbek teilzunehmen. Schon alleine die

Teilnahme empfand ich als Auszeichnung, auf die meine Eltern und alle anderen aus der Familie, allen voran meine Tante Abeer, unglaublich stolz waren. Ich genoss die allgemeine Freude über meine Ernennung: Endlich war ich mal nicht das Sorgenkind, sondern die Auserwählte, das Mädchen, das es besonders gut machte. Das tat mir unendlich gut! Wochenlang wurde ich nun quer durch die Stadt in verschiedene Moscheen gefahren. Jedes Mal fand ich mich dann drei Frauen gegenüber, die mich aufmerksam musterten und aufforderten, bestimmte Suren aus dem Koran aufzusagen. Sie sagten dann beispielsweise: »Reem, bitte die Sure 34.« Dann musste ich diese Sure wortgenau und mit der korrekten Betonung vortragen, bis eine der Frauen »Stopp!« rief und eine neue Sure verlangte. Es ging darum, möglichst fehlerfrei möglichst viele Suren zu kennen. Von ganz Baalbek landete ich auf dem vierten Platz! Danach sahen meine Eltern tagelang aus, als hätte man ihnen ein Dauerlächeln ins Gesicht gemalt. Auch ich freute mich natürlich riesig. Doch dann holte mich meine Behinderung wieder ein: Denn leider konnte ich mit meinem gewonnenen Preis nicht viel anfangen – meine ganze Koranklasse war zur Belohnung in einen Freizeitpark eingeladen worden. Das war ein riesiges Gelände mit Schaukeln und Kettenkarussells, lustigen Wellenrutschen und Klettergerüsten. Für Kinder, die Spielplätze nur vom Fernsehen kannten, kam ein solcher Park dem Paradies schon ziemlich nahe … Ich saß auf der Wiese – sogar die gab es in dem Park – und sah meinen Cousinen zu, wie sie vor lauter Glück und Freude laut jauchzten. Ich kannte das schon. Am Rande zu sitzen und zuzuschauen, wie die anderen Spaß hatten. Das war genau wie beim jährlich stattfindenden Zuckerfest, das wir immer am Ende des Ramadans feierten – unser Fest des

Fastenbrechens. Da bekamen alle Kinder von den Erwachsenen Geld geschenkt. Sogar von Wildfremden. Wir riefen: »Frohes Zuckerfest!« Und jeder drückte uns ein paar Münzen in die Hand. Mit dem Geld liefen wir dann zum Festplatz, auf dem Karussells, Trampoline, Schaukeln und kleine Büdchen, an denen Süßigkeiten verkauft wurden, aufgestellt waren. Mein Opa betrieb dort eine Schaukel. Das war toll, so mussten meine Cousins, Cousinen und ich fürs Schaukeln nichts bezahlen. Doch meist stürmten meine Cousinen dann bald weiter, um in diese spektakulären Kettenkarussells zu steigen, die sich wild im Kreis drehten, sodass alle Mitfahrenden vor Freude und Magenkribbeln laut johlten. Das war für mich leider zu gefährlich. Ich durfte allenfalls auf diesen lahmen Pferdchen oder Kamelen der Kinderkarussells meine Runden drehen. In solchen Momenten war ich neidisch. Nicht falsch verstehen. Es war nicht so, dass ich es meinen Cousinen nicht gönnte – ich freute mich mit ihnen, wenn ich sah, wie ausgelassen sie waren. Ich hätte nur auch gerne mit ihnen im Kettenkarussell gesessen.

Im Alltag dachte ich oft gar nicht daran, dass ich anders war als die anderen Kinder. Daran hatte ich mich inzwischen gewöhnt. Aber in Momenten wie diesen tat es mir dann doch jedes Mal weh, nicht mit den anderen herumspringen zu können. Dann wurde mein Herz ganz schwer, und ich fragte mich, warum ausgerechnet ich diese Behinderung hatte. Wozu?

Vor dem Ausflug hatte meine Koranlehrerin gefragt, ob ich überhaupt mitkommen wollte, wenn ich doch ohnehin nicht mit den anderen herumtoben konnte. Aber zu Hause hätte ich an diesem Tag auch nicht sitzen wollen. So hatte ich wenigstens ein bisschen das Gefühl, dabei zu sein. Außerdem war es doch *mein* Preis!

Als Jana und meine Cousinen sahen, dass ich auf der Wiese gelangweilt Grashalme aus der Erde zupfte und sie in ihre einzelnen Fasern zerlegte, liefen sie zu mir und setzten sich neben mich. Meine liebe Freundin. Meine zauberhaften Cousinen. Ich lächelte sie an. »Geht schon! Es ist alles okay.« Jana zog ihre Nase kraus, und Doaa legte ihren Kopf schief. »Nein, wirklich. Mir geht es gut«, ermutigte ich sie noch einmal, wieder zu den Fahrgeschäften zu gehen. Jana nahm mich in den Arm. Sie spürte genau, dass ich traurig war, ihr und den anderen aber nicht den Spaß verderben wollte. Sie küsste mich auf die Wange. Auch Doaa warf mir einen Kuss zu. »Danke!« Dann rannten sie zurück zu den anderen Kindern.

Den ganzen Tag kamen Jana und meine Cousinen zwischendurch immer mal wieder zu mir und brachten mir manchmal sogar Bonbons oder Mädchenhaar mit – wie Zuckerwatte bei uns genannt wurde. Aber auch das verbesserte meine Laune nicht wirklich. Als wir spät am Abend zurück nach Hause kamen, erzählten meine Cousinen aufgeregt von ihrem tollen Tag im Freizeitpark, während ich eigentlich gar nichts sagte. Meine Tante Abeer fragte schließlich, wie der Ausflug für mich gewesen wäre. »Ich habe den ganzen Tag auf der Wiese gesessen«, gab ich zur Antwort und biss mir danach sofort auf die Lippe, weil ich meinen Cousinen ihre ausgelassene Freude nicht verderben wollte. Papa legte den Arm um mich. »Ich bin trotzdem sehr stolz auf dich, dass du bei dem Wettbewerb so gut abgeschnitten hast.« Ich lächelte ihn an und las in seinen Augen, was er dachte: Irgendwann soll Reem auch laufen können, sie soll auch über den Rummel schlendern können, Spaß haben, glücklich sein – so wie alle anderen Kinder.«

Abeer legte ihre Hand auf Papas Schulter. Sie kannte seinen ständigen Schmerz. »Reem ist ein tolles Mädchen!«, lobte sie mich. »Das hast du sehr gut gemacht!« Dabei sah sie mich fast zärtlich an. Manchmal hatte ich das Gefühl, in ihren warmen Augen versinken zu können.

Tante Abeer war die Einzige aus meiner Familie, die wirklich alle Suren auswendig konnte. Allerdings arbeitete sie auch in der Koranschule – ohne dafür bezahlt zu werden. Schließlich galt es als Ehre, dort zu lehren. Ich lächelte Abeer dankbar an. Sie war eindeutig meine Lieblingstante, weil sie lustig war und lieb und mir immer besonders aufmerksam zuhörte, wenn ich ihr etwas erzählte. Manchmal fühlte es sich an, als könnte Abeer mit ihren wunderschönen braunen Augen direkt in mein Herz schauen.

Sie gab mir einen Kuss auf die Stirn und ging dann in die Küche, um meiner Oma beim Abendessen zu helfen. Mal wieder fragte ich mich, warum ausgerechnet Abeer keinen Mann abbekommen hatte. Dabei gab es im Lager sogar hässliche unfreundliche Frauen, die geheiratet worden waren! Für mich fühlte sich dieses *Nicht-auserwählt-worden-Sein* traurig an. Auch wenn Abeer immer beteuerte, dass sie glücklich sei, wie es war. So könne sie schließlich mit uns zusammen wohnen. Das nahm ich ihr aber nicht ganz ab. Zumal eine Hochzeit für mich eines der schönsten Feste überhaupt war! Dementsprechend freute ich mich, als ich ein paar Tage später erfuhr, dass eine von Papas Cousinen heiraten wollte. Meiner Mutter kamen gleich die Tränen, als sie davon erfuhr. Aber Mama war in letzter Zeit sowieso ein bisschen weinerlich – das hing wohl mit ihrer erneuten Schwangerschaft zusammen, denn die war nach meiner Frühgeburt vor über fünf Jahren natürlich doppelt aufregend für meine Eltern. Doch diesmal schien alles gut zu verlaufen, Mama hatte gesundheitlich keinerlei Probleme, und bei der letzten Untersuchung hatte der Arzt meine Eltern mit der Aussage beruhigt: »Das Baby im Bauch ist inzwischen schon so gut entwickelt, dass es gar keine Probleme gäbe, wenn es jetzt zur Welt käme.« Das war natürlich großartig. Ich war selbst ganz aufgeregt, weil ich nun auch endlich Schwester wurde – schließlich gab es in unserer Familie überhaupt keine Einzelkinder. Alle hatten Geschwister. Schon deshalb freute ich mich riesig auf das Baby.

Die bevorstehende Hochzeit lenkte mich kurzzeitig ein wenig von Mamas Schwangerschaft ab. Eine Hochzeit bedeutete für uns Mädchen nämlich, dass wir uns einen Tag lang wie kleine Prinzessinnen fühlen durften. Für diesen Anlass wurden wir kleinen Mädchen schon komplett geschminkt – mit Lidschatten, Rouge und Lippenstift. Und zwar nicht nur ein bisschen, sondern so richtig! Außerdem wurden unsere Haare aufwändig frisiert und wir durften Kleider tragen, mit denen wir alle wie Märchenfeen aussahen. Ich liebte diese Kleider! Vor allem, wenn sie von oben bis unten mit Goldborten verziert und mit Pailletten bestickt waren. Ich konnte es gar nicht abwarten, mit meinen Eltern das neue Kleid auszusuchen. Die Läden erschienen mir wie Schatzkammern, weil es überall blinkte und glitzerte. Vorsichtshalber begann ich auch gleich mit den Schuhverhandlungen: Meine Cousinen durften zu solchen Anlässen nämlich tolle Pumps mit Absatz tragen. Das klackerte so schön beim Laufen. Außerdem machten sie so ein Prinzessinnenoutfit überhaupt erst komplett. »Mama, diesmal will ich aber auch Schuhe mit Absatz tragen!«, erklärte ich deshalb, während Mama gerade mit ihrem dicken Babybauch in unserer Küche eines meiner Lieblingsgerichte kochte:

Makluba. Ein palästinensisches Reisgericht mit Huhn. Mama verzog ihren Mund. »Mama, bitte!«, bettelte ich weiter. Ich hatte es satt, als Einzige immer diese klobigen Gesundheitsschuhe mit dem Gummiband hinten tragen zu müssen, während die anderen so hübsch aussahen. Mama stieß einen Seufzer aus. »Reem, du weißt, dass das nicht geht.« Trotzig schob ich meine Unterlippe vor und zog die Augenbrauen zusammen. »Ich will aber!« Weil ich spürte, dass Mama sich nicht überreden ließ, kamen mir die Tränen. »Wenigstens für eine Stunde?«

Und wieder einmal verfluchte ich meine Behinderung. Ich wollte doch nur *ein einziges Mal* dieses Gefühl haben, mit klappernden Absätzen zu laufen! Ich konnte an nichts anderes mehr denken. Bis sich eines Abends mein Vater neben mich auf unser arabisches Sofa setzte, während gerade *Tom und Jerry* im Fernsehen lief. Das kam mir verdächtig vor, deshalb sah ich ihn misstrauisch an. Papa holte tief Luft. »Reem, ich weiß, wie gerne du mit diesen Absatzschuhen auf die Hochzeit gehen möchtest. Aber das geht leider nicht.« Traurig sah ich ihn an. Ich wusste, dass sich das Thema damit erledigt hatte – seinem Vater widersprach man schließlich nicht. Papa seufzte. Es tat ihm selbst leid, mir diesen Wunsch nicht erfüllen zu können. »Vielleicht wirst du irgendwann einmal Schuhe mit Absätzen tragen können. Ich werde alles dafür tun, dir diesen Wunsch zu erfüllen.« Das wusste ich ja. Ich wusste ja, dass Papa ständig mit Ärzten sprach und Geld für eine Operation sparte, von der er noch nicht einmal wusste, wie genau sie aussehen sollte. Trotzdem war ich enttäuscht und konnte mich nun überhaupt nicht mehr auf die Hochzeit freuen.

Doch dann geschah etwas, das uns alle schlagartig von der geplanten Hochzeit ablenkte. Uroma stand morgens nicht mehr aus ihrem Bett auf. Das war sehr ungewöhnlich, da sie es liebte, draußen vor dem Haus in der Sonne zu sitzen. Papa erklärte mir, dass es wohl an der Zeit wäre, sich von Uroma zu verabschieden. Mit großen Augen sah ich ihn an. Ich konnte mir ein Leben ohne meine Uroma gar nicht vorstellen. Tröstend streichelte mir Papa über den Kopf. »Uroma ist schon 103 Jahre alt. Das ist sehr, sehr alt. Darauf können wir sehr stolz sein.« Trotzdem musste ich weinen. Nur weil sie sehr alt war, würde ich sie ja nicht weniger vermissen, wenn sie nicht mehr bei uns wäre.

Auch Uroma spürte wohl, dass sie bald von uns gehen würde. Sie bat uns alle noch einmal an ihr Bett, und wir sprachen mit leisen Stimmen die Shahada, unser Glaubensbekenntnis: *»Siehe, wir machen sie (die Toten) lebendig, und wir schreiben auf, was sie zuvor taten, und ihre Spuren und alle Dinge haben wir aufgezählt in einem deutlichen Vorbild.«* Es sollte Uroma bei ihrer Rückkehr zu Allah begleiten. Als ich mich zu ihr beugte, um ihr einen Kuss auf die Stirn zu geben, lächelte sie und flüsterte: »Vergiss nie, was ich dir von Haifa erzählt habe. Ganz egal, wohin der Wind dich treibt, behalte Haifa in deinem Herzen.« Das versprach ich ihr, während mir die Tränen über das Gesicht flossen. Ich spürte, dass ich Haifa immer wie einen Schatz in mir tragen würde. Denn Haifa war auch meine Uroma. Und ich würde meine geliebte Uroma niemals vergessen.

Als sie kurz darauf tatsächlich einschlief, wurde sie in ihrem Sterbezimmer gewaschen und anschließend in eine schlichte Holzkiste gelegt, die mit Tüchern bedeckt wurde, auf denen Koransuren standen. Wir beerdigten sie auf einem Friedhof außerhalb unseres Lagers. Mit dem Schlüssel in ihrem Gewand. Es zerriss mir fast das Herz, dass sich ihr Wunsch, irgendwann nach Haifa zurückzukehren, nicht mehr erfüllt hatte. Ebenso wenig ihr Traum von einem friedlichen Miteinander aller Weltreligionen.

2

Es war etwa Mitte Juli 2006, als im Fernsehen plötzlich darüber berichtet wurde, dass es an der libanesischen Grenze zu Kämpfen mit Israel gekommen war. Den Auslöser habe ich nicht verstanden – beide Parteien schoben jeweils der Gegenseite die Verantwortung zu: die Hisbollah den Israelis, die Israelis der Hisbollah. Mir persönlich war es egal, wer angefangen hatte. Aber diese Bilder von zerbombten Häusern machten mir Angst: Erst dieses Feuerzucken, begleitet von einem ohrenbetäubenden Schlag, dann die riesigen Rauchsäulen, die in den Himmel stiegen, wenn das Haus zusammensackte. Ich musste immer daran denken, dass in diesen Häusern Menschen lebten. Menschen wie wir. Die gerade mit ihrer Familie vor dem Fernseher saßen oder zu Abend aßen … Und auf einen Schlag war alles vorbei.

Kurz darauf war auch von Angriffen auf Haifa die Rede. Meine Oma weinte, als sie das sah. Sie saß vor dem Fernseher und presste sich zitternd ihre Hand auf den Mund. »Wie gut, dass Uroma das nicht mehr erleben muss«, flüsterte sie mit zitternder Stimme. Auch mir war zum Heulen zumute. Nicht nur wegen Haifa. Letztendlich spielte es gar keine Rolle, wo genau gerade Bomben fielen. Dieser Krieg versetzte alle in Panik. Obwohl er weit weg stattfand, fühlte er sich ganz nah an. Er hatte etwas unendlich Bedrohliches, da keiner wusste, was geschehen und wie er sich entwickeln würde. Die Menschen im Flüchtlingslager hatten überhaupt kein anderes Thema mehr. Alle klebten beinahe rund um die Uhr vor ihren Fernsehapparaten, um den weiteren Verlauf dieser Auseinandersetzung zu verfolgen. Die älteren Frauen standen jammernd in den Gassen und erinnerten sich an irgendwelche Massaker, die vor vielen Jahren in anderen Flüchtlingslagern stattgefunden hatten und bei denen unzählige unschuldige Palästinenser, vorwiegend Alte, Frauen und Kinder, getötet worden waren. Ich spitzte die Ohren. *Massaker? Tote Frauen und Kinder?* Aber Papa beruhigte mich, als ich ihm aufgeregt berichtete, was ich draußen aufgeschnappt hatte: »Das war damals eine ganz andere Geschichte. Da waren ganz andere Leute beteiligt.«

Aber ich hatte trotzdem Angst, dass der Krieg sich bis zu uns durchfressen könnte. Alle hatten Angst, auch wenn es zunächst so aussah, als ob wir verschont bleiben würden. Doch der Krieg ist hinterhältig und heimtückisch – er schlich sich leise an …

An einem ruhigen Sommerabend lag ich mit Mama und meinem neugeborenen Bruder Ahmed in unserem arabischen Wohnzimmer, in dem wir manchmal auch übernachteten. Mama kuschelte mit Baby Ahmed auf der einen Matratze, ich lag an ihrem Fußende auf einer anderen. Dabei muss man sich die Matratzen nicht wie einfache Schlafmatratzen vorstellen, es waren eher Sofas ohne Sofabeine. Sie lagen in U-Form entlang der Wände – drei bunt verzierte, sehr edle Matratzen mit Rückenlehnen. Den Boden bedeckte ein hübscher farbiger Teppich. An der einzigen freien Wand stand unser Fernseher. Aber leider lief der mal wieder nicht. Typisch. Fernsehgucken war in unserem Lager ein Glücksspiel. Man musste sich jedes Mal überraschen lassen, ob gerade Strom lief oder nicht. Lediglich bei starkem Regen konnte man sich beinahe hundertprozentig sicher sein, dass gar nichts ging. Mama und ich lagen also im Dunkeln. Von außen schien noch das letzte Licht des Tages herein. Straßenlaternen gab es in unserem Lager nicht.

Weil es ein heißer Tag gewesen war, hielten wir die Fenster weit geöffnet. Manchmal hörte ich draußen ein Mofa vorbeiknattern, dann wieder den kleinen Ahmed schnaufen. Da das Fenster direkt über mir lag, konnte ich in den Himmel gucken. Das tat ich gerne. Vor allem wenn der Himmel so schön wolkenlos war wie heute. Wieder knatterte ein Mofa vorbei. Dann noch eines. Dazu Stimmen. Laute Rufe. Immer mehr laute Rufe. Unsere Gasse schien plötzlich voller Menschen zu sein. Verwundert runzelte ich die Stirn. Die Menschen schrien aufgeregt durcheinander. Kurz darauf wurde es auch bei uns im Haus unruhig. Von unten drangen laute Stimmen zu uns nach oben. Offenbar redeten alle aufgeregt durcheinander. Mir war klar, dass etwas nicht in Ordnung war, deshalb richtete ich mich auf und sah rüber zu Mama. Getrappel ertönte im Treppenhaus. Papa und seine Brüder rannten nach oben. Sie riefen aufgeregt in unser Zimmer, dass Soldaten vor dem Lager standen. Irgendwelche Soldaten. Sie waren in Panzern gekommen und parkten in der Nähe des Hauses, in dem Papas Bruder Naim wohnte. Mein Herz raste. Am liebsten wäre ich selbst mit den Männern nach oben auf die Dachterrasse gestürmt, um zu gucken, was los war. Stattdessen saß ich vor lauter Panik wie erstarrt auf meiner Matratze. Unfähig, mich zu bewegen. Ausgerechnet jetzt trug ich auch noch einen Gips, der mein Bein gerade halten sollte. Mit diesem schweren Gips war ich noch unbeweglicher als sonst. Ich fühlte mich so ausgeliefert und hilflos wie noch nie zuvor in meinem Leben. Alle anderen würden fliehen können, rennen können, sich helfen können. Ich nicht. Aus Angst begann ich zu weinen. Die Tränen tropften auf meine Matratze. Ich musste hoffen. Beten und hoffen.

Da Mama mich niemals alleine gelassen hätte, es aber klar war, dass sie Ahmed und mich auf keinen Fall beide die Treppen raufschaffen könnte, blieb auch sie einfach auf ihrer Matratze und drückte Ahmed an sich. Ich suchte ihren Blick, konnte ihn im Halbdunkel aber nur erahnen. Wir sahen uns an, ohne einen Mucks zu tun. Atemlos lauschten wir nach draußen und versuchten, aus dem Stimmenwirrwarr über und unter uns – vom Dach und von der Straße – irgendetwas herauszuhören. Plötzlich ertönte aus der Ferne ein Grollen. Ein finsteres, düsteres Grollen. Ich konnte es nicht zuordnen und riss meine Augen auf. Es fühlte sich bedrohlich an. Unwillkürlich hielt ich die Luft an. Dann plötzlich gab es einen ohrenbetäubenden Knall, die Erde bebte, Leute schrien auf, und von oben prasselte ein Scherbenregen auf mich herab. Durch die Detonation einer Bombe ganz in unserer Nähe war unsere Fensterscheibe zerplatzt. Ahmed fing an zu brüllen, und meine Mutter kreischte kurz auf, um dann im selben Moment in sich zusammenzufallen. Ich sah, wie ihre Umrisse auf die Matratze sanken. »Mama? Maaamaaa?« Meine Stimme wurde schrill vor Panik. Ich wollte mich bewegen. Aber die Schiene hielt mich fest. Außerdem waren überall Scherben. Vermischt mit Blut. Überall nur Scherben und Blut. Ich schrie so laut ich konnte. »Papa! Mama!« Mein Vater stürzte ins Zimmer. Gefolgt von seinen Brüdern und ihren Frauen. Entsetzt blickten sie erst zu mir – zugedeckt mit Scherben. Dann auf Mama. Sie lag noch immer ohnmächtig auf ihrer Matratze. Neben ihr der schreiende Ahmed. Eine Tante schnappte sich das Baby und versuchte, es zu beruhigen.

Eine andere versuchte panisch, Mama wach zu rütteln, während die Männer mich vorsichtig aus dem Scherbenhaufen zogen. Glücklicherweise war ich nicht schlimm verletzt.

Nachdem Mama wieder zu sich gekommen war, versorgten die Frauen meine Schnittwunden mit Heilsalben und Pflastern. Äußerlich war alles bald wieder in Ordnung. Aber innerlich wurde ich diesen Schreckmoment nie wieder los. Wann immer ich seitdem im Fernsehen Bilder vom Krieg, Bilder von Bomben und Zerstörung sehe, gerate ich in Panik und kämpfe mit den Tränen. Obwohl mir nichts passiert war, hatte sich diese Explosion in mein Innerstes gebrannt.

Glücklicherweise waren die Militärfahrzeuge schon am folgenden Tag wieder verschwunden, und es hatte bis auf diesen einen Bombenabwurf in der Nähe des Lagers keine weiteren Explosionen gegeben. Trotzdem blieb die Panik. In den Gassen wurde nun noch lauter, noch aufgeregter spekuliert: »Was, wenn sie wiederkommen? Was, wenn sie das Lager beim nächsten Mal direkt angreifen ? Was, wenn der Krieg noch größer, schlimmer, blutiger wird?« Es gab eigentlich kein anderes Thema mehr. Ich hörte, wie Papa mit seinen Brüdern diskutierte. Sie waren die Oberhäupter unserer Familie und trugen eine große Verantwortung. Gemeinsam kamen sie zu dem Schluss, dass es für die Familie das Sicherste wäre, den Libanon vorübergehend zu verlassen – Papa und seine Brüder wollten kein Risiko eingehen. »Wir müssen weg von hier«, erklärte mein Vater deshalb am nächsten Tag meiner Mutter, die noch immer damit beschäftigt war, die Scherben aus der Matratze zu sammeln. Sie sah wenig begeistert aus. Mama ging nicht gerne nach draußen. Selbst wenn die anderen Frauen vor dem Haus saßen und quatschten und lachten, blieb sie am liebsten in unserer kleinen Wohnung. Und nun sollte sie mit ihrem Baby und ihrer fünfjährigen Tochter ins Unbekannte aufbrechen? Unglücklich sah sie meinen Vater an, der ihr liebevoll über die Wange strich. »Wir haben keine andere Wahl, Manal!« Also packten sie zusammen, so viel sie tragen konnten, und dann machten wir uns alle zusammen auf den Weg. Papas Familie und Mamas Familie. Unser Ziel: das benachbarte Syrien.

Damaskus, die syrische Hauptstadt, lag etwa hundert Kilometer von Baalbek entfernt. Ich war schon einmal zu einer Augenoperation und zu mehreren Untersuchungen dort gewesen, weil die syrischen Ärzte einen sehr guten Ruf haben – im Gegensatz zu ihren libanesischen Kollegen. Sofort erinnerte ich mich an die breiten, ordentlich asphaltierten Straßen in den Städten, an die schön bepflanzten Verkehrsinseln, an die vielen edlen Geschäfte. In einem hatte mir mein Vater einen karamellfarbenen Mantel gekauft. Einen wunderschönen, kuschelig weichen Wollmantel. Auf den war ich bei uns im Lager sogar schon von wildfremden Frauen angesprochen worden, weil alle ihn so schick fanden. Insgesamt hatte ich Syrien also in allerbester Erinnerung. Es fühlte sich sicher und modern an – schon alleine deshalb, weil es jederzeit Strom und Wasser gab und die Krankenhäuser sauber und top ausgestattet waren. Deshalb war ich zwar genauso aufgeregt wie alle anderen, weil wir nun unser Haus und unser Lager verlassen wollten, aber zumindest hatte ich eine angenehme Vorstellung davon, was uns in Syrien erwartete.

Wir flohen mit dem Bus. Unsere ganze Familie stand also schwer bepackt inmitten anderer ebenso schwer bepackter Libanesen und Palästinenser am Straßenrand von Baalbek und wartete darauf, dass endlich ein klappriger Bus neben uns hielt, um uns mitzunehmen. Allerdings waren die meisten Busse dermaßen überfüllt, dass sie nicht einmal stehen blieben. Anscheinend wollte jeder raus aus Baalbek. Wer kein Auto hatte, dem blieb keine andere Möglichkeit, als den Bus zu nehmen, da das Bahnnetz der ehemals berühmten Libanonbahn schon vor Jahren im Bürgerkrieg zerstört worden war. Leider gab es keine Linienbusse, die zu festen Zeiten an bestimmte Orte fuhren. Es stand auch draußen am Bus nichts dran. Sobald ein Bus stoppte, mussten wir den Fahrer fragen, wohin er wollte, immer in der Hoffnung, dass er in die gewünschte Richtung fuhr. Ich erinnere mich noch, dass wir ewig warteten, bis wir endlich irgendwo einsteigen konnten. Im Businneren standen wir dann eng aneinandergepresst. Mein Papa schaffte es, wenigstens für mich und Mama einen Sitzplatz zu ergattern, da ich mit meinem Gipsbein nicht lange stehen konnte und Mama den kleinen Ahmed auf dem Arm trug. Es war eine katastrophale Reise, und ich war froh, dass ich am Fenster sitzen durfte. So konnte ich wenigstens nach draußen sehen und mich ein bisschen *wegdenken*. In der Ferne entdeckte ich die Umrisse der antiken römischen Tempelanlage, für die Baalbek bekannt ist. Papa hat mir einmal erzählt, dass die Römer Baalbek früher Heliopolis, also die Stadt der Sonne, genannt haben. Das klingt schön, finde ich. Heute reisen Touristen aus der ganzen Welt hierher, um sich die spektakulären Bauten anzusehen. Vor allem den Jupitertempel. Er soll der größte Einzeltempel des gesamten Römischen Reiches gewesen sein. Daneben steht noch ein kleinerer, der Bacchustempel. Er war vermutlich dem Gott des Weines geweiht und gilt heute als einer der am besten erhaltenen Tempel überhaupt.

Außerdem hatten Wissenschaftler hier einen der vier größten jemals in der Antike verarbeiteten Steine gefunden – sie nannten ihn den *Stein der schwangeren Frau*. Er ist über zwanzig Meter lang und um die 800 Tonnen schwer. Allerdings ist er nie in der Tempelanlage verbaut worden, wahrscheinlich weil die römischen Arbeiter ihn nicht fortbewegen konnten. Wegen all dieser Sehenswürdigkeiten gilt Baalbek als ein Mekka für Archäologen. Die Tempelanlage gehört sogar zum Weltkulturerbe der UNESCO. Verrückt, dass alle diese bedeutsamen Bauten ausgerechnet bei uns standen. Schließlich fühlte sich Rom so unendlich weit weg an. Irgendwo in Europa …

Zwar faszinierte mich die Vorstellung, dass hier vor fast zweitausend Jahren Römer gelebt und ihren Göttern gehuldigt hatten, trotzdem erschien es mir verrückt, dass Touristen einmal um die Welt reisten, nur um sich diese alten Steine anzugucken. Zumal die meisten Palästinenser, die hier lebten, diese Tempel kaum eines Blickes würdigten. Ich war zum Beispiel schon oft mit Mama auf dem Weg in die Innenstadt an ihnen vorbeigelaufen, ohne sie besonders zu beachten. Sie standen eben da. Uralte Steine. Nichts Besonderes.

Doch nun nahm ich mir vor, sie mir irgendwann einmal genauer anzuschauen. »Kann man in den Tempel eigentlich auch reingehen?«, fragte ich deshalb Mama neben mir. Sie lächelte. »Das müssen wir mal schauen.« Insgeheim fügten wir in unseren Köpfen wohl beide hinzu: Wenn das alles demnächst überhaupt noch steht …

Wir fuhren aus der Stadt raus in die fruchtbare Hügellandschaft der Bekaa-Ebene. Ich mochte diesen Blick. Auf der einen Seite wurde die Ebene vom schneebedeckten Libanon-Gebirge, auf der anderen Seite vom ebenfalls schneebedeckten Anti-Libanon-Gebirge begrenzt. Wenn es bei uns im Tal schon richtig warm wurde, leuchtete von den Gipfeln noch immer der weiße Schnee. Dann stellte ich mir manchmal vor, mit einem Schlitten den Berg hinabzusausen. Dabei hatte ich noch nie auf einem Schlitten gesessen … Ich seufzte. In dem Moment schlenkerte der Bus einmal ruckartig hin und her. Ein Raunen ging durch die Fahrgastmasse. Anscheinend hatte der Busfahrer einem Hindernis ausweichen müssen. Hätten nicht alle so eng aneinandergequetscht gestanden, wären jetzt wohl einige gestürzt. Ein Mann wäre beinahe auf meinem Schoß gelandet. »Entschuldigung!«, knurrte er verlegen. Ich nickte bloß und sah wieder nach draußen. Dabei schnappte ich auf, wie dieser Mann, der eben das Gleichgewicht verloren hatte, seinem Mitfahrer erzählte, dass es hier neulich eine Schießerei gegeben hätte. Ich spitzte die Ohren. Was für eine Schießerei? »Klar, die Bauern lassen sich doch nicht einfach ihr Geschäft kaputt machen!«, rief sein Gegenüber. Der Mann seufzte: »Dann werden wir solche Schießereien hier demnächst wohl häufiger haben, die Polizei hat jedenfalls angekündigt, wieder verstärkt gegen die Cannabisbauern vorzugehen.« Beide Männer schüttelten ihre Köpfe, und einer meinte: »Hier wurde schon Cannabis angebaut, als ich noch ein kleiner Junge war. Der Rote Libanese ist weltberühmt. Angeblich überschwemmen jährlich mehrere Tonnen davon den Weltmarkt.« Der andere hielt dagegen: »Ja, aber ab sofort soll das verhindert werden. Deshalb wollten die Polizisten ja neulich auch die Felder abfackeln.«

Was für eine abenteuerliche Geschichte! Neugierig blickte ich zu den beiden Männern auf. Einer lachte gerade laut auf. »Für Obst oder Gemüse ist es hier doch eh zu trocken. Und die teuren Bewässerungssysteme können sich nur die Weinbauern leisten.« Doch dann bemerkte der Mann offenbar, dass ich ihm zuhörte, denn er wandte plötzlich seinen Kopf und schaute mir direkt in die Augen. Ertappt zuckte ich zusammen und schaute schnell weg. Im Augenwinkel fing ich Doaas Blick auf. Sie grinste. Offenbar hatte sie die Männer ebenfalls belauscht. Was sollten wir auch sonst machen?

Obwohl unsere Busfahrt gar nicht so lange gedauert hatte, purzelten wir vollkommen erschöpft aus dem Bus, während es draußen bereits dämmerte. Nach wenigen Schritten blieben wir abrupt stehen und starrten voller Entsetzen auf ein heruntergekommenes blaugraues Gebäude, von dem an sämtlichen Stellen der Putz abbröckelte. Es war eine Schule, in der man anscheinend provisorische Schlafplätze für die libanesischen Flüchtlinge geschaffen hatte. Ich war nun wirklich nicht verwöhnt, was Unterkünfte anging – aber dieses Gemäuer sah aus, als stünde es kurz vor dem Zusammenbruch. Ängstlich drückte ich mich an Mama. In dieser Bruchbude sollten wir schlafen? Zwischen all den fremden Leuten? Bei diesem Lärm?

Auch Mama wirkte angesichts dieses Durcheinanders überfordert. Deshalb hielt sie sich einfach hinter Papa, der so mutig voranschritt, als würde er ständig in heruntergekommenen syrischen Schulen schlafen. Zusammen mit meinen Onkeln organisierte er für unsere Familie einen Klassenraum, in dem wir uns einrichten sollten.

Wir alle.

Dachte ich zumindest.

Doch dann folgte der nächste Schock: Ein paar Betreuer mit Listen in den Händen liefen auf uns zu und forderten meine Onkel und ihre Familien auf, wieder zurück in den Bus zu steigen. Erst glaubte ich, mich verhört zu haben. »Was sollen sie machen?«, vergewisserte ich mich vorsichtshalber noch einmal bei meiner Mutter, die gerade neben mir stand. Doch Mama sah mich gar nicht an. Irritiert murmelte sie: »Ich glaube, sie sollen packen.« Offenbar hatten meine Onkel dasselbe verstanden, denn sie fingen an, lautstark mit den Betreuern zu diskutieren. »Wie?«, stotterte ich. »Warum?« Aber ich bekam keine Antwort. Mit gekräuselter Stirn und besorgtem Blick verfolgte meine Mama, wie nun auch Papa sich zu der aufgebrachten Gruppe gesellte. Verunsichert schaute ich zu meinen Cousins und Cousinen rüber, die sich genau wie ich ängstlich an ihre Mütter pressten. Doaa weinte. Auch mir war zum Heulen zumute. Gerade schnappte ich auf, wie einer der syrischen Betreuer erklärte: »Hier kommen momentan jeden Tag neue Flüchtlinge an, die Schule ist total überfüllt. Andere Gebäude weiter im Landesinneren stehen dagegen fast leer. Deshalb werdet ihr jetzt umziehen.«

Nun konnte ich die Tränen nicht länger zurückhalten. Es gab doch so viele Menschen in diesem Lager. Warum sollte ausgerechnet meine Familie gehen? Warum trennten die Betreuer Menschen, die zusammengehörten? Aber es war vollkommen gleichgültig, wie inbrünstig meine Onkel und mein Vater gestikulierten – sie konnten die Betreuer nicht umstimmen. Natürlich nicht. Denn darauf, was wir dachten, wollten, fühlten, konnten sie gar keine Rücksicht nehmen. Schließlich steuerte vermutlich genau in diesem Moment schon der nächste Flüchtlingsbus diese Schule an. Immerhin war das Lager eines der ersten hinter der libanesischen Grenze. In den Nachrichten hatten wir gehört, dass insgesamt fast eine Million Menschen aus dem Libanon auf der Flucht waren. Unvorstellbare Massen.

Deshalb gaben meine Onkel irgendwann ihren Widerstand auf und wiesen ihre Familien mit hängenden Schultern an, ihre Sachen zurück zum Bus zu tragen. Papa lief zu uns: »Wir dürfen bleiben. Auch Oma und meine kleine Schwester Aya. Die anderen müssen leider weiter.« Er klang bedrückt. Bei der Verabschiedung weinten alle Frauen und Kinder. Meine Cousine Doaa und ich wollten uns gar nicht loslassen. Ganz fest hielten wir uns umklammert, und unsere Mütter mussten uns mit Kraft auseinanderreißen. Es war schrecklich! Mit schweren Schritten stiegen meine Cousins und Cousinen mit ihren Eltern in einen Bus, von dem sie nicht wussten, wohin er sie bringen würde. Wir hatten keine Ahnung, wie lange wir getrennt sein würden. Wenn ich zu einer Operation nach Syrien aufgebrochen war, wussten wir genau, dass ich spätestens eine Woche später zurück sein würde. Diesmal konnte unsere Trennung Wochen dauern.

Deprimiert gingen Oma, Aya, Mama, Papa und ich zurück in das Klassenzimmer, in dem wir ab sofort alle zusammen leben sollten. Angeekelt blickte Mama sich um. Sie ist einer der ordentlichsten Menschen, die ich kenne. Dieses Zimmer war für sie ein Albtraum: Die Wände waren mit Flüssigkeiten bespritzt, der Boden war so dreckig, dass man kaum das Gefühl hatte, sich im Inneren eines Hauses zu befinden. Der Geruch war dementsprechend ... Deshalb hatte Mama sich – noch bevor ich am nächsten Morgen wach wurde – von unseren syrischen Betreuern einen Besen, einen Eimer, Putzzeug und Lappen geliehen und damit begonnen, das Klassenzimmer zu schrubben.

Nachdem sie fertig war, sah sie sich zufrieden um. Der Raum wirkte zwar längst nicht so gepflegt wie unsere Räume zu Hause, aber immerhin war es hier nun definitiv sauber. Das gammelige Klassenzimmer war kaum wiederzuerkennen. »So ist das okay«, freute sich Mama. »Es ist ja auch nur für kurze Zeit.«

Anschließend packte sie unsere Zahnbürsten, Handtücher und Duschzeug zusammen, damit wir uns gemeinsam auf die Suche nach den Waschräumen machten. Sie waren leicht zu finden. Eigentlich mussten wir nur den Menschenmassen folgen.

Doch kaum hatten wir die Tür zu den Waschräumen geöffnet, zerplatzte Mamas Hochstimmung wie eine Seifenblase. Im Vergleich zu diesen Räumen, wirkte selbst das Klassenzimmer in seinem Ursprungszustand noch geradezu gepflegt: Überall klebten Papiertücher und anderer Müll am Boden, die Fugen waren schwarz vom Schimmel, die Bodenfliesen glitschig und schleimig. Es stank nach einer Mischung aus Verwesung, Desinfektionsmittel und Parfüm. Mama blieb wie angewurzelt im Türrahmen stehen. Der Schock war ihr deutlich anzusehen. Dann holte sie einmal tief Luft, tätschelte kurz meinen Oberarm und schob mich schnurstracks in Richtung Waschbecken. Entsetzt blickte ich zu ihr auf, doch Mama zuckte nur mit den Schultern: »Was sollen wir machen?« Ausgerechnet Mama! In diesem Gammel!

Dabei waren diese Waschräume noch nicht das Allerschlimmste. Am ekelhaftesten fand ich die Mahlzeiten. Die syrischen Flüchtlingsbetreuer brachten uns das Essen auf Rollwagen in die Zimmer. Dort setzten wir uns mit den Tellern einfach auf unsere Schlafmatten. Das war eigentlich ganz gemütlich. Ich nahm neben meiner Tante Aya Platz, die genauso alt war wie ich. Es gab Frikeh, ein typisches arabisches Reis-Grünkern-Hühnerfleisch-Gericht, das wir auch von zuhause kannten. Allerdings roch es ein bisschen merkwürdig. Ich schnüffelte kurz und zog die Nase kraus. Aber sobald ich Mamas besorgten Blick in meine Richtung auffing, schluckte ich lächelnd meinen Ekel runter und schob mir ergeben den ersten Happen in den Mund. Am liebsten hätte ich ihn sofort wieder ausgespuckt. So etwas Scheußliches hatte ich noch nie zuvor gegessen! Ich verstand gar nicht, wie man mit so wenigen Zutaten so viel falsch machen konnte. Angewidert würgte ich die Pampe runter und hatte das Gefühl, mich gleich übergeben zu müssen. Denn dem fiesen Grundgeschmack folgte ein ekelhafter Nachgeschmack. Gemeinerweise schien der sich in meinem Rachen festzuklammern. So viel Wasser konnte ich gar nicht hinterherkippen, dass ich ihn wieder loswurde. So gerne ich meinen Eltern den Gefallen tun wollte, eine brave Tochter zu sein – diesen Matsch bekam ich nicht runter. Deshalb aß ich fortan nur noch Stullen. Lieber ernährte ich mich den Rest meines Lebens ausschließlich von Brot, als dass ich noch einmal einen solch widerlichen Geschmack im Mund haben wollte. Oma ging es übrigens genauso. Sie beteiligte sich an meinem Warme-Mahlzeiten-Streik und teilte sich mit mir das Brot.

Allerdings waren wir natürlich auch verwöhnt. In unserer Familie wurde jeden Tag lecker gekocht. Mama war eine besonders gute Köchin. Bei ihr schmeckte einfach alles. Schade, dass es in dieser Schule keine Küche für uns Flüchtlinge gab! Mama hätte sicher gerne für alle die Mahlzeiten zubereitet. Dann wären wir wenigstens beschäftigt gewesen. So saßen Papa und Oma fast den ganzen Tag mit den anderen Erwachsenen zusammen, um auf die erlösende Nachricht vom Kriegsende zu warten, während Mama im Zimmer blieb, um unsere Betten aufzuschütteln und Ordnung in dem Chaos zu halten. Ich saß meist draußen auf dem Steinboden und freute mich, wenn Aya sich zwischendurch zu mir gesellte und wir mit diesen bröseligen Malsteinen, die wir gefunden hatten, ganze Städte auf den Boden malten. Schöne Städte mit Bäumen und Tieren. Leider wurde Aya die Malerei meist schnell langweilig. Dann rannte sie wieder los, um mit den anderen Flüchtlingskindern Fangen oder Verstecken zu spielen. Ich sah ihnen dabei zu und vermisste meine Cousinen. Schließlich war ich es vom Babyalter an gewöhnt, von früh bis spät mit ihnen zusammen zu sein. Ich hatte mich noch nie so einsam gefühlt wie hier und konnte es kaum abwarten, wieder nach Hause zu fahren. Ich freute mich auch auf meine Spielsachen und auf mein Bett, in dem ich viel besser schlafen konnte als auf der durchgelegenen Matratze im Klassenzimmer. Wenn ich mitten in der Nacht aufwachte, konnte ich kaum mehr einschlafen, weil ich dem Konzert von fünf verschiedenen Schnarchern, Schnaufern, Brummern und Hustern lauschte. Nur wenn Baby Ahmed laut aufschrie, weil er Hunger hatte, wurde das Konzert kurzzeitig unterbrochen. Dann wurde leise gestöhnt – und anschließend ging es weiter …

Papa lachte, wenn er morgens in mein zerknautschtes Gesicht guckte. Ihn verließ nicht einmal hier der Mut. Die ganze Zeit gab er sich zuversichtlich: »Wir können bald zurück. Reem, deinen sechsten Geburtstag werden wir schon wieder mit unserer Familie zusammen feiern«, versprach er. Dabei war mein Geburtstag schon am 21. September, also in etwa drei Wochen! Deshalb konnte ich Papas Prophezeiung gar nicht richtig glauben.

Doch zu meiner grenzenlosen Freude behielt er recht! Anfang September verbreiteten unsere syrischen Betreuer die erlösende Nachricht, dass der Krieg vorbei sei. Sogar sie schienen sich über diese Neuigkeit zu freuen. Sie rannten durch die Gänge und riefen es in jeden Raum. »Es ist vorbei! Es ist vorbei! Ihr könnt zurück nach Hause!« Wir durften endlich zurück in den Libanon! Schlagartig wurden die grauen Gesichter der Flüchtlinge rosig, und selbst die griesgrämigsten unserer Mitbewohner überraschten uns mit einem Lachen. Die Stimmung war geradezu aufgekratzt, während wir alle begannen, unsere Sachen zusammenzupacken. Keiner wollte auch nur eine Sekunde länger als nötig in dieser Schule bleiben. Deshalb entstand kurz darauf auf dem Schulhof ein riesiges Gedränge, weil jeder den ersten Bus in Richtung Heimat erwischen wollte.

Da sowohl auf libanesischer als auch auf israelischer Seite nur vereinzelte Ziele angegriffen worden waren, konnten sich die meisten Flüchtlinge tatsächlich auf ihre Häuser oder Wohnungen freuen. Auch wir hatten bereits erfahren, dass unser Lager unversehrt geblieben war. Was für ein Glück!

Als ich am nächsten Tag zurück in Baalbek unter dem riesigen Schriftzug »Flüchtlingslager für Palästinenser« hindurchgeschoben wurde, fühlte sich mein Herz ganz leicht und warm an. Ich war zurück. Im Vergleich zu der syrischen Flüchtlingsunterkunft erschien mir unser Flüchtlingslager wie ein Luxusresort. Offenbar war alles eine Frage des Blickwinkels …

Mama hatte kaum begonnen, unsere Sachen auszupacken, da hörten wir von unten ein lebhaftes Stimmendurcheinander. Mein Herz machte einen Hüpfer. Sofort blickte ich erwartungsvoll zum Treppenhaus, und kurz darauf stand meine glückstrahlende Doaa in unserem Wohnzimmer.

Auch sie waren schon zurück, unsere Familie war endlich wieder vereint – ich konnte mein Glück kaum fassen. In den Nachrichten und in den Gassen unseres Lagers sprachen tagelang alle nur noch von dem Juli- oder 33-Tage-Krieg.

Doch dann warf allmählich der Alltag seine bunte Decke über die schrecklichen Ereignisse, und jeder ging wieder seinen gewohnten Tätigkeiten nach: Mama war glücklich, dass sie endlich wieder in ihrer eigenen Küche kochen konnte, wobei sie nie wieder Frikeh zubereitete. Denn davon hatten wir nach unserem Syrien-Aufenthalt für alle Zeiten genug. Mir wird heute noch schlecht, wenn ich es irgendwo sehe oder rieche.

Papa ging wieder arbeiten und freute sich, dass er allmählich genug Geld für eine größere Operation zusammengespart hatte – fehlte nur noch die passende Operationsmethode. Und für mich hatte der Krieg gerade rechtzeitig aufgehört: pünktlich zum Schulanfang. Allerdings empfand ich das mit der Einschulung in die erste Klasse nicht als *große Sache.*

Anders als in Deutschland gab es zu diesem Anlass keine Schultüte, keine Feier, nichts Besonderes. Einige Kinder meiner Kindergartengruppe und ich wechselten lediglich das Gebäude, und unsere Erzieherin hieß ab sofort Lehrerin. Mehr passierte nicht. Leider war Doaa ein wenig jünger als ich, sodass sie noch im Kindergarten bleiben musste. Deshalb setzte ich mich mit meiner Cousine Baraa zusammen auf die kleine Schulbank, die an einen Tisch montiert war, der so ranzig aussah, dass wir vermuteten, dass schon unsere Eltern daran gesessen hatten. Mama und Papa waren nämlich ebenfalls auf diese Schule gegangen, genau wie sämtliche Onkel und Tanten von mir. Es war die Schule für alle Kinder aus dem Flüchtlingslager. Sie begann morgens um acht und endete gegen vierzehn Uhr. Wenn eine Lehrerin den Raum betrat, mussten wir aufspringen und sie mit einem »Guten Morgen, Frau Lehrerin!« begrüßen. Ich hatte ein bisschen Angst vor den Lehrern. Denn direkt auf ihrem Schreibtisch, immer griffbereit, lag ein Holzstück, das wie ein extrabreites Lineal aussah. Damit schlugen sie uns Kindern auf die Hände, wenn wir nicht artig waren. Wenn wir unsere Hausaufgaben vergessen hatten oder ohne einen guten Grund zu spät zum Unterricht erschienen waren, gab es beispielsweise drei kräftige Schläge auf die Handinnenfläche. Bei größeren Vergehen wurde auf die Außenseite geschlagen, was deutlich schmerzhafter ist.

Ich war eine sehr brave Schülerin, daher erwischte es mich deutlich seltener als die meisten meiner Klassenkameraden, und wenn, dann höchstens mal auf den Innenflächen. Problematisch war für mich lediglich, dass die Lehrerinnen – anders als meine Kindergärtnerinnen – keine Rücksicht auf meine Behinderung nehmen wollten. Sie hatten im Umgang mit behinderten Kindern anscheinend keine Erfahrung und sich offenbar vorgenommen, mich ganz normal zu behandeln. Das war natürlich okay, mir war es grundsätzlich eher unangenehm, wenn ich als Behinderte eine Sonderbehandlung erhielt. Trotzdem war es nun einmal so, dass ich anders war als die anderen Kinder – und das verursachte manchmal Probleme.

Ich erinnere mich noch sehr genau an einen Tag im Winter. Es war eiskalt. Normalerweise lag die Durchschnittstemperatur bei uns auch im Januar bei über 10 Grad Celsius. Aber diesmal überzog Raureif unseren Schulhof, und beim Atmen stießen wir weißen Dampf aus. Die anderen Kinder rannten herum und hofften darauf, irgendwo eine rutschige Stelle zu finden, um darüber zu schlittern. Ich saß schlotternd auf dem Boden und sah ihnen dabei zu. Als Jana zwischendurch zu mir kam, um nach mir zu schauen, machte sie ein erschrockenes Gesicht. »Reem, du zitterst ja!« Als Antwort klapperte ich bloß mit den Zähnen. »Das geht nicht!«, bestimmte Jana, zog mich auf die Beine und versuchte, mich warm zu rubbeln. Als ich unverändert weiterschlotterte, wurde ihr Gesicht noch ernster. »Ich bringe dich in die Schule«, sagte sie.

Jetzt kamen auch meine Cousinen und ein paar andere Mädchen angelaufen, um zu gucken, was los war. Sie machten große Augen und gaben Jana sofort recht. »Reem muss unbedingt rein!«, riefen Doaa und Hala. Woraufhin Nama ein skeptisches Gesicht machte: »Aber lass dich bloß nicht erwischen!« Alaa zog mich einfach hinter sich her: »Was soll sie denn machen? Hier draußen erfriert Reem doch.«

Aufgeregt schnatternd begleiteten mich Jana, Hala, Alaa und Nama bis zum Schulgebäude und öffneten mir auch noch die schwere Tür. Dann trippelten sie unschlüssig auf der Schwelle herum – schließlich war es uns Schülern verboten, in den Pausen ins Gebäude zu gehen. Alaa biss sich auf die Unterlippe, als sie fragte: »Geht es ab hier alleine?« Ich lächelte sie an und beruhigte sie: »Danke! Ab jetzt schaffe ich es.«

Angestrengt und so lautlos wie möglich hangelte ich mich an der Wand entlang in Richtung Klassenzimmer. Meine Hände waren von der Kälte knallrot. Sie glühten und taten bei jedem Abstützen an der Wand unangenehm weh. Ich war wirklich froh, nicht mehr in der Kälte sitzen zu müssen – trotzdem hatte ich panische Angst, erwischt zu werden, und mein Herz klopfte in diesem Moment vermutlich noch schneller und lauter, als meine Zähne klapperten.

Ich war noch nicht sehr weit gekommen, da tippte mir plötzlich eine meiner Lehrerinnen auf die Schulter. Erschrocken zuckte ich zusammen »Was machst du hier, Reem?«, fragte sie mit einem strengen Gesichtsausdruck und wütend blitzenden Augen. Ich stotterte: »Frau Lehrerin, mir war so kalt und da …« Sie unterbrach mich barsch: »Ihr sollt in den Pausen draußen bleiben!« Ich wollte es ihr erklären: »Ja, ich weiß. Aber ich habe so …« Doch meine Lehrerin hörte mir überhaupt nicht zu. »Geh jetzt in deinen Klassenraum, die Pause ist sowieso gleich um!« Damit ließ sie mich stehen. Ich hoffte, dass sich die Angelegenheit erledigt hätte. Aber damit lag ich falsch! Sobald der Unterricht begonnen hatte, nahm meine Lehrerin ihren Holzstock und kam auf mich zu. »In der Pause müssen *alle* Kinder raus auf den Pausenhof. Das gilt auch für dich, Reem.« Meine Cousinen rissen entsetzt ihre Augen auf. Aufgebracht begannen sie, auf meine Lehrerin einzureden. Alaa rief: »Reem hat richtig gezittert, Frau Lehrerin. Sie sitzt doch am Boden …« Nama und Hala nickten eifrig, und Jana rief sogar: »Das ist ungerecht, wenn Sie Reem bestrafen!« Doch als meine Lehrerin mit ihrem Holzstab drohend in Janas Richtung deutete, verstummte meine Freundin. Unsere Lehrerin erklärte: »Für Reem gelten dieselben Regeln wie für alle anderen Schüler.« Daraufhin nahm sie meine Hand und schlug dreimal mit voller Wucht auf die Innenfläche. Anschließend wandte sie sich zufrieden ab. Die ganze Klasse schwieg betreten. Ich fühlte, dass sie alle diese Strafe ebenso ungerecht fanden wie ich. Ich biss mir auf die Lippen – vor Schmerz und weil ich es so gemein fand. Hätte meine Lehrerin bei diesen Temperaturen auf dem gefrorenen Boden sitzen müssen, hätte sie mich vielleicht verstanden. So fühlte ich mich gleich doppelt bestraft – weil ich am Boden sitzen musste und dann auch noch geschlagen wurde, wenn ich es nicht mehr aushielt. Dabei bewies ich doch jeden Tag, dass ich trotz meiner Behinderung versuchte, so zu sein wie meine Klassenkameraden. Aber manchmal ging es eben nicht.

Einmal saß ich noch als Letzte im Klassenraum und wartete darauf, dass meine Cousinen mich abholten, da steckte unsere Sachkundelehrerin ihren Kopf zur Tür herein und befahl: »Du fegst jetzt noch den Klassenraum.« Ich hatte das Gefühl, mich verhört zu haben, und fragte nach: »Ich?« Ohne zu zögern sagte sie: »Natürlich du. Sonst ist hier ja keiner.«

Nun war es nicht ungewöhnlich, dass die Schüler den Klassenraum fegten. Das war in unserer Schule so selbstverständlich wie der Tafeldienst, das Müllsammeln auf dem Schulhof oder das Klassenbuchholen vor Schulbeginn. Es hatte nur den einen Haken: Ich konnte nicht fegen. Wie denn? Ich konnte mich ja gar nicht alleine auf den Beinen halten. Deshalb rief ich verzweifelt: »Aber das geht doch nicht.« Meine Lehrerin kniff ihre Augen zusammen. Sie hasste Widerspruch. Verärgert zischte sie: »Das ist nicht mein Problem. Du fegst jetzt den Raum!« Sprachlos starrte ich sie an. Ich spürte, wie meine Augen glasig wurden. Das konnte doch nicht ihr Ernst sein! Aber meine Lehrerin warf mir ungerührt den Besen vor die Füße: »Los jetzt! Fegen!« Dann drehte sie sich um und war verschwunden. Mit verschwommenem Blick schaute ich auf den Besen am Boden. Ganz ehrlich: Ich hätte gerne gefegt. Sogar jeden Tag. Wenn ich nur hätte laufen können …

Als meine Klassenkameradin Marwa kurz darauf den Raum betrat, sah sie mich erschreckt an: »Was ist denn passiert,

Reem?« Ich schüttelte weinend den Kopf, woraufhin sich Marwa sofort besorgt neben mich hockte und versuchte, mich zu trösten. Als ich ihr sagte, dass ich den Raum fegen sollte, nahm sie sofort den Besen und erledigte ganz selbstverständlich meinen Auftrag. Inzwischen waren auch meine Cousinen aufgetaucht, um mich abzuholen. Sie konnten kaum glauben, was ich ihnen erzählte. »Die weiß doch, dass du nicht laufen kannst!«, schimpfte Baraa. Sie konnte es kaum erwarten, zu Hause unseren Müttern, meiner Tante Abeer und Oma zu erzählen, was schon wieder vorgefallen war. Mama nahm mich sofort tröstend in den Arm, sah dabei aber so aus, als ob sie selbst Trost nötig hätte. Es tat ihr jedes Mal weh, wenn ich wegen meiner Behinderung Probleme hatte. Meine Oma ballte ihre Fäuste, und Tante Abeer brachte uns allen zuerst einmal einen warmen Tee. Dann versprach sie kopfschüttelnd: »Morgen gehe ich zu deinem Direktor. So etwas darf deine Lehrerin nicht von dir verlangen!«

Da sie selbst in der Koranschule und im Kindergarten arbeitete, genoss sie ein gewisses Ansehen in unserem Lager. Auch in der Schule. Ich bewunderte meine Tante dafür, dass sie – anders als die anderen Frauen aus unserer Familie – arbeiten ging. Anscheinend machte sie das mutiger. Ich nickte schniefend und kuschelte mich noch tiefer in Mamas Arm.

Doaa saß am Boden vor mir und streichelte meinen Fuß. Meine Oma hatte sich direkt neben Mama und mich gesetzt und meine Hand genommen. Und Tante Abeer brachte süßes Gebäck. Ich holte tief Luft, die sich sofort wie warme Schokolade in meinem Körper verteilte. Was war es für ein großes Glück, in einer solchen Familie aufwachsen zu dürfen! Geliebt, beschützt und behütet.

Als mein Vater davon erfuhr, tröstete er uns alle damit, dass er nun ausreichend Geld für meine Operation gespart hatte. Dieses Geld vermittelte ihm das gute Gefühl, perfekt für seine Familie sorgen zu können. In seinem Kopf waren die Tage meiner Spastik und Lähmung bereits gezählt. Bald würde ich den Klassenraum alleine fegen können. Eine Vorstellung, die ihn mehr als glücklich machte, obwohl eine Operationsmethode noch immer nicht in Sicht war.

Doch dann geschah etwas, was sein hart erarbeitetes Gefühl von Sicherheit wieder ins Wanken brachte. Als meine Lehrerin ein paar Tage später nur noch mich im ungefegten Raum sitzen sah, während ich auf meine Cousinen wartete, pfiff sie meinen Mitschüler Youssef von draußen zurück in die Klasse und drückte ihm den Besen in die Hand. »Fegen!«

Ich freute mich ein wenig, weil meine Lehrerin ihre Lektion offenbar gelernt hatte. Nur der arme Youssef reagierte total genervt: »Oh, Mann! Ich muss doch nach Hause!« Hektisch wirbelte er mit dem Besen um mich herum. Dabei blieb er versehentlich an meinem Schreibtisch hängen, der mir krachend auf meinen *rechten* Zeh fiel. Ich schrie auf, woraufhin Youssef zusammenzuckte. »Alles in Ordnung? Das wollte ich nicht!« Als wäre eine Schleuse geöffnet worden, flossen Tränen aus meinen Augen. Jaulend schob ich den Tisch von meinem Fuß. Das tat so weh! Youssef wollte mir aufhelfen, aber ich konnte nicht auftreten. Links die Lähmung, rechts der Zeh, in dem ich die schlimmsten Schmerzen meines Lebens hatte. Panisch rannte Youssef los. Zu den Lehrern traute er sich nicht. Aber da sich im Lager jeder kannte, flitzte er sofort bis zu mir nach Hause, um Hilfe zu holen. Mein Cousin Khalil, dessen achtzehnten Geburtstag wir gerade gefeiert hatten, war alleine zu Hause. Er kam sofort in die Schule, als er hörte, was passiert war. Weil ich noch immer nicht auftreten konnte, legte er mich einfach über seine Schulter und brachte mich in die kleine Arztpraxis in unserem Lager. Dort waren sie mit meinem schmerzenden Zeh heillos überfordert. Es dauerte mehrere Anläufe, bis sie endlich ein Röntgenbild erstellt hatten, auf dem deutlich sichtbar war, dass mein Zeh gebrochen war.

Inzwischen war auch Mama in der Praxis angekommen. Besorgt schüttelte sie ihren Kopf, als sie hörte, dass ich ins Krankenhaus musste. Aus zweierlei Gründen: Erstens hatte sie panische Angst, weil ausgerechnet mein rechter Zeh betroffen war. Schließlich war ihre größte Angst, dass ich komplett lahm werden könnte. Und zweitens wusste sie ganz genau, dass dieser Unfall einen Großteil unserer Ersparnisse auffressen würde. Das Geld, das Papa so mühsam gespart hatte, ging jetzt für eine unsinnige Zehenoperation drauf. Was für ein Pech!

Mit schlechtem Gewissen beobachtete ich, wie Mama erst den Ärzten im Lager und später denen im Krankenhaus mal wieder unzählige bunte Scheine in die Hand drückte. Das tat mir, obwohl ich noch so jung war, fast genauso weh wie mein gebrochener Zeh, weil ich mich wie eine riesige Dauerbelastung fühlte. Allerdings folgte bald noch eine viel schlimmere Katastrophe …

Erst einmal musste ich wegen meines gebrochenen Zehs vier Wochen zu Hause bleiben, weil ich mich ja nun überhaupt nicht mehr ohne Buggy fortbewegen konnte. Normalerweise schaffte ich mit Unterstützung schon mal zwei bis drei Meter Fußweg – wenn ich beispielweise auf die Toilette musste oder so. Aber mit dem gebrochenen Zeh war ich nun komplett bewegungsunfähig – ich musste den ganzen Tag geschoben oder getragen werden. Damit war ein Schulbesuch natürlich unmöglich.

Um mich aufzumuntern, besuchten mich meine Klassenkameraden jeden Tag. Sie spielten mit mir oder erklärten mir, was wir im Unterricht durchgenommen hatten. Am häufigsten kam natürlich Jana. Nur Youssef ließ sich überhaupt nicht blicken. Ich hörte, dass er ein furchtbar schlechtes Gewissen wegen des umgestürzten Tisches hatte und direkt nach dem Unfall weggelaufen war. »Er hatte sich an dem Tag gar nicht nach Hause getraut«, erzählte meine Klassenlehrerin. Sogar sie kam einmal zu mir nach Hause und brachte mir eine Babypuppe mit: »Damit dir nicht so langweilig ist.«

Allerdings half gegen die Langeweile auch keine Babypuppe. Da half gar nichts. Obwohl ich noch mehr verwöhnt wurde als sonst und sogar mein Lieblingsopa jeden Tag vorbeischaute, um mir Süßigkeiten zu bringen, war ich froh, als ich den Gips wieder los war. Schon alleine, weil mal wieder eine Hochzeit anstand, die ich auf keinen Fall verpassen wollte.

Diesmal würde eine von Mamas Cousinen heiraten. In Saida, in der Stadt, in der ich als Baby im Krankenhaus gelegen und wo ich zum ersten Mal das Meer gesehen hatte. Auch diesmal planten wir, einen kurzen Abstecher an den Strand zu machen – wenn wir doch schon einmal in der Nähe waren … Schließlich hatte der kleine Ahmed das Meer noch nie gesehen!

Voller Vorfreude stiegen Mama, Ahmed und ich zusammen mit Mamas Mutter und zwei ihrer Schwestern in einen öffentlichen Bus. Ich hatte diesmal gar nicht erst nach Absatzschuhen gefragt die Antwort kannte ich eh schon. Aber zumindest hatte ich ein wunderschönes Kleid im Gepäck, und Mamas

Schwester Ruba hatte versprochen, mir eine elegante Hochsteckfrisur zu machen und mich zu schminken. »Welche Farbe soll denn dein Lidschatten haben?«, fragte Ruba gut gelaunt. Sie hatte sich selbst gerade erst verlobt und freute sich wohl schon auf ihre eigene Hochzeit, die ebenfalls bald stattfinden sollte. Vorsichtshalber hatte Mama mich gleich ermahnt, dass ich trotzdem nicht zwei neue Kleider bekommen würde – schließlich mussten wir nach dem Zeh-Dilemma sparen. Das hatte ich zähneknirschend eingesehen. Dann würde ich mein schönes weißes Kleid eben auf beiden Hochzeiten tragen. »Ich könnte mir vorstellen, dass ein heller Glitzerlidschatten gut aussehen würde«, meinte Ruba nun. Ich schüttelte den Kopf. »Auf gar keinen Fall!« Ich fand, zu einem weißen Kleid brauchte ich unbedingt einen farbigen Lidschatten. »Ich wünsche mir himmelblauen Lidschatten.« Ruba zog ihre Augenbrauen hoch. »Himmelblau? Ist das nicht ein bisschen auffällig? Wollen wir dich nicht ein wenig dezenter schminken? Du bist schließlich erst sieben.« Aber ich schüttelte energisch den Kopf. Ich hatte ein weißes Kleid, da brauchte ich farbigen Lidschatten. »Unbedingt blau«, entschied ich. Ruba lachte. »Wie du willst …«

Inzwischen hatte es angefangen zu regnen. Erst nur ein bisschen. Aber schon bald schwappte das Wasser beinahe sintflutartig über die Seitenfenster und die schmale Fahrbahn. Ich presste meinen Kopf gegen die kühle Scheibe und blickte in die Täler, durch die sich die enge Serpentinenstraße schlängelte. Dann schloss ich meine Augen, um ein bisschen zu schlafen. Mich machten lange Autofahrten oft müde.

Ein greller Schrei weckte mich. Unmittelbar darauf wurde ich ruckartig von meiner Bank geschleudert. Als ich meine Augen das nächste Mal öffnete, sah ich Oma. Ihr fehlte der halbe Kopf. Aus irgendeinem Grund musste ich deshalb lachen. Dann krachte es ohrenbetäubend. Ahmed flog aus Mamas Arm an mir vorbei. Meine Tante wollte ihm hinterher, wurde aber von einem umherfliegenden Sitz von den Beinen gerissen. Nun wurde es still. Und schwarz.

Ich erinnere mich daran, wie ich im Krankenhaus in einer Art Notaufnahme saß und leise vor mich hin wimmerte. Davon war ich auch wach geworden. Ich sah meinen Vater, der mal wieder irgendwelchen Ärzten ganze Bündel Geldscheine in die Hand drückte. Aber wo war Mama? Panisch sah ich mich um – direkt in Mamas sanftes Gesicht. »Schscht«, machte sie und streichelte mir vorsichtig über die Wange. Ahmed lag regungslos in ihrem Arm. Ich riss die Augen auf. »Ahmed ist nichts passiert«, beruhigte Mama mich sofort. »Und Oma? Und Ruba?« Ängstlich schaute ich mich weiter um. Rubas Verlobter saß neben meiner Tante und kämpfte mit Tränen. Rubas Bein war eine einzige große Wunde. Oma lag auf einer Trage und hatte einen behelfsmäßigen Verband auf dem Kopf. Hatte ihr vorhin wirklich der halbe Kopf gefehlt? Ich musste weinen.

Nun trat Papa zu mir ans Bett. »Gleich wird euch geholfen. Ich bin sofort gekommen, als Mama angerufen hat. Mit Rabee.« Damit deutete er zu Rubas Verlobten. Ich ließ mich zurück auf die Liege sinken. Krankenschwestern in weißen Kitteln kamen herein und schoben Oma aus dem Raum. »Oma muss als Erste operiert werden«, erklärte Mama, »Sie hat eine sehr schwere Kopfverletzung.« Unwillkürlich schüttelte es mich. Durch die Bewegung spürte ich einen stechenden Schmerz am Kopf. Ich griff an meine Stirn, die merkwürdig feucht und warm war. Mama verzog ihr Gesicht und nahm vorsichtig meine Hand vom Kopf. Sie war voller Blut. Sofort redete Mama beruhigend auf mich ein: »Das ist nicht schlimm, Reem! Die Ärzte haben es sich schon angeschaut. Es ist nur eine Platzwunde.« Doch mir wurde schlecht, und ich versank wieder in der Bewusstlosigkeit.

Als ich wieder zu mir kam, war auch Ruba verschwunden und alle saßen betreten schweigend um mich herum. Sogar Papa wirkte ungewohnt blass. »Ruba wird gerade operiert. Die Ärzte sagen, es sähe nicht gut aus. Und dein Bein, Reem, ist auch gebrochen!« Nach einer kurzen Pause: »Das rechte.«

Also ausgerechnet wieder das gesunde Bein! Wieder dämmerte ich weg.

Als ich nach der Operation im Krankenzimmer mühsam meine Augen öffnete, sah ich Papa. Er hatte keine Konturen, war wie im Nebel. Verschwommen. »Ich will nach Haifa«, jammerte ich, »Ich will nach Palästina.« Papa nahm meine Hand und streichelte sie: »Alles gut, Reem, wir fahren nach Palästina.« Seine Stimme klang brüchig. Nun merkte ich, dass auch Mama neben ihm saß. Mit dem fröhlich quietschenden Ahmed auf dem Schoß. Ich streckte die Hand nach ihm aus, erreichte ihn aber nicht. Unseren kleinen Sonnenschein. Wie durch ein Wunder war ihm nichts passiert. Lediglich ein paar Schrammen hatte er abbekommen. Auch Mama hatte offenbar Glück gehabt. Sie verzog ihren Mund zu einem Lächeln, aber durch meinen Nebelschleier sah es wie eine Fratze aus. Ich erkannte den Kummer in ihren Augen. Meine liebe Mama!

Dann schlief ich wieder ein.

Erst viel später erfuhr ich, dass unser Busfahrer bei dem Unfall gestorben war. Ebenso ein paar andere Fahrgäste. Offenbar war der Bus durch den Regen ins Schleudern geraten und von einem Laster überrollt worden. Ein schrecklicher Unfall, dessen Bilder ich wahrscheinlich nie wieder loswerden würde. Ich danke noch heute dafür, dass meiner Familie nichts Schlimmeres passiert ist.

Klar tragen wir seitdem alle – außer Ahmed – Narben auf der Seele und auf der Haut. Meine Tante hinkt auch heute noch. Aber: Wir haben überlebt. Nur unsere Ersparnisse waren komplett aufgebraucht. Das war vor allem für Papa ein heftiger Schlag. Dafür hatte er so lange gespart …

Er wusste, dass er Jahre brauchen würde, um diese Summe wieder zusammenzubekommen. Papa musste sich wie Sisyphos fühlen, dessen Fels immer kurz vor Erreichen des Berggipfels, wieder ins Tal rollte … Es war frustrierend.

Ich versicherte ihm, dass es mir gut ging, wie es war, dass ich mich mit meiner Behinderung arrangiert hatte. Aber Papa wollte partout nicht aufgeben. »Nein, Reem«, beharrte er, »du wirst laufen lernen.« Aber mir erschien das so unwahrscheinlich, dass ich es mir nicht einmal vorstellen konnte. Nicht einmal vorstellen *wollte*. Denn: Was, wenn Papa sich irrte? Diesen Gedanken fand ich so deprimierend, dass ich ihn lieber nicht weiter verfolgte …

Papa machte also weiterhin seine Überstunden, als ein Brief aus Kanada für ihn eintraf. Ich wusste nicht einmal, wo Kanada lag. Ebenso wenig kannte ich Papas Cousin Hussam, der dort offenbar mit seiner Familie lebte und als Kieferorthopäde arbeitete. Ich fand es ja schon beeindruckend, dass wir einen Kieferorthopäden in der Familie hatten. Hier im Libanon wäre ein solcher Beruf undenkbar. Im Ausland konnten offenbar auch Leute wie wir studieren und besondere Berufe ergreifen. Papa freute sich. Seine Augen blitzten auf, als er den Brief entdeckte. Denn er hatte allen Verwandten, die es ins Ausland geschafft hatten, den Auftrag erteilt, für mich Augen und Ohren offen zu halten, ob sie etwas von einer Operationsmethode für Menschen mit einer spastischen Lähmung hörten. Wenn Hussam nun schrieb, konnte das nur eins bedeuten: Er hatte eine Möglichkeit für mich gefunden. Papa wurde ganz aufgeregt. Hussam schrieb, dass mein Vater ihn dringend anrufen sollte. Papa sah auf die Uhr: »In Kanada ist es jetzt sechs Stunden früher, da müsste ich Hussam auf dem Handy erreichen.« Sofort rannte er die Treppen nach unten aus dem Haus. In einer Zeit, in der in der restlichen *modernen* Welt vermutlich schon jedes Kind ein eigenes Handy besaß, gab es in unserer Familie nicht einmal ein Festnetztelefon. Stattdessen gingen wir zum Telefonieren immer in die kleine Telefonzentrale in unserem Lager. Ein schummeriges kleines Ladengeschäft, in dem – durch Trennwände voneinander abgeschirmt – winzige Klappstühle und Tischchen mit Telefonen standen. An einem saß ein knurriger Mann, der genau aufpasste, wer wie lange telefonierte, und dementsprechend das Geld kassierte. Er kannte Papa schon. Er kannte vermutlich jeden aus unserem Lager inklusive sämtlicher Familien- und sonstige Geschichten. Aber heute war Papa nicht nach Plaudern. Er wollte schnellstmöglich Hussam erreichen und hatte Glück: Sein Cousin unterbrach extra eine laufende Behandlung, um Papa von einer Stammzellentherapie für Menschen mit meiner Behinderung zu berichten. »Dafür müsst ihr nach Deutschland reisen. Nach Düsseldorf.« Papa nickte. Deutschland klang gut. Er hatte schon gehört, dass Deutschland so modern und sauber war wie Syrien – und Syrien war zu dieser Zeit das modernste und sauberste Land, das wir uns vorstellen konnten.

Als Papa Mama von dieser Möglichkeit berichtete, klang er ungewohnt aufgeregt. Ich schnappte Bruchstücke auf: Stammzellen, Düsseldorf, die Patienten können danach wieder laufen. Als er mir wenig später die Behandlung erklären wollte, verstand ich überhaupt nicht, was er meinte. Irgendetwas sollte mit meinem Rückenmark gemacht werden. Es sollte aus dem Rücken entnommen, dann irgendwie behandelt und anschließend zurück in den Rücken gespritzt werden. Es klang schrecklich. Aber mindestens genauso schrecklich empfand ich die Vorstellung, den Libanon zu verlassen und ins ferne Deutschland zu fliegen. Selbst wenn ich wusste, dass es nur für zwanzig Tage sein sollte. Ich wollte nicht weg von hier! Das traute ich mich nicht!

Hier in Wavel kannte ich alles, hier hatte ich meine Familie, die mir bei allem half, meine Freundin Jana, die mich unterstützte. Doch Papa interessierten meine Einwände nicht: »Reem, da kann dir geholfen werden. Vielleicht wirst du endlich laufen können.« Ich aber wollte davon nichts hören. Erstens konnte ich mir ohnehin nicht vorstellen, laufen zu können. Und zweitens machte mir diese Reise zu viel Angst.

Tante Abeer, die inzwischen ebenfalls von Papas Plan erfahren hatte, setzte sich beim Abendessen neben mich und schwärmte davon, dass sie bislang nur das Beste von Deutschland gehört hatte. »Da sind die Straßen mehrere Spuren breit. Die Autos auf diesen Straßen sind glänzend und neu. Überhaupt ist alles sauber. Alle Frauen gehen einem Beruf nach. Ihre Tage sind erfüllt und geregelt. Sie gehen zur Arbeit, nach Feierabend einkaufen, und abends kochen sie für ihre Familien. Die Häuser sehen modern und gepflegt aus, und zu jedem Haus gehört ein Garten. Die Kinder spielen auf Spielplätzen, und in den Bäumen sitzen große und kleine Vögel, die im Sonnenschein zwitschern.« Mir gefiel, was Abeer von Deutschland erzählte. Trotzdem änderte sich nichts an meiner Meinung. »Ich habe Angst«, bekannte ich leise. Abeer nickte und drückte mich fest an sich.

Glücklicherweise fand meine Abreise nach Deutschland nicht allzu bald statt. Zuerst musste Papa noch einige Probleme lösen: vor allem das mit dem Geld. Nachdem die beiden Unfälle beinahe unsere gesamten Ersparnisse verschlungen hatten, bat Papa nun die Familie um Geld – immerhin kostete der Eingriff fast 18000 Euro zuzüglich der Reisekosten. Doch obwohl alle aus der Familie ihre Ersparnisse dazugaben und sogar meine Cousinen ihre Sparschweine leerten, damit ich diese Reise antreten konnte, reichte es nicht. Deshalb sammelte Papa in der Moschee für mich, und irgendwie brachte er das Geld schließlich zusammen.

Sobald er die Summe an das Krankenhaus in Düsseldorf überwiesen hatte, konnten wir unsere Visa beantragen. Das war natürlich ein bisschen heikel: Das Geld war in Düsseldorf, ehe wir überhaupt wussten, ob wir nach Deutschland einreisen durften. Deshalb warfen wir uns für den Termin bei der deutschen Botschaft besonders in Schale, um einen möglichst seriösen Eindruck zu hinterlassen. Allerdings nutzte das nicht viel. Der Mann von der Botschaft weigerte sich, für Papa und Ahmed ein Visum auszustellen. Lediglich Mama und ich würden nach Deutschland fliegen dürfen. Wir sahen uns entsetzt an. Ohne Papa? Diese Vorstellung erschreckte Mama mindestens so sehr wie mich.

Ziemlich niedergeschlagen schlichen wir von dem Behördentermin nach Hause. Papa biss sich auf die Unterlippe. »Reem, du musst mit Mama alleine fliegen.« Spontan schüttelte ich den Kopf. Ich sollte mich nicht nur von meinen Cousins und Cousinen, Tanten und Onkeln, Omas und Opa trennen, sondern auch noch von Papa und meinem kleinen Bruder? »Das mache ich nicht.« Dabei war ganz klar, dass ich gar keine Wahl hatte. Genauso wenig wie Mama. Was Papa entschied, wurde sowieso gemacht. So war es nun einmal. Außerdem war die Operation nun schon bezahlt. Damit blieb uns keine Wahl: Mama und ich würden alleine in das Flugzeug steigen. Immerhin würde uns in Deutschland Mamas Großonkel Ahmed vom Flughafen abholen. Er hatte unser Lager vor etwa dreißig Jahren als junger Mann verlassen und lebte in der Nähe von Düsseldorf. Obwohl wir mit ihm – bei seinen seltenen Besuchen in Wavel – nie mehr gesprochen hatten als »Guten Morgen« oder »Gute Nacht!«, war er sofort bereit, uns aufzunehmen. Ich konnte mich kaum an ihn erinnern. Aber alle sagten, er sei ein anständiger Mann, der es in Deutschland zu etwas gebracht hatte. »Er wird sich gut um euch kümmern!«, versprach Opa gerade zum wiederholten Mal, sodass ich mich fragte, ob er tatsächlich nur uns oder nicht vielleicht auch sich selbst beruhigen wollte. Denn eines war deutlich spürbar: Alle waren aufgeregt wegen unserer bevorstehenden großen Reise.

Als wir am letzten Abend zusammensaßen, wollte Mama den dreijährigen Ahmed kaum von ihrem Schoß lassen – so als wollte sie sich die Kuscheleinheiten, die sie in den nächsten zwanzig Tagen unserer Abwesenheit verpassen würde, schon im Voraus holen. Meine Cousinen redeten aufgeregt durcheinander und wünschten mir Glück. Doaa gab mir sogar ein Geschenk mit: einen kleinen rosafarbenen Teddy, der mich beschützen sollte. Meine Cousins dagegen waren vor allem eins: neidisch! Sie hätten am liebsten sofort mit mir getauscht, weil sie selbst so gerne einmal geflogen wären! Mit einem richtigen Flugzeug ... Bislang hatten die Kinder aus unserer Familie diese Dinger höchstens aus weiter Ferne am Himmel über Baalbek gesehen. Oder im Fernsehen.

Es war ein Riesenereignis für die ganze Familie. Ein gewaltiges Abenteuer, das ausgerechnet die bestreiten sollten, die von allen aus der Familie am wenigsten abenteuerlustig waren: Mama und ich. Da half es auch nicht, dass Papa, Opa, Abeer und die anderen uns permanent Mut zusprachen. Wir hatten eine Riesenangst. Am Tag des Abflugs wäre ich am liebsten davongelaufen. Auch Mama war noch stiller als sonst. Papa hatte sich von irgendwem ein Auto geliehen, mit dem er uns zum Flughafen von Beirut bringen wollte.

Schon der gigantisch große Flughafenparkplatz schüchterte mich ein: Noch nie hatte ich so viele Autos auf einem Haufen gesehen! Trotzdem wirkte Papa ruhig und zuversichtlich. Wie immer. »Ihr schafft das!«, redete er uns gut zu. Und das war nicht nur so dahingesagt. Diese Überzeugung strömte ihm aus jeder einzelnen Pore. Papa *war* Zuversicht.

Mama und ich leider nicht. Mama zupfte ständig nervös an ihrem Kopftuch herum, als wäre es eine kleine portable Festung, die sie vor der bedrohlichen Außenwelt schützen sollte. Ich presste mich eng an sie und staunte, als wir gemeinsam das Flughafengebäude betraten: Es war groß und hell. Die Böden glänzten. Alles sah sauber und modern aus. Waren wir wirklich noch im Libanon?

Für einen kurzen Augenblick wirkte nun sogar Papa ein bisschen verloren, als er versuchte herauszufinden, zu welchem Gate wir mussten und wo das lag. Aber wirklich nur ganz kurz. Dann fand er sich wieder zurecht, und seine Augen blitzten freudig, als er uns zu unserem Abflugschalter begleitete. Noch einmal betete er uns vor, was wir schon längst wussten: »Bei dem Großonkel könnt ihr schlafen, und er bringt euch dann auch zur Klinik.« Mama und ich nickten brav. Ich glaube, am liebsten hätten wir beide losgeheult. Ich riss mich nur zusammen, weil Papa sich so freute, dass er es tatsächlich geschafft hatte, mich nach Deutschland zu schicken. Er, der staatenlose Palästinenser, mit seinem mickrigen Schweißergehalt hatte dafür gesorgt, dass seine kranke Tochter den weltbesten Ärzten vorgestellt wurde. Papa war selig.

Trotzdem konnte ich mir bei der Verabschiedung die Tränen nicht mehr verkneifen. Genau wie Mama. Sie fühlte sich in diesem Moment bestimmt ebenso unendlich alleine auf diesem Flughafen wie ich mich. Genau genommen fühlte ich mich sogar schlagartig wie alleine auf dieser Welt. Papa drängelte: »Los, nun geht schon!«

Irgendwie gelang es Mama tatsächlich, sich zu sammeln, noch ehe wir nacheinander die Sicherheitskontrolle passierten. Außenstehende hätten beinahe glauben können, Mama hätte schon Routine beim Fliegen. Nur ich spürte ihre Unsicherheit. Außerdem nahm ich ihre irritierten Blicke wahr, mit denen sie die erwachsenen Frauen musterte, die mit ihren offenen Haaren, eng anliegenden Kleidern und nackten Beinen an uns vorbeiliefen. Blonde Frauen! In rückenfreien T-Shirts. Und mit Hotpants. So etwas hatte ich bei uns in Baalbek noch nie gesehen. Die Touristinnen, die ich bei den Tempeln beobachtet hatte, trugen zwar auch ihre Haare offen, aber sie waren sonst ordentlich gekleidet. Nicht so nackt! Ich starrte diese Frauen an, als kämen sie von einem fremden Planeten. »Was ist das?«, fragte ich dementsprechend irritiert. Meine Mutter antwortete: »Das ist in Europa normal. So laufen die Frauen dort rum.« Ich schüttelte den Kopf. Dass die sich das trauten! Irgendwie fand ich diese Frauen gruselig. Gleichzeitig aber auch schön. Gruselig-schön. Und ich verrenkte mir den Hals, um ihnen möglichst unauffällig hinterherzustaunen, obwohl ich mich gleichzeitig für sie schämte.

Was mich an diesen Wesen am meisten faszinierte: Sie bewegten sich ganz mutig und selbstverständlich in dieser Welt. Sie schlichen nicht – wie wir – in der Hoffnung, möglichst ungesehen durchzukommen. Nein. Sie schritten. Als wäre die Abflughalle des Flughafens ein riesiger roter Teppich.

Plötzlich zupfte Mama an meinem Arm. Wir hatten unser Gate erreicht. Mama entdeckte sogar einen freien Sitzplatz. Während wir darauf warteten, endlich ins Flugzeug steigen zu können, sprachen wir kein Wort miteinander. Aber das brauchten wir auch nicht. Wenn wir uns ansahen, war schon klar, dass wir dasselbe dachten. Diese ganze Reise kam uns unwirklich vor.

Als unser Flug aufgerufen wurde, taten wir einfach das, was alle taten. Wie Schafe in einer Herde liefen wir durch den engen Gang und merkten gar nicht, dass wir plötzlich schon *im* Flugzeug standen. Erst als eine Stewardess uns freundlich begrüßte, wurde es uns bewusst und Mama prompt wieder nervös. Schließlich mussten wir nun unsere Sitze finden. Ich entdeckte sie als Erste: »17A und B. Da sind unsere!«, rief ich erfreut, woraufhin Mama erleichtert lächelte. Ab jetzt mussten wir nur noch sitzen und abwarten.

Ich holte tief Luft und begann, dieses Abenteuer zumindest ein klitzekleines bisschen zu genießen. Dieses Kribbeln im Bauch beim Abflug, den Blick von oben auf den grauen Libanon, in dem irgendwo unser winziges Flüchtlingslager lag. Ich dachte daran, dass meine Cousins und Cousinen jetzt zur Schule gingen, während Oma garantiert vor dem Haus saß und in den Himmel guckte, um nach unserem Flugzeug Ausschau zu halten. Opa verkaufte in seinem Kiosk vermutlich gerade ein paar Glühbirnen, ein Kilo Reis oder fünf Packungen Saft, und Abeer kümmerte sich um den kleinen Ahmed, während Papa mit dem geliehenen Auto wieder von Beirut nach Baalbek bretterte.

Ich war noch nie so weit von ihnen weg gewesen. Dieser Gedanke machte mich schlagartig wieder so traurig, dass ich mich an Mama kuschelte, die sofort ihren Kopf auf meinen legte. Gemeinsam schauten wir raus auf die Wolken und versuchten, nicht an das zu denken, was uns bevorstand.

3

Sehr geehrte Fluggäste, wir beginnen jetzt mit dem Landeanflug. Sobald der Pilot seine Ansage auf Englisch wiederholt hatte, war es mit unserer Entspannung vorbei. Ich presste meine Nase wieder an die kleine Flugzeugscheibe. Durch die zunehmend fedriger werdenden Wolken sah ich unendlich viel Grün – und leider ebenso viel Wasser. Denn es regnete. In Strömen. So hatte ich mir Deutschland nicht vorgestellt! Tante Abeer hatte mir die Spielplätze und Gärten so lebendig geschildert – und nun konnte sie keiner nutzen. Ich war mir ganz sicher, dass sämtliche Spielplätze gerade leer standen und garantiert keinem einzigen Vogel nach Singen zumute war. Mein erster Eindruck von Deutschland: Es war kalt und ungemütlich – und das mitten im Juli!

Dementsprechend sah Mamas Großonkel Ahmed auch viel blasser um die Nase aus als die Männer bei uns zu Hause. Trotzdem war er herzlich und zeigte uns deutlich, wie sehr er sich über unseren Besuch freute. »Wir haben für euch das Gästezimmer hergerichtet, und meine Frau hat gekocht«, begrüßte er uns strahlend. Dann schnappte er Mamas und meinen Koffer und stapfte los in Richtung Parkhaus. Mama kam mit mir im Buggy kaum hinterher. Staunend sah ich mich um. Alles wirkte viel kühler, gerader, steriler. Alles schien zu glänzen. Ich bestaunte die blonden Menschen mit ihren hellen Augen. Die Frauen in ihren Männeranzügen. »Los, los!«, trieb Ahmed uns an, als Mama langsamer wurde. Dabei lachte er. Für ihn war das alles hier schon selbstverständlich. Aber Mama und ich fühlten uns merkwürdig fremd.

Jetzt fiel mir erst recht auf, wie unperfekt es im Libanon war, wie chaotisch und staubig. Hier musste ich nicht damit rechnen, dass der Buggy plötzlich in einem Loch im Boden stecken blieb. Hier waren die Wege zuverlässig eben. Sogar die deutsche Autobahn wirkte aufgeräumter als bei uns zu Hause. Die weißen Striche auf den Straßen sahen aus wie frisch gezogen. Es gab ordentliche Leitplanken als Fahrbahnbegrenzungen, und überall war es grün: zwischen unserer Fahrbahnseite und der gegenüberliegenden, rechts und links der Autobahn. Überall. Dicht, satt, grün. Das gefiel mir.

Großonkel Ahmed fragte nach irgendwelchen Menschen, die er von früher aus dem Lager kannte, und Mama versuchte, ihm alle Fragen so gut es ging, zu beantworten. Dann wandte er sich an mich: »Bist du aufgeregt wegen der Operation?« Ich nickte. Prompt musste ich wieder meine Tränen runterschlucken. Denn ich war nicht bloß aufgeregt, ich hatte Todesangst. Ahmed winkte ab. »Du musst überhaupt keine Angst haben! Die Ärzte hier sind gut!« Höflich nickte ich noch einmal, obwohl ich mich kein bisschen besser oder beruhigter fühlte. Ich hasste Krankenhäuser. Und ich hasste es, wenn an mir herumgeschnitten wurde. Ich kam doch klar. Was, wenn es mir danach noch schlechter ging? Was, wenn ich aus der Narkose nicht mehr aufwachte? Mama zwängte ihre Hand zwischen Tür und Beifahrersitz, um mein Bein zu streicheln. Sie war auch aufgeregt. Wir waren hier auf uns gestellt.

Nach kurzer Zeit bog Ahmed von der Autobahn ab und lenkte seinen Wagen in eine moderne Einfamilienhaus-Wohnsiedlung. Abeer hatte recht gehabt: Zu jedem hübsch gepflegten Häuschen gehörte ein kleiner Garten. Aufmerksam sog ich alles auf. Beim Aussteigen roch es sogar anders als zu Hause. Frischer. Inzwischen hatte es aufgehört zu regnen. Ich beobachtete, wie ein Nachbar von Großonkel Ahmed seine Haustür aufschloss und im Inneren verschwand. Mit seinen Schuhen! Das war bei uns undenkbar. Da zog man seine Straßenschuhe vor der Tür aus, um den Dreck nicht auf die Teppiche zu tragen, auf denen wir beteten. Aber sogar Ahmed zog seine Schuhe erst in seinem kleinen Flur aus, von dem aus mehrere Türen abgingen. Neugierig schaute ich mich um. Auch die Möbel sahen anders aus als bei uns. Die Wände waren weiß und so gerade wie mit dem Lineal gezogen. In unserem Haus im Libanon waren die Wände bunt bemalt und mit Mosaiksteinen geschmückt. Hier war alles glatt. Glatt und weiß. Wie im Krankenhaus. Dafür funktionierte der Strom. Jedes Mal, wenn ich ihn einschaltete. Sogar Wasser war permanent verfügbar. Sauberes, geruchloses Wasser. Bei uns war es manchmal stinkig und verschmutzt. Aber das Schönste war: Mamas Großonkel besaß sogar ein eigenes Telefon, auf dem ab sofort jeden Abend Papa und Ahmed aus der Telefonzentrale unseres Lagers anriefen.

»Bringst du mir ein Spielzeug mit?«, bettelte Ahmed, kurz nachdem er mich am Hörer hatte. Das schien seine einzige Sorge zu sein. »Ja, wir kaufen dir was«, versprach ich. Vorsichtshalber schien er Mama trotzdem dieselbe Frage zu stellen, denn ich hörte auch sie zuallererst sagen: »Natürlich bringen wir dir ein Spielzeug aus Deutschland mit.« Ich vermisste Ahmed. Ich vermisste Papa, Abeer und Doaa. Und am allermeisten vermisste ich meinen Opa. Wie gerne wäre ich jetzt zu Hause bei meiner Familie gewesen! Stattdessen musste ich schon am nächsten Tag ins Krankenhaus – zur Voruntersuchung für den Eingriff, der bereits am zweiten Tag nach unserer Ankunft stattfinden sollte. Ich weinte nur noch. Mama war total überfordert. Sie wusste nicht, was sie machen oder wie sie mich trösten sollte. Ich hatte solche Angst!

Obwohl das Krankenhaus einen sauberen und modernen Eindruck machte und die Ärzte uns sehr freundlich begegneten – es war ein Albtraum. Schon alleine deshalb, weil alle Gespräche auf Englisch stattfanden. Manche Worte hatten Mama und ich noch nie zuvor gehört. Wir konnten uns zwar gut verständigen, aber diese ganzen medizinischen Fachbegriffe waren uns natürlich fremd, wodurch ich mich diesen Ärzten noch ausgelieferter fühlte als den arabischen Ärzten. Als sie uns noch einmal erklärten, was bei dem Eingriff gemacht werden sollte, verstand ich nur, dass meine Beine und mein Rücken auf irgendeine besondere Art miteinander verbunden waren, deshalb war diese Operation so vielversprechend.

Als es so weit war, versuchte ich also, artig das zu tun, was sie von mir verlangten. Ich zog den OP-Kittel an, legte mich auch noch auf die Liege, die sie vorbereitet hatten. Aber sobald sie mich in den Operationssaal schieben wollten, wurde ich panisch. Ich klammerte mich an Mama. Schrie und weinte. Ich kann heute gar nicht sagen, wie sie es letztendlich geschafft haben, mich in Narkose zu legen. Es ist mir selbst völlig schleierhaft. Aber sie müssen es geschafft haben. Denn ich wachte irgendwann in einem weißen Krankenzimmer auf, und mir war unendlich schlecht. Ich musste mich übergeben. Sofort kam eine Schwester angerannt. Sie war fürsorglich und aufmerksam und gab sich richtig Mühe mit mir. Obwohl es mir so schlecht ging, ist mir das sofort aufgefallen. Das war anders, als ich es aus dem Libanon kannte …

Nach zwei Tagen fand dann der zweite Eingriff statt. Wieder ging es mir nach der Narkose unglaublich schlecht. Erwartungsvoll wackelte ich mit den Zehen, doch sie fühlten sich genauso taub an wie immer. Da brauchte ich es mit Laufen gar nicht zu versuchen. »Das dauert noch ein bisschen. Der Körper muss den Eingriff erst einmal verarbeiten!«, trösteten mich die Ärzte. Trotzdem war ich enttäuscht.

Obwohl ich die ganze Zeit versucht hatte, mir nicht zu große Hoffnungen zu machen, hatte ich unterbewusst wohl doch damit gerechnet, dass es mir nach dem Eingriff zumindest ein wenig besser gehen würde – und zwar unmittelbar nach der Operation. Dass ich vielleicht sogar alleine und auf eigenen Füßen in das Flugzeug nach Beirut steigen würde. Aber daraus wurde nichts. Als uns nach zwei Wochen Düsseldorf-Aufenthalt Mamas Cousin aus Frankfurt abholte, damit wir noch ein paar Tage bei ihm und seiner Familie verbrachten, wenn wir schon einmal in Deutschland waren, war ich wie eh und je auf Mamas Hilfe angewiesen.

Um mich ein bisschen aufzumuntern, fuhren wir in Frankfurt zuallererst zu einem riesigen Spielzeuggeschäft, das mir beinahe wie eine kleine Stadt vorkam. Eine Kindertraum-Spielzeugstadt. In unserem Lager gab es nicht einmal Supermärkte in dieser Größe. Noch nie zuvor in meinem Leben hatte ich so ein riesiges Geschäft betreten. Mama lächelte mich aufmunternd an. »Such dir aus, was du möchtest!«

Ich glaube, ich brauchte Stunden! Schon alleine, um auch wirklich alles gesehen und angefasst zu haben … Letztendlich entschied ich mich für eine Baby-Born-Puppe, die man richtig füttern und wickeln konnte. Für Ahmed kauften wir ein Set mit drei Feuerwehrautos. Die steckten wir ins Handgepäck, damit wir sie nach unserer Landung in Beirut auch gleich griffbereit hatten.

Ich konnte es kaum erwarten, zu meiner Familie zurückzukehren! Deshalb sah ich auch kaum hin, als Mamas Cousin uns den Frankfurter Römer zeigte oder das futuristische Bankenviertel. Ich hatte keine Lust auf den Zoo. Ich wollte nur nach Hause.

Zu Papa hatte ich am Telefon gesagt, dass mich unbedingt Opa abholen sollte. »Auf jeden Fall! Versprochen?«, vergewisserte ich mich mehrfach. Papa lachte. »Ja, du kleine Nervensäge. Versprochen!«

Und dann stand Opa tatsächlich am Flughafen. Sogar mit einem riesigen Blumenstrauß in seiner Hand. Glücklich fiel ich ihm in die Arme und musste vor lauter Freude weinen. Doaa war auch da, sie grinste mich an. »Na, hast du mich auch ein bisschen vermisst?« Ich lachte nur. Was für eine Frage! Ich war so glücklich, wieder zu Hause zu sein, dass mir gar nicht auffiel, wie Papa mich enttäuscht von der Seite musterte. Auch er hatte wohl gehofft, dass es mir nach dem Eingriff sofort besser gehen würde. Immerhin hatte diese Operation fast zwei Jahresgehälter verschlungen, ein Vermögen! Mama nickte ihm unauffällig zu. »Die Ärzte sagen, das dauert.« Dann folgten sie Opa und Doaa, die mich bereits in Richtung Parkplatz schoben. Schließlich warteten auch in Wavel schon alle gespannt auf uns. Meine Cousinen hatten meine Oma schon den ganzen Nachmittag geärgert, indem sie immer wieder gerufen hatten: »Sie kommen, sie kommen!«, obwohl wir noch längst nicht in der Nähe waren. Oma war jedes Mal aufgeregt vor die Tür gerannt, um dann enttäuscht festzustellen, dass meine Cousinen sie reingelegt hatten. Als wir wirklich kamen, musste Papa Oma mehrmals rufen, damit sie uns endlich begrüßte. Meine Cousinen lachten sich schief. Alle waren in allerbester Stimmung, weil wir nun endlich wieder beisammen waren. Auch wenn die Reise vielleicht umsonst gewesen war. Hauptsache, wir waren wieder vereint!

Zur Feier des Tages hatten Abeer und Oma ein richtig tolles Abendessen zubereitet – mit allen arabischen Gerichten, die ich am liebsten mochte. Meine Cousinen trugen bei diesem Essen bunte Kopftücher. Das sah ich zum ersten Mal bei ihnen. Erst war ich irritiert und fühlte mich ein wenig ausgeschlossen. Aber irgendwie fand ich es auch ziemlich cool. Deshalb erklärte ich Mama vor dem Schlafengehen, dass ich ab sofort auch einen Hidschab tragen wollte. Meine Mutter sah mich überrascht an. »Wie du möchtest, Reem.«

Meine Eltern sind zwar beide gläubig, trotzdem wollten sie diese Entscheidung mir überlassen. Eigentlich sogar zwei Entscheidungen: Ob ich überhaupt einen Hidschab tragen und wann ich damit beginnen wollte. Viele Mädchen verdeckten ihre Haare, sobald ihre Regelblutung einsetzte, weil sie ab diesem Zeitpunkt religionsmündig und somit verantwortlich vor Allah sind. Aber letztendlich konnte das jede Familie halten, wie sie wollte. Und da meine Cousinen sich nun schon so früh für ihr Kopftuch entschieden hatten, wollte ich es auch tragen. Weil es mir gefiel, damit meine Gläubigkeit auszudrücken, und weil ich es irgendwie erwachsen fand. So als wäre ich schon eine richtige kleine Frau. Deshalb band ich mir ab sofort jeden Tag ein Tuch um, ehe ich unsere Wohnung verließ. Ganz so wie die erwachsenen Frauen. Allerdings dauerte es bei mir noch deutlich länger als bei Mama. Sie schaffte das in demselben Tempo, in dem sich andere Leute eine Mütze aufsetzten. Ich brauchte anfangs noch mehrere Anläufe, ehe das Tuch so glatt und ordentlich auf dem Kopf saß, wie es sollte.

Manchmal geriet ich wegen des Kopftuchs richtig in Stress. Schließlich durften streng genommen nur noch Papa und Ahmed mich mit offenen Haaren sehen. Wenn ich nun beispielsweise vor dem Fernseher lag und hörte, dass ein Cousin mit einem Freund zu uns nach oben kam, musste ich mich mit dem Binden ganz schön beeilen. Meistens sah ich, wenn die Jungs oben bei uns ankamen, so zerzaust aus, als hätte ich mit dem Kopftuch geschlafen. Genervt tastete ich jede Falte ab. Obendrein drohte es ständig zu rutschen. Sobald die Jungs wieder verschwunden waren, zog ich es mir frustriert wieder vom Kopf und warf es neben mich auf das Sofa. »Das ist reine Übungssache«, tröstete mich Mama, die zu Hause natürlich ebenfalls ohne ihr Tuch herumlief. Doch sobald sie nach unten zu Oma ging, band sie es wieder um. Oma hätte meine Mutter natürlich mit offenen Haaren sehen dürfen – die war schließlich eine Frau. Aber Papas Brüder wiederum hätten Mama nicht ohne Kopfbedeckung begegnen dürfen.

Einmal kam Mama nach oben und sagte, dass meine Cousinen gerade zum Einkaufen gehen wollten und gefragt hatten, ob ich mitkäme. »Gerne!«, rief ich und streckte ihr beide Hände entgegen, damit sie mich auf die Füße zog. Mama lächelte mich merkwürdig verschmitzt an und half mir keuchend nach unten. Auch meine Cousinen grinsten, als sie mich sahen. Erst im Supermarkt vor dem Kühlregal verstand ich, worüber sich alle so freuten. Als ich mir an den Kopf fasste, stellte ich nämlich überrascht fest, dass ich meinen Hidschab vergessen hatte. Meine Cousinen – alle ordentlich verhüllt – stießen sich an und kicherten. Und ich lachte mit ihnen. Offenbar saß mein

Bedürfnis, ein Kopftuch zu tragen, doch noch nicht ganz so tief. Es kam irgendwie nicht aus mir heraus. Deshalb ließ ich es künftig einfach wieder weg. Als Mama ein paar Tage später beim Gute-Nacht-Sagen noch auf meiner Matratze saß, fragte sie: »Möchtest du denn später einmal ein Kopftuch tragen?« Ich überlegte. »Ich weiß nicht.« Mama lächelte. »Irgendwann wirst du es wissen.« Damit ging sie aus dem Zimmer. Ich war sehr dankbar, dass meine Eltern mir diesbezüglich nichts vorschrieben. Viele Mädchen durften diese Entscheidung nicht alleine treffen.

Eigentlich zeigte sich mein Vater nur in einem einzigen Punkt wenig nachgiebig: bei meiner Gesundheit. Leider hatte sich mein Zustand auch Wochen nach dem Eingriff nicht verbessert. Mehr als 18000 Euro Kosten – und es zeichnete sich überhaupt keine Veränderung ab. Deshalb rief mein Vater nach einem Monat in der Klinik an und stellte den behandelnden Arzt zur Rede. Der reagierte völlig unbeeindruckt: »Wissen Sie, da steckt man nicht drin. Bei manchen Patienten schlägt es schneller an, bei anderen dauert es etwas länger. Am besten wiederholen wir die ganze Prozedur noch einmal.« Das schlug er einfach so vor. Ganz selbstverständlich. Hatte er überhaupt eine Ahnung, wie viel Geld 18000 Euro für uns waren? Dachte er vielleicht, sämtliche Araber seien reiche Ölscheichs?

Meinen Vater traf diese Nachricht wie ein Keulenschlag. Noch einmal? Das war unmöglich! Wie sollte er das viele Geld auftreiben? Schon die erste Operation hatte alle an ihre finanziellen Grenzen gebracht. Dadurch waren nicht nur unsere Ersparnisse, sondern auch die der ganzen Familie aufgebraucht. Papa grübelte. Tagelang. Natürlich wäre es viel leichter gewesen, mir jetzt endlich so einen teuren Rollstuhl zu kaufen – das

Geld hatten wir uns bislang gespart, weil Papa meinte, dass er es lieber in meine Heilung stecken wollte. Aber auch jetzt wollte er nichts davon wissen. »Es ist, als würden wir kurz vor dem Ziel aufgeben«, knurrte er. Nach seinem Empfinden waren wir den ersten Schritt in die richtige Richtung gegangen – nun hieß es: weitermachen! Die Frage war nur: Wie sollte er meine zweite Deutschlandreise finanzieren?

Während Papa sich mit dieser Frage beschäftigte, igelte ich mich bei Mama ein. »Ich will nicht wieder nach Deutschland!«, jammerte ich. Mama sagte nichts. Aber ich wusste, dass auch sie nicht gerade wild darauf war, noch einmal eine solche Reise anzutreten. Vielleicht hoffte sie insgeheim sogar ein bisschen, dass wir diese Riesensumme kein zweites Mal zusammenbekämen.

Ich wollte nicht schon wieder operiert werden. Vor allem aber wollte ich nicht schon wieder von meiner Familie getrennt werden. Ich fühlte mich wie ein Vogel, der aus seinem kuscheligen Nest gestoßen werden sollte.

ICH WOLLTE HIERBLEIBEN!

ICH WOLLTE MEINE RUHE HABEN!

Nur ein ganz kleiner Teil von mir träumte weiter davon, irgendwann einmal ohne Hilfe laufen zu können. Und dieser kleine Teil war Papa unendlich dankbar. Denn der begann erneut damit, Geld für mich zu sammeln: 100 Dollar von einem Bruder, 50 Dollar von Abeer, 500 Dollar vom Sohn seines Chefs … Papa wandte sich auch an Hilfsorganisationen: Vor allem das Rote Kreuz unterstützte ihn großzügig. Er bat noch einmal die Koranschule um Hilfe und schrieb jeden noch so weit entfernten Verwandten an. Papa plünderte mein Sparschwein und verkaufte unseren Schmuck und unsere besten

Möbel – sogar unseren geliebten Fernseher. Es dauerte Wochen, in denen es bei uns zu Hause Tag für Tag spartanischer wurde, aber: Wie durch ein Wunder brachte mein Vater tatsächlich ein zweites Mal den gigantisch hohen Betrag zusammen.

Wieder rief er die Klinik an und vereinbarte einen neuen Termin: am 28. September 2010 – genau eine Woche nach meinem zehnten Geburtstag und ein Jahr und zwei Monate nach meinem ersten Eingriff. Dann machte er sich erneut auf den Weg zur deutschen Botschaft – mit der Bestätigung der Klinik in der Tasche. Er erklärte den Botschaftsmitarbeitern: »Reem muss noch einmal nach Deutschland. Ihre erste Behandlung war leider nicht ausreichend.« Dann legte er den Einzahlungsbeleg vor. Da er nun schon besser wusste, wie das Verfahren lief, hatte er sich diesmal eine Taktik überlegt. Papa wollte nämlich, dass Ahmed uns diesmal nach Deutschland begleitete. Deshalb behauptete er, dass unsere Oma inzwischen zu alt wäre, um auf den mittlerweile vierjährigen Ahmed aufzupassen. Zwar hätte Ahmed auch bei einer meiner Tanten bleiben können – das war ja der große Vorteil einer Großfamilie –, aber davon wusste der Botschaftsmitarbeiter natürlich nichts. Deshalb stellte er auch meinem Bruder ein Visum aus.

Ich freute mich, dass Ahmed diesmal mitkommen würde – am liebsten hätte ich ohnehin gleich die ganze Familie eingepackt! Trotzdem guckte Mama ein wenig zerknirscht, als sie das hörte. Verstand ich gar nicht. Ihr hatte Ahmed beim letzten Mal doch auch gefehlt!

Aber so besorgt Mama wirkte, so einen zufriedenen Eindruck machte mein Vater. Zufrieden, aber gleichzeitig auch angespannt. Manchmal nachdenklich. So als würde er gerade etwas aushecken. Dieser Eindruck wurde dadurch verstärkt, dass Papa sich neuerdings ständig mit seinen Brüdern besprach, ohne dass wir Kinder hören durften, worum es ging. Außerdem hing er pausenlos an seinem Mobiltelefon, das er seit Kurzem besaß – allmählich hielt sogar bei uns der Fortschritt Einzug. Zwar war es kein Smartphone, sondern ein stinknormales Tastenhandy, aber immerhin mussten wir zum Telefonieren nicht mehr ständig rüber zur Telefonzentrale. Endlich konnten uns auch die Verwandten aus dem Ausland permanent erreichen – und gerade die aus Deutschland riefen plötzlich ständig an. Ebenso wie Papas Cousin aus Schweden, von dem ich zuvor noch nie etwas gehört hatte. Irgendetwas war anders als sonst, das spürte ich genau. Ich konnte es mir nur nicht erklären.

Nach einem gemeinsamen Abendessen mit Mama, Ahmed und mir ergriff Papa plötzlich das Wort. Sein Blick war so ernst, dass alle schlagartig verstummten. »Reem, du wirst wieder nach Deutschland fliegen«, eröffnete er seine Ansprache. Misstrauisch sah ich zu ihm rüber. Das wussten wir schließlich schon. Warum sagte er das jetzt mit dieser ernsten Stimme und diesem angespannten Gesichtsausdruck? Automatisch schlug mein Herz schneller. Ich sah, wie Mama neben mir ihren Kopf senkte. Sogar der sonst so lebhafte Ahmed auf ihrem Schoß war ausnahmsweise ganz ruhig. Keiner sagte einen Mucks, noch nie war es in unserer Küche so still gewesen. Papa holte tief Luft. Es fiel ihm sichtlich schwer fortzufahren. »Ich wäre froh, wenn ihr nach der Operation in Deutschland bleiben würdet.«

»Wie?«, rief ich. »Wie bleiben?«

Papa sackte förmlich in sich zusammen. »Es tut mir leid. Aber mir fehlen die Kraft und das Geld, um dich weiter im Libanon behandeln zu lassen. Das geht nicht mehr.« Jetzt verstand ich. »Nein!« Heftig schüttelte ich meinen Kopf. »Das mache ich nicht! Da bleibe ich nicht!« Papa sah mich eindringlich an: »Reem, wir haben keine andere Wahl. Was für eine Perspektive hättest du denn im Libanon?« Er biss sich auf die Lippe, dann fuhr er fort: »In Deutschland kann dir geholfen werden. Du bist jetzt zehn Jahre alt, noch jung. Jetzt wäre der richtige Zeitpunkt, deine Behandlung und deine Therapien an einem besseren Ort durchzuführen. Wenn wir in Deutschland leben würden, müssten wir deine Behandlungen nicht selber bezahlen. Du würdest Schienen bekommen, einen Rollstuhl, wenn du ihn noch brauchst. Hier kann ich mir das alles nicht mehr leisten. Ich kann nicht mehr.« Ich kreischte: »Das mache ich nicht!« Meine Stimme klang viel schriller, als ich wollte. »In Deutschland sind sogar die Schulen besser. Ahmed und du, ihr hättet die Chance auf eine bessere Zukunft.« Mir schossen die Tränen in die Augen. Weil ich spürte, dass Papa seinen Entschluss längst gefällt hatte, dass alles schon entschieden war. Nun senkte auch ich meinen Kopf. Ahmed krabbelte zu mir rüber und umarmte mich. Er verstand ja noch nicht, was das alles für uns bedeutete. Papa wurde wieder sachlich. »Hast du ein Problem damit?«, hörte ich ihn fragen. Unter Tränen erklärte ich, dass ich ohne den Rest meiner Familie nicht leben könne. »Mein Herz schlägt nur, wenn ich in ihrer Nähe bin.« Ich sah, wie die Schultern meiner Mutter bebten, weil auch sie nun weinen musste. »In Deutschland ist es kalt. Und anders. Ich verstehe die Sprache nicht. Ich habe keine Freunde. Alles ist fremd.« Ich schluchzte. Papa hörte zu und nickte. Natürlich verstand er mich. Und garantiert sprach ich nichts aus, worüber er sich nicht auch schon Gedanken gemacht hatte. »Das alles sind Probleme, die man überwinden kann.« Ich wollte nicht so schnell aufgeben. »Aber das ist nicht leicht!«, wandte ich ein.

»Leicht wird es sicher nicht. Aber du hast all das selbst in der Hand, wie schnell du die Sprache lernst, wie offen du auf andere Menschen zugehst, wie schnell du dich einlebst.« Andere Sprachen, andere Menschen, einleben! All das klang so endgültig. Ich weinte nur noch doller. »Aber was ist mit Opa?«

Mein geliebter Opa. Abeer. Oma. Doaa. Jana. Wie sollte ich sie alle verlassen? Papa seufzte nur und schüttelte den Kopf. Darauf hatte er keine Antwort. Darauf *gab* es keine Antwort.

Deshalb kroch in an diesem Abend weinend in mein Bett. Ich konnte gar nicht mehr aufhören zu heulen. Dabei verfluchte ich meine Behinderung. Letztlich war sie schuld daran, dass ich alles aufgeben sollte. Nur wegen dieser Behinderung hatten wir kein Geld mehr. Nur deshalb mussten Mama, Ahmed und ich den Libanon verlassen. Erst jetzt fiel mir ein: Was wurde eigentlich aus Papa? Der hatte doch gar kein Visum für die Einreise nach Deutschland bekommen. Ich wollte schon laut rufen und ihn danach fragen. Aber dann hörte ich, dass meine Eltern im Schlafzimmer noch redeten. Ich spitzte die Ohren, aber leider verstand ich nicht, worüber sie sprachen. Dass es um den geplanten Umzug ging, war klar. Aber worum genau? Vielleicht gelang es ja meiner Mutter, meinen Vater noch umzustimmen. Für sie war diese Neuigkeit schließlich garantiert genauso ein Schock wie für mich. Ich lauschte weiter ins Dunkle. Bis meine Eltern irgendwann aufhörten zu reden und es still in der Wohnung wurde.

Anscheinend war ich nun die Einzige, die noch wach lag. Ich musste die ganze Zeit daran denken, wie es nun weiterging. Wie sollte ich das meinen Cousinen beibringen? Wie meinen Klassenkameraden? Jana? Gleichzeitig bemühte ich mich, Papa zu verstehen. Was sollte er denn machen, wenn er sich meine

Behandlungen nicht mehr leisten konnte? Trotzdem wollte ich nicht weg! Immer wieder dachte ich an Opa. Vor allem an ihn. Was, wenn ich ihn nie wiedersehen würde?

Am nächsten Morgen war keine Schule. Papa schlief länger, was dafür sprach, dass er ebenfalls noch lange wach gelegen hatte. Als er endlich zu Mama und mir ins Wohnzimmer kam, fragte ich ihn, wie sein Plan aussah. »Bleibst du im Libanon?« Papa lachte kopfschüttelnd. »Ich würde euch doch niemals alleine lassen. Ich komme selbstverständlich hinterher.« Ich verstand das nicht. »Aber du hast doch gar kein Visum bekommen? Kriegst du es, wenn wir in Deutschland sind?« Papa schüttelte wieder den Kopf. »Nein, leider nicht. Ich muss ohne Visum nach Deutschland kommen.« Ich erinnerte mich genau daran, dass wir dieses Dokument auf unserer letzten Deutschlandreise mehrfach hatten vorzeigen müssen. »Das geht doch gar nicht«, sagte ich. Papa legte seine Stirn in Falten. »Ich weiß, deshalb muss ich leider heimlich nach Deutschland reisen.« Jeden anderen hätte ich wohl für einen Schwätzer gehalten. Aber Papa glaubte ich sofort, dass er nachkommen würde. Auch ohne Visum.

Am Nachmittag gingen wir runter zu meiner Oma. Dort erzählte ich meinen Cousinen, was Papa vorhatte. Doaa presste sofort entsetzt ihre Hand vor den Mund – alle fingen sofort an zu weinen. Dabei kam mir diese Situation auf einmal total unwirklich vor. *Das hier* war doch mein Leben. Ich konnte mir gar nicht vorstellen, dass sich das nun ändern sollte, nur weil ich in ein Flugzeug stieg. Dadurch blieb ich doch trotzdem Reem, das palästinensische Flüchtlingsmädchen aus Wavel, das neben Jana in der Schule saß, zu diesen unmotivierten Ärzten ging, das von ihrem Zimmer aus auf die Berge gucken konnte und sich freute, wenn der Opa ihr Süßigkeiten aus seinem Kiosk mitbrachte. *Das* war ich. Ich *konnte* doch gar nicht nach Deutschland gehen!

Von draußen hörten wir Kinder rufen. Ein Nachbarjunge hatte offenbar ein neues Badmintonspiel geschenkt bekommen und suchte nun Spielpartner. Weil wir alle über ein bisschen Ablenkung ganz froh waren, setzten wir uns schwerfällig in Bewegung. Doaa reichte mir ihre Hand und führte mich nach draußen. Ganz normal. Als wenn nichts gewesen wäre.

Ich lehnte mich an die Wand unseres Hauses und sah zu, wie die anderen Kinder zur Seite sprangen, wenn ein Mofa angerast kam. Von außen sah alles so aus wie immer. Auch wenn sich gerade alles änderte.

Nachts quälten mich die Gedanken an die bevorstehende Reise besonders. Dann lag ich oft stundenlang heulend im Bett. Denn egal, wie gut ich den Gedanken an das, was vor mir lag, tagsüber verdrängte, so rückte der Termin doch immer näher – mit jedem Atemzug, jedem Sonnenauf- und Sonnenuntergang. Wir hatten unsere Abreise in die Sommerferien nach der vierten Klasse gelegt. Alle meine Klassenkameraden freuten sich auf ihre schulfreie Zeit, obwohl selten mal einer verreiste. Auch Jana sprach von nichts anderem. »Stell dir vor: drei Monate keine Schule. Lange schlafen, ewig im Bett liegen bleiben, den ganzen Tag spielen oder fernsehen.« Meist sah ich Jana dann ganz traurig an, sodass sie sofort wieder verstummte und einen ganz bekümmerten Gesichtsausdruck bekam. »Das ist wegen deiner Operation, stimmt's?« Ich seufzte bloß. Bislang hatte ich mich noch nicht getraut, ihr zu beichten, dass ich nach den Ferien nicht wiederkommen würde. Ich brachte es nicht übers Herz, obwohl Jana – mal abgesehen von meinen Cousinen – definitiv meine beste Freundin war. Eigentlich sogar meine einzige enge Freundin. Ich bin nämlich etwas kompliziert, was Freundschaften angeht – noch heute. Es dauert ziemlich lange, bis ich jemandem vertraue. Ich muss mir erst absolut sicher sein, dass mein Gegenüber ehrlich ist und – ganz wichtig! – auch ein Geheimnis für sich behalten kann. Schließlich haben Mädchen immer irgendwelche Geheimnisse – und wir arabischen Mädchen vielleicht noch mehr, weil uns vieles verboten wird: Manche dürfen nicht Ball spielen, Fahrrad fahren, tanzen, neben einem Jungen in der Schule sitzen, mit einem Jungen tuscheln … Ich weiß, dass ich diesbezüglich mit meinem Vater Glück habe. Er vertraut mir, dass ich selbst einschätzen kann, was richtig und was falsch ist. Trotzdem finde ich es wichtig, dass meine Freundin für sich behält, was ich ihr erzählt habe, und dass sie mir zuhört. Reden ist extrem wichtig. Genau wie gemeinsam lachen und träumen. Möglicherweise sind mir diese Dinge deshalb besonders wichtig, weil ich nicht wie die anderen Mädchen herumspringen oder um die Wette rennen kann. Mit mir muss man im Sitzen Spaß haben. Vermutlich ist es mit dieser Einschränkung auch schwieriger, Freunde zu finden.

Noch viel schwieriger ist es allerdings, Freunde zu verlassen. Das wurde mir nun schlagartig bewusst. Plötzlich tat es mir um meine ganze Klasse leid. Ich kannte sie alle schließlich schon vom Kindergarten an. Sie hatten mir jeden Tag gezeigt, wie schön Leben sein kann, sie hatten mich zum Lachen gebracht, manchmal sogar, wenn ich traurig war. Sie waren eigentlich immer für mich da. Und nun war unser vorletzter gemeinsamer Schultag …

Es gab Zeugnisse. Meine Lehrerin lobte mich, als sie mir meins überreichte: »Toll gemacht, Reem!« Tatsächlich hatte ich überall sehr gute Noten, bis auf Mathe. Also bemühte ich mich zu lächeln – heulte aber plötzlich los. Überrascht drehte sich die Klasse zu mir um. Schließlich war nicht damit zu rechnen, dass ich wegen meiner Noten unglücklich sein könnte. Der vorlaute Mohammed rief einmal quer durchs Klassenzimmer: »Was ist denn los, Reem?« Meine Cousine Baraa legte sofort ihren Arm um mich – sie wusste ja, warum ich so unglücklich war. Meine Freundinnen dagegen hatten noch immer keine Ahnung. Alaa, Nama und Jana liefen zu mir an den Tisch und warfen zuallererst einen Blick auf mein Zeugnis. »Das ist doch super!«, wunderte sich Alaa. Jana nahm besorgt meine Hand, und sogar meine Lehrerin kniete sich mit einem mitleidigen Gesichtsausdruck neben mich. »Alles in Ordnung?« Doch ich schüttelte nur den Kopf. Reden konnte ich nicht, dafür fühlte ich mich zu schwach. Ich glaubte, ich würde zusammenbrechen, wenn ich ihnen nun sagen müsste, dass es vermutlich das vorletzte Mal war, dass wir uns sahen.

Außerdem hoffte ich noch immer darauf, dass irgendein Wunder geschah. Zwar war die Operation bezahlt und die Flüge waren gebucht – aber was, wenn ich nach der Operation tatsächlich gleich laufen könnte? Dann gäbe es doch überhaupt keinen Grund, in Deutschland zu bleiben. Und der Rückflug war eh gebucht. Denn wir mussten der Botschaft ein Ticket mit einem Hin- *und* Rückflug vorlegen, um das Visum zu bekommen. Deshalb betete ich jeden Tag, dass wir diesen Rückflug doch noch antreten würden … Ich wollte meine Freunde, meine Familie, mein ganzes gewohntes Leben nicht für immer verlassen.

Am letzten Schultag lag ich morgens im Bett und zog mir einfach die Decke über den Kopf. Ich konnte nicht zur Schule gehen. Jede Zelle meines Körpers wehrte sich dagegen. Mir war richtig schlecht. »Darf ich heute zu Hause bleiben?«, bat ich deshalb Mama, als sie wie jeden Morgen die Decke wegschlug, um mir beim Aufstehen zu helfen. Meine Stimme klang weinerlich.

Eigentlich war dieser Tag dazu da, um sich von den Klassenkameraden zu verabschieden. An unserem letzten Schultag wurde nur noch gespielt. Nach gestern war ich mir allerdings sicher, dass ich den ganzen Tag heulen würde. Und das wollte ich lieber alleine zu Hause tun als vor so vielen Zeugen. »Ich kann nicht gehen«, jammerte ich, und Mama strich mir mitleidig über die Stirn. »Klar. Bleib zu Hause!« Ich musste ihr gar nichts erklären. Sie verstand auch so, was ich fühlte … Nun war ich zwar erleichtert, im Bett bleiben zu dürfen, gleichzeitig bedrückte mich das schlechte Gewissen, nicht mit Jana gesprochen zu haben. Was sollte meine Freundin denn denken, wenn sie irgendwann vor meiner Haustür stand und erfuhr, dass ich in Richtung Deutschland verschwunden war. Für immer. Deshalb nahm ich mir vor, sie in den kommenden Tagen zu besuchen, um mit ihr zu sprechen. Aber nicht heute. Und morgen auch nicht. Und übermorgen erst recht nicht.

Die Tage vergingen. Und immer fehlte mir der Mut, mit meiner Freundin zu reden. Inzwischen fehlte er mir schon deshalb, weil sie sicher fragen würde, warum ich es ihr nicht früher erzählt hatte. Doch dann stand ich plötzlich vor ihr. Unverhofft. Und unvorbereitet.

Ich war gerade mit meiner Mutter auf dem Weg zu dem großen Supermarkt, der außerhalb unseres Lagers lag. Natürlich kauften wir das Nötigste bei meinem Opa, aber der Supermarkt bot eine viel größere Auswahl als der kleine Kiosk. Im

Supermarkt gab es beispielsweise auch Fleisch und Gemüse. Mama und ich überlegten gerade, was Mama zum Abendessen kochen könnte, da entdeckte ich Jana, die mit ihrer Oma vor dem Haus saß. Sie kam natürlich sofort zu mir gelaufen, als sie uns entdeckte. »Wie schön! Ich wollte dich sowieso nachher besuchen kommen. Warum warst du denn nicht in der Schule? Warst du krank?« Jana lachte mich an. Und nun erzählte ich es ihr. »Ich fliege mit Mama und Ahmed nach Deutschland, und Papa sagt, dass wir nicht mehr zurückkommen sollen.« Nun war es raus. Jana fing sofort an zu weinen. »Aber wieso kannst du danach denn nicht zurückkommen?«, wiederholte sie immer wieder und umarmte mich dabei so heftig, dass ich Angst hatte, dass mein Buggy umkippen könnte. Mama griff vorsichtshalber meine Hand. »Sag der Klasse, dass es mir leidtut. Grüße sie von mir und sag ihnen, dass ich sie alle sehr liebe!« Inzwischen hatte auch Janas Oma mitbekommen, was los war. Sie nahm mich in den Arm. »Ich wünsche dir Glück.«

Wenig später gingen Mama und ich weiter. Das war ein Abschied. Ein erster richtiger Abschied. Er kam mir vor wie ein kleiner Tod. Denn auch wenn Jana und ich uns schrieben – und wir hatten geschworen, das zu tun – wir würden unsere Freundschaft nicht mehr so leben können, wie wir es gewohnt waren. Wir würden keinen Alltag mehr teilen. Das war vorbei.

Deshalb graute mir nun umso mehr vor dem Abschied von meiner Familie. Leider fiel der Tag unserer Abreise ausgerechnet auf meinen zehnten Geburtstag. Deshalb hatten Mama und Papa beschlossen, meinen Geburtstag einfach vorzufeiern. Wenn es nach mir gegangen wäre, hätten wir ihn einfach ausfallen lassen – schließlich war mir kein bisschen feierlich zumute. Während die anderen unten längst gemeinsam am großen

Tisch saßen und Oma die leckere Sahnetorte verteilte, die sie beim besten Bäcker unseres Lagers bestellt hatte, zottelte ich oben frustriert alle meine schönen Kleider aus dem Schrank. Ich wollte sie meinen Cousinen schenken. In Europa würde ich sie eh nicht brauchen, da zogen sich die Mädchen ja beinahe wie Jungs an. Ich war gerade dabei, ein besonders schönes lila-silbernes Kleid auf den Haufen zu werfen, da hielt ich inne. Mir war eingefallen, wie Doaa mit genau diesem Kleid vom Einkaufen gekommen war. Damals war ich wie geblendet. Das Kleid war nicht nur von Silberfäden durchzogen oder mit ein paar Silberpailletten bestickt – dieses Kleid *war* Silber. Zumindest sah es so aus. Lila-silber. Ein Traum. Ich hatte sofort nach Mama gerufen, um ihr Doaas neues Zuckerfest-Outfit zu zeigen. Doch Mama, die mir für dieses Fest schon ein anderes Kleid ausgesucht hatte, schüttelte ihren Kopf: »Nein, Reem, tut mir leid, das ist jetzt zu spät. Du hast schon ein Kleid.« Ich widersprach: »Aber dieses ist doch viel schöner!« Noch nie hatte ich ein schöneres Kleid gesehen als dieses. Den ganzen Abend redete ich von nichts anderem. Mama tat zwar so, als würde sie mein Gequengel nicht interessieren – trotzdem zog sie am Tag vor dem Fest los, um mir mein Traumkleid zu kaufen.

Traurig strich ich über den weichen Silberstoff. Doaa und ich hatten verabredet, dieses Kleid immer gemeinsam zu tragen – zu Familienfeiern und wenn gerade keine stattfand, dann eben in der Schule. Dieses Kleid konnte ich nicht im Libanon lassen. Selbst wenn ich es nie wieder tragen würde, ich musste es mit nach Deutschland nehmen! Ich hatte es gerade liebevoll zusammengerollt, da stand mein Vater plötzlich neben mir. »Los, komm, Reem. Das ist dein letzter Abend. Du solltest ihn genießen!« Trotzig schüttelte ich den Kopf. Auch wenn ich wusste, dass Papa mir das garantiert nicht durchgehen lassen würde. Er reichte mir wortlos seine Hand und sah mich auffordernd an. Dann trug er mich nach unten.

Alle hatten Geschenke für mich. Vor allem Schmuck und Fotos, weil wir große Geschenke natürlich sowieso nicht mitnehmen konnten. Schließlich waren unsere Koffer schon gepackt und ohnehin ziemlich voll. Oma drückte mir ein Glas Limonade in die Hand und drängte mir ein Stück Kuchen auf. »Jetzt iss mal.« Aber ich hatte keinen Hunger. Außerdem fiel mir auf, dass Oma ihren Kuchen selbst nicht anrührte. Wie versteinert saßen wir nebeneinander und hielten uns an den Händen. Unser Schmerz war unendlich groß. Zwischendurch nahm ich im Augenwinkel wahr, wie Oma sich eine Träne wegwischte. Alle litten – und am allermeisten ich. So fröhlich und ausgelassen unsere Feiern normalerweise waren, so unendlich traurig war diese.

Ich neigte ja ohnehin dazu, schlecht zu schlafen, wenn mich etwas bedrückte. In dieser Nacht vor dem Abflug machte ich überhaupt kein Auge zu. Stattdessen quälten mich schreckliche Selbstvorwürfe. *Wenn ich doch bloß nicht diese Behinderung hätte! Nur weil ich krank war, wurde unsere ganze Familie auseinandergerissen.* Gerissen. Genau so fühlte es sich an. Unsere Trennung hatte nichts Weiches, nichts Gutes, nichts Freudiges – sie war bloß Zerstörung. Mir grauste vor dem morgigen Tag.

Ein Onkel hatte versprochen, uns in der Frühe zum Flughafen zu bringen. Mein Vater, meine Oma und meine gleichaltrige Tante Aya wollten uns begleiten. Für Ahmed war das alles ein riesiges Abenteuer. Er konnte sein Glück gar nicht fassen, dass er mit einem richtigen Flugzeug fliegen sollte. Deshalb erzählte er es auch jedem, der seinen Weg kreuzte. »Ich fliege gleich. In einem richtigen Flieger bis über die Wolken.« Dann breitete er seine Arme aus und schwirrte um uns herum. Weil wir anderen genau wussten, was dieser Flug bedeutete, brachen wir jedes Mal heulend zusammen, wenn er brummend seine Runden drehte.

Ich hatte mich schon von fast allen verabschiedet. Nun waren nur noch Doaa und mein Opa übrig. Von ihnen fiel mir die Trennung am schwersten. Meinen Opa hielt ich bestimmt fünf Minuten lang fest umklammert, bis mein Onkel drängte, dass wir nun losmüssten. Noch ein letztes Mal umarmte ich meine Doaa, dabei fragte ich mich: Wer weiß, wann und ob du sie alle wiedersiehst? Der Gedanke krachte wie ein lodernder Blitz direkt in mein Herz. In mir brannte alles. Die Luft blieb mir weg. Als mein Onkel seine Autotür öffnete und mich ins Wageninnere bugsierte, fühlte ich mich leer. So als würde all mein Fühlen, meine Lebendigkeit, alle Liebe einfach draußen bleiben – bei meiner Familie. Im Libanon. Nur noch die schmerzende Hülle saß im Auto und rollte langsam davon. Ahmed jubelte: »Fahren wir jetzt zum Flughafen? Ja? Fahren wir jetzt los?« Mama nickte, öffnete die Fensterscheibe und winkte den anderen. Ahmed rappelte sich von ihrem Schoß und wedelte ebenfalls wild mit seinem Arm. Nur ich drehte mich nicht mehr um, sondern blickte starr geradeaus auf das Baalbeker Verkehrschaos. Ich ertrug es nicht zu sehen, wie mein Opa und Doaa am Eingang unseres Lagers standen und dabei immer kleiner wurden. Ich war todunglücklich.

Aber was hätte ich tun sollen? Ich war nur ein Kind. Ich musste gehorchen.

Obwohl ich mich wirklich bemühte, stark zu sein, heulte ich auch am Flughafen noch einmal, als ich mich von Oma, Aya und Papa verabschieden musste. Mama und Papa sahen sich zum Abschied lange an. Berührungen zwischen Mann und Frau waren bei uns in der Öffentlichkeit verpönt, aber ihr Blick war ebenso intensiv wie eine Umarmung. Er war ein Versprechen. Das Versprechen, dass sie für immer zusammengehörten und dass Papa so schnell wie möglich nachkommen würde – wie auch immer er das anstellen wollte …

Diesmal hatten wir einen Flug nach Frankfurt gebucht. Von dort aus sollten wir mit dem Zug weiter nach Essen fahren. Ahmeds Glück war damit perfekt. Er durfte nicht nur fliegen, sondern auch noch Zug fahren, und alles an einem Tag! Fröhlich sprang er um uns herum, während Mama versuchte, unser Gepäck zusammenzuhalten, mich zu schieben und Ahmed zu ermahnen, auf die anderen Passanten Rücksicht zu nehmen. Sie wirkte total überfordert und stieß einen erleichterten Seufzer aus, als wir endlich im Zug saßen. Leider musste mein kleiner Bruder ausgerechnet jetzt auf Toilette. »Ganz dringend!«, drängelte er. Ich drückte mich kraftlos aus dem Sitz, um sie zu begleiten, da legte Mama ihre Hand auf meinen Arm: »Bleib du bitte hier und pass auf unsere Sachen auf.« Im ersten Moment wollte ich protestieren. Aber Mama sah so angestrengt aus, dass ich nachgab: »Okay.« Ich glaube, diese Reise bedeutete für sie noch größeren Stress als für mich: die Trennung von ihrer Familie, ein gehbehindertes Kind, der vierjährige Wirbelsturm Ahmed, dazu noch Gepäck und eine ungewisse Zukunft. Ein absoluter Mutterhorror! Tatsächlich fragte auch ich mich gerade zum ersten Mal, wo wir überhaupt wohnen würden. Wir hatten ja nichts. Unser Geld war aufgebraucht, und wir konnten ja nicht ewig bei unseren Verwandten leben. Da war doch gar nicht genug Platz!

Ich sah mich nach Mama und Ahmed um. Keine Spur von ihnen. Dann kam eine Durchsage, die ich nicht verstand. Leute drängelten sich durch den Gang, und ich hatte das Gefühl, jeder würde mich im Vorbeigehen anstarren. Mama? Ich sah mich noch einmal um. Nun waren sie und Ahmed aber schon ganz schön lange weg. »Mama?«, rief ich deshalb laut. Keine Antwort. »Maaaamaaa?!« Allmählich wurde ich panisch. Wo waren sie denn? Sofort schossen zwei Frauen auf mich zu und fragten irgendetwas, was ich nicht verstand. Mit großen Augen starrte ich sie an und schrie nur noch lauter: »MAAA-MAAAA?!« Die Frauen versuchten es auf Englisch. *»Do you speak English?«* Ich nickte. Das hatte ich schließlich in der Schule gelernt. *»Where is your mum?«* Blöde Frage. Wenn ich das wüsste, würde ich sie doch nicht rufen. Ich setzte gerade wieder an, um noch einmal laut zu schreien, da trabte endlich Mama mit Ahmed im Schlepptau auf mich zu. War ich erleichtert, sie zu sehen! Aber Mama zischte mich an: »Warum schreist du denn so? Kannst du nicht kurz warten?« Es war ihr unglaublich peinlich. Zu den Frauen sagte sie: *»Everything is okay. Thank you! Thank you!«* Ich war einfach nur froh, dass sie wieder da war, und lehnte erschöpft meinen Kopf an Mamas Schulter, die sich aber nicht so weich und wohlig anfühlte wie sonst, sondern fest und angespannt. Vermutlich dachte sie schon an den Ausstieg mit Ahmed, mir und dem ganzen Gepäck … Glücklicherweise sprangen uns beim Aussteigen wieder die freundlichen Frauen von zuvor zur Seite und schleppten lächelnd, aber mit hochroten Köpfen unsere drei Koffer aus dem Abteil. Mama bedankte sich geschätzte dreißigmal bei ihnen, bis sie Großonkel Ahmed entdeckte, der bereits auf dem Bahnsteig mit einem Gepäckwagen auf uns wartete. Die Frauen wollten die Koffer gerade auf den Wagen hieven, da nahm Ahmed sie ihnen ab. Artig bedankten wir uns noch ein weiteres Mal bei ihnen, während der kleine Ahmed schon auf den obersten Koffer des Gepäckwagens kletterte und lauthals brüllte: »Losfahren!« Der kleine und der große Ahmed lachten fröhlich.

Nur Mama blieb abrupt stehen. Sie war käsebleich, blickte hektisch an sich herab und klopfte mit ihren Händen ihre Manteltaschen ab. Verwundert legte ich meinen Kopf schief. »Was ist?« Mama sprang wortlos zum Gepäckwagen und begann, unsere Koffer zu durchsuchen. Schließlich keuchte sie: »Mein Pass ist weg!« Das war natürlich eine ziemliche Katastrophe. Großonkel Ahmed tröstete sie: »Solche Dinge werden hier oft in Fundbüros abgegeben. Wir rufen da morgen gleich mal an.« Mama sah ihn trotzdem unglücklich an. »Bei dem ganzen Chaos hatte ich schon befürchtet, dass etwas verloren geht.« Dann fischte sie seufzend ihr neues Handy aus der Tasche, um zu schauen, ob Papa sich womöglich gemeldet hatte. Sie hatten verabredet, dass er sie permanent über seine Flucht auf dem neuesten Stand halten würde. Deshalb hatte Mama ihr Display seit unserer Landung beinahe im Minutentakt gecheckt. Sie machte sich Sorgen. Im Vergleich zu Papas bevorstehender Flucht aus dem Libanon war unsere zwar stressig, aber natürlich die Super-Luxus-Variante: mit dem Flugzeug, bequemen Sitzplätzen, Toiletten und einer freundlichen Stewardess, die uns sogar Getränke am Platz serviert hatte. Papa dagegen würde sich irgendwelchen kriminellen Schlepperbanden anvertrauen müssen, bei denen er nie wusste, ob sie es gut mit ihm meinten, oder ob sie ihm lediglich das Geld aus der Tasche ziehen und ihn dann im nächsten Straßengraben entsorgen wollten. Wäre Papa reich gewesen, hätte er ebenfalls bequem mit einem gefälschten

Touristenvisum von Beirut nach Europa fliegen können. Leider kostete ein solches Visum locker 15 000 bis 20 000 Euro. Das konnte er sich natürlich nicht leisten. Deshalb hatte Papa sich von einem Bekannten aus unserem Lager die Telefonnummer eines Syrers organisiert, der als professioneller Schlepper palästinensische Flüchtlinge illegal nach Europa schaffte. Dieser Schlepper verlangte von Papa 2000 Dollar dafür, dass er ihn bis nach Griechenland brachte. Papa hatte mit dem Syrer vereinbart, dass er unmittelbar nach unserem Abflug nach Damaskus kommen würde. Von dort sollte ein Bus in die südtürkische Stadt Antakya starten. Zumindest dieser Teil klang noch nach netter Busreise. Was die Angelegenheit so heikel machte, waren die gruseligen Geschichten, die in Wavel kursierten: von Flüchtlingen, die auf ihrer Flucht verschwunden waren und von denen man nie wieder etwas gehört hatte. Vermutlich waren sie entweder im Mittelmeer ertrunken oder auf der Reise ermordet worden.

Deshalb kämpfte Mama schon wieder mit den Tränen, als Papa sich meldete und berichtete, dass er nun ein Touristenvisum für die Türkei in den Händen hielt. In der Botschaft hatte er behauptet, in der Türkei Urlaub machen zu wollen. Nun hatte er seine Papiere und einmal Wechselkleidung plus Schlafanzug in einen kleinen Rucksack gepackt und war in fiebriger Aufbruchstimmung. »Pass auf dich auf, Atef!«, bat Mama, aber Papa lachte bloß »Mach dir keine Sorgen! Morgen bin ich schon in Syrien.«

Aber auch das war keine Information, die Mama tröstete. Zwar ahnte damals, 2010, noch niemand etwas von dem bevorstehenden Bürgerkrieg, trotzdem war die Situation in Syrien schon spürbar angespannt. Der Grund für die allgemeine

Unruhe war die seit 2007 herrschende Trockenheit – angeblich die schlimmste Dürreperiode seit Beginn der Wetteraufzeichnung vor mehr als hundert Jahren. Auf den Feldern waren die Ernten vertrocknet und auf den Höfen viele Tiere verendet. Dementsprechend waren die Lebensmittelpreise für Brot, Milchprodukte und Fleisch in die Höhe geschossen. Aus Angst vor Hunger und Armut waren etwa anderthalb Millionen Menschen aus den ländlichen Gebieten in die Städte geflohen. Dort gab es aber auch keine Arbeit. Deshalb stiegen die Arbeitslosenzahlen explosionsartig an – ebenso die Anzahl der Verbrechen.

Erschien uns Syrien früher immer als heile Welt, wussten wir nun, dass Papa aufpassen musste, zumal er ungefähr 2000 Dollar bei sich trug, mit denen er den syrischen Schlepper bezahlen wollte. Deshalb fühlte sich Papas Reise von der ersten Sekunde an bedrohlich an. Auch deshalb, weil es keinen konkreten Plan gab. Nichts war sicher. Alles in der Schwebe. Lediglich das Ziel stand fest: Deutschland. Zumindest dachten wir das noch, als Mama auflegte.

Sie sah mich sorgenvoll an, und zum ersten Mal wusste ich gar nicht, was ich schrecklicher fand: meine bevorstehende Operation oder Papas Flucht.

Während der Autofahrt erzählte Mama ihrem Großonkel Ahmed noch einmal, was Papa vorhatte. Ahmed presste seine Lippen aufeinander und wog seinen Kopf hin und her. »Ich weiß, dass du Angst hast, Manal«, tröstete er sie. »Aber Atef ist ein guter Mann, der wird das schaffen.« Wobei seine Aussage nicht so richtig zu seinem betroffenen Gesichtsausdruck passte. Selbstverständlich hatte auch Großonkel Ahmed schon davon gehört, wie viele Menschen jeden Tag auf ihrer Flucht von der

Türkei nach Deutschland starben. Das war schließlich keine Rundreise. Das war ein Kampf ums Überleben.

Die beiden Erwachsenen redeten auf der restlichen Autofahrt kaum noch ein Wort miteinander, beide hingen ihren Gedanken nach. Nur mein kleiner Bruder krähte jedes Mal hocherfreut, wenn er einen besonders großen Laster, eine Feuerwehr oder einen Polizeiwagen entdeckte. Ich dagegen lächelte jedes Mal nur abwesend, denn ich kämpfte schon jetzt mit Heimweh, obwohl wir noch gar nicht lange weg waren. Ich dachte daran, was meine Verwandten im Libanon wohl gerade machten, und stellte mir vor, wie Opa schon wieder in seinem kleinen Geschäft saß, in dem es immer so gut nach arabischen Kräutern und Duftreis roch.

Sobald wir bei Mamas Großonkel in die Einfahrt fuhren, fragte ich, ob ich Opa gleich anrufen dürfte. »Ich spreche auch nicht lange!« Mama strich mir über den Kopf und wählte Opas Nummer. Schließlich wusste sie, wie sehr ich an ihm hing, und hoffte wohl, sie könnte mir damit mein Heimweh erleichtern. »Opa ist nicht aus der Welt«, sagte sie. »Du kannst ihn jederzeit sprechen. Genau wie alle anderen.«

Mit Herzklopfen lauschte ich auf das Tuten, das dieses Mal von sehr weit weg zu kommen schien. Als Opa endlich abhob, rief ich erfreut: »Hallo, Opa, hier ist Reem!« Ich hörte ein Klicken. Mein Opa hatte sofort aufgelegt. Das war für mich natürlich ein Schock. Als Mama und ich direkt danach noch einmal seine Nummer wählten, ging meine zerknirschte Oma ran. »Es tut mir leid. Opa erträgt es gerade nicht, mit euch zu sprechen. Sein Schmerz ist zu groß. Er liebt euch zu sehr.« Mit glasigen Augen sah ich Mama an, die mich gleich in den Arm nahm. Dabei wäre es mir so wichtig gewesen, ihn vor meiner

Operation noch einmal zu sprechen. Vor dieser verhassten Operation, für die ich meine Familie verlassen hatte. Mir graute vor dem Eingriff. Weil ich sowieso Angst vor Ärzten und Krankenhäusern hatte, aber auch weil ich schon wusste, dass mir bestimmt wieder so schlecht werden würde wie beim ersten Mal. Am schlimmsten waren die Schmerzen beim Spucken. Es war schrecklich!

Papa rief am Abend noch einmal an, um uns mitzuteilen, dass er gut in Damaskus angekommen war. »Leider startet der Bus in die Türkei erst in fünf Tagen, solange muss ich hier warten.« Mama schluckte. »Fünf Tage?« Ihre Stimme klang kratzig. »Aber immerhin ist in der Türkei schon ein Boot organisiert, das mich nach Griechenland bringt«, versuchte Papa, sie zu beruhigen. Wobei Mama bei dem Wort *Boot* zusammenzuckte. Zwar hatte Papa sich für die kürzere Route über die Ägäis entschieden, weil ihm die lange Mittelmeerroute von Libyen oder Tunesien nach Italien zu riskant erschien. Aber selbst die kürzere Strecke forderte jeden Tag Todesopfer. »Alles wird gut!«, versprach Papa noch einmal, ehe er auflegte. Wir wünschten uns von Herzen, dass er recht behielt.

An diesem Abend legte Mama ihr Handy eingeschaltet direkt neben ihr Kopfkissen. Schließlich wollte sie auf gar keinen Fall verpassen, falls Papa noch einmal anrief. Aber das hätte sie vermutlich auch nicht, wenn das Telefon im Flur gelegen hätte. Denn als sie mich am nächsten Morgen weckte, sah Mama aus, als hätte sie selbst keine Minute geschlafen. Tiefe Augenringe unterstrichen ihre sanften dunklen Augen. Überhaupt wirkte sie unendlich müde. Ich brummte und zog mir noch einmal die Decke über den Kopf. Von Natur aus war ich eher ein Langschläfer, noch dazu hatte auch ich unruhig geschlafen. Schlecht gelaunt kroch ich schließlich aus dem Bett. Onkel Ahmed stand schon fertig angezogen im Flur und wartete darauf, uns in die Klinik zu fahren, während seine Frau bereits mit dem kleinen Ahmed am Wohnzimmertisch saß und Autos malte. Sie hatte versprochen, heute auf ihn aufzupassen.

Ich überlegte kurz, ob ich Mama noch einmal fragen sollte, ob ich Opa anrufen dürfte. Da ich allerdings ahnte, dass er ohnehin nicht mit mir sprechen würde, ließ ich es und stieß stattdessen einen tiefen Seufzer aus. Am liebsten hätte ich ihn jetzt bei mir gehabt, denn Opa war – genau wie Mama – immer ruhig und immer lieb. Wie ein Heiliger. Ich vermisste ihn sehr, und es hätte mich beruhigt, ihn jetzt bei mir zu wissen. Deshalb überraschte es mich auch nicht, als Mama mir nach der Operation erzählte, dass ich im Dämmerschlaf nach der Narkose immer nach ihm gerufen hatte. »Opa? Wann kommt Opa?« Immer nur Opa. »Immerhin wolltest du nicht wieder nach Haifa«, lächelte Mama. Ich nickte. Auch jetzt im wachen Zustand wollte ich viel lieber zu Opa als nach Haifa. Doch dann musste ich schon wieder würgen. Ich hasste es!

Diesmal ging es mir sogar noch schlechter als nach meiner ersten Operation. Nicht nur körperlich. Auch seelisch. Zum ersten Mal in meinem Leben fühlte sich mein Herz schwer an. Es war, als hätte sich ein Schleier darüber gelegt. Ein fester, undurchdringlicher Schleier aus einer zähen klebrigen Masse, die mein Herz zusammenpresste und verhinderte, dass es weiter frei und leicht schlagen konnte. Deshalb lag ich die meiste Zeit auf meinem Bett – erst im Krankenhaus, später in Ahmeds Haus – und weinte. Weil ich meine Familie vermisste, weil mir Papas Flucht Angst machte und weil ich so frustriert war, dass anscheinend auch die zweite Operation nichts gebracht hatte. Zumindest verspürte ich keinerlei Verbesserung.

Das war's.

Damit war meine einzige Chance auf einen baldigen Rückflug nach Beirut gestorben …

Anscheinend hatte auch Mama gehofft, dass sich unser Problem auf diese Art lösen könnte. Auch ihre Laune war im Keller. Obendrein war ihr Reisepass leider nicht wieder aufgetaucht. Im Gegensatz zu mir weinte Mama zwar nicht ständig, dafür war ihr Strahlen weg. Sie wirkte wie ein Luftballon, der zu viel Luft verloren hatte: schlaff und matt. Taumelnd. Sogar Mamas Körperhaltung kam mir gebückter vor als sonst. Lediglich der kleine Ahmed ließ sich von unserem Tief nicht anstecken: Unser kleiner Sonnenschein sprang gewohnt fröhlich durch das Haus von Mamas Großonkel, freute sich über die vielen Spielplätze in der Nachbarschaft und zog seine Schuhe und Strümpfe aus, um vor dem Haus barfuß über die Wiese zu laufen. Dabei lachte er sich kringelig, weil ihn das so schön an den Füßen kitzelte. Meistens sah ich ihm von irgendeiner Bank aus dabei zu, da ich noch immer nicht laufen konnte. »Das braucht Zeit«, vertrösteten uns die Ärzte wieder. Ich wollte gerne daran glauben, dass es irgendwann besser werden würde – nur fühlte es sich überhaupt nicht so an. Auch Mama schenkte den Ärzten keinen Glauben mehr. Das spürte ich. Vermutlich dachte sie genau wie ich die ganze Zeit: »Und dafür haben wir so viel Geld ausgegeben! Dafür haben wir den Libanon und unsere Familie verlassen!« Aber obwohl die Operationsmethode eindeutig nicht die richtige für mich gewesen war, blieb Papa dabei, dass wir auf jeden Fall in Europa bleiben sollten: »Dann finden wir eben eine andere Möglichkeit für

Reem – in Europa gibt es Tausende. Ihr müsst nur dort bleiben!« Es war vorerst das letzte Gespräch mit Papa, da er nun in den Bus nach Antakya stieg und nicht wusste, ob sein Handy unterwegs noch funktionieren würde. »Ich melde mich, sobald ich in der Türkei angekommen bin. Aber bleibt auf jeden Fall in Deutschland! Hört ihr? Ihr bleibt da!« Schon alleine, dass er das so oft betonte, bereitete mir Sorgen – schließlich lag unser Rückflug noch in weiter Ferne, bis dahin hätte Papa längst in Griechenland angekommen sein müssen. Ich vermutete deshalb, dass er, was seine Flucht betraf, selbst längst nicht so optimistisch war, wie er uns gegenüber vorgab. Zumindest schien er nicht auszuschließen, dass er deutlich länger brauchen würde, oder – und diesen Gedanken wollte ich mir am liebsten sofort verbieten – er fürchtete, dass ihm etwas zustoßen könnte. Dementsprechend erleichtert atmeten wir auf, als er am nächsten Tag aus der Türkei bei uns anrief. Er erzählte: »In zwei Stunden soll ich mit einem Bus zu dem Boot gebracht werden.« Und zum ersten Mal klang auch Papas Stimme nicht mehr ganz so mutig, stark und unbeschwert wie sonst, denn nun stand ihm der gefährlichste Teil seiner Reise bevor. Bislang war Papa ganz legal unterwegs gewesen – schließlich hatte er ein Visum für die Türkei. Aber nun wollte er unbemerkt die griechische Grenze überqueren, in einem Gebiet, das regelmäßig auf der Suche nach Flüchtlingen vom türkischen Militär durchkämmt wurde. Mama schluckte. Sie hatte Angst um meinen Vater. Wenn es bisher eher ein ungutes Gefühl gewesen war – jetzt schlug es in Panik um. Deshalb reagierte sie in dem Telefonat ungewohnt heftig. »Wir fliegen zurück in den Libanon, und du kommst mit!«, platzte es aus ihr heraus. »Wir kehren alle zurück nach Hause.« Sie wollte auf gar keinen Fall, dass

Papa in dieses Boot stieg. Wofür? Mama wollte, dass wir alle zusammen in Wavel das Leben führten, das wir dort seit Jahren geführt hatten. Dann hätte sie diesen schrecklichen Ausflug unter »schlechte Erfahrungen« verbucht und nie wieder daran erinnert werden wollen. Papa wartete kurz ab, bis seine Frau sich wieder einigermaßen beruhigt hatte. Dann bestimmte er: »Ihr bleibt da, wo ihr seid. Ich bin bald bei euch.«

Mit leiser Stimme entgegnete Mama, dass sie dafür betete, dass Papa heil in Griechenland ankam. Ich hatte einen Kloß im Hals, während ich das Gespräch der beiden verfolgte. Ich versuchte, mir gar nicht vorzustellen, dass dies womöglich ihr letztes Gespräch gewesen sein könnte …

Knappe zwei Stunden später beim Abendessen wirkten dann auch Ahmed und seine Frau nervös. Wir alle dachten daran, dass Papa genau in diesem Moment irgendwo in der Türkei auf einen Bus wartete, von dem er nicht genau wusste, wohin er ihn bringen würde. Zwar war vereinbart, dass der Bus ihn zu einem Boot transportieren würde. Aber weder wusste Papa zu welchem Boot, noch wohin genau dieses Boot ihn bringen würde. Falls er das Boot überhaupt jemals erreichte … Schließlich wurden viele Flüchtlinge einfach ausgeraubt und umgebracht – sie waren allzu leichte Beute. Deshalb hatte an diesem Abend außer dem kleinen Ahmed keiner richtig Hunger. Jeder wusste, dass, selbst wenn Papa Glück hatte und tatsächlich dieses Boot erreichte, die Überfahrt von der Türkei nach Griechenland viele Leben kostete. Zumal Papa kein besonders guter Schwimmer war. Er konnte sich zwar ein paar Meter über Wasser halten. Aber ob er sich auch durch die bis zu 1,80 Meter hohen Wellen der Ägäis kämpfen konnte? Ich versuchte, mir die ganze Zeit Mut zu machen, indem ich mir sagte, dass Papa zäh war, mutig und stark. Dennoch war er eben doch auch nur ein Mensch und dazu einer, der in Deutschland vermutlich nicht einmal den Freischwimmer geschafft hätte …

Auch Papa war sich dieses großen Risikos bewusst. Dementsprechend angespannt schaute er sich um, als er zum vereinbarten Zeitpunkt den vereinbarten Ort erreichte. Außer ihm standen noch sechs weitere Männer dort und musterten den Neuankömmling misstrauisch. In einer normalen Umgebung hätte man sich womöglich die Hand geschüttelt und zugelächelt, aber in dieser Situation schienen sich alle nur auf sich selbst zu konzentrieren. Sie alle stiegen gleich in einen Bus, der Freiheit oder Tod bedeutete. Nichts dazwischen. Und keiner wusste, wer von ihnen welches der beiden möglichen Ziele erreichen würde.

Als der Bus endlich auftauchte, gab der Fahrer ihnen Anweisungen: »Wenn die Armee kommt, müsst ihr euch hinlegen. Wenn die euch erwischen, landet ihr im Gefängnis. Ich fahre euch jetzt zu einem Boot, das euch über einen Fluss bringt. Anschließend müsst ihr eine halbe Stunde laufen, dort wartet ein weiteres Boot auf euch, mit dem ihr dann an die griechische Grenze transportiert werdet.« Papa und die anderen sahen sich überrascht an. Sie alle waren davon ausgegangen, dass es nur eine Überfahrt geben würde. Da aber keiner von ihnen Erfahrung im Fliehen oder besondere geografische Kenntnisse von der Türkei hatte, schwiegen sie. Was hätten sie sonst auch tun sollen? Schweigend schauten sie nach draußen, während der Bus von der Straße abbog und über holprige Sandpisten bretterte, bis in der Ferne plötzlich ein dunkler Fleck erkennbar wurde. Papa kniff die Augen zusammen, und auch die anderen reckten ihre Hälse. Was war da? Da der Busfahrer aber ungerührt weiter darauf zuraste, konnte es nicht das türkische Militär sein. Je näher sie kamen, desto deutlicher erkannte Papa in diesem dunklen Fleck eine Menschenansammlung. Mitten im Nirgendwo. Papa war eigentlich davon ausgegangen, dass er nur mit diesen sechs Männern in das Boot steigen würde. Schließlich musste die ganze Aktion ja möglichst unauffällig ablaufen. Doch nun warteten an diesem Fluss plötzlich etwa einhundert Menschen mit Rucksäcken und Plastiktüten. Afrikaner und Araber. Männer, Frauen und Kinder. Papa und die anderen Businsassen sahen sich irritiert an. Dabei geschah etwas Erstaunliches. Plötzlich wurde aus den sieben Männern, die sich gerade noch kritisch beäugt hatten, eine Gruppe. Gemeinsam stiegen sie aus und blieben eng beieinander, während sie darauf warteten, dass das Boot endlich auftauchte.

Zur selben Zeit standen Mama und ich im Badezimmer und putzten unsere Zähne. Wir taten so, als ob wir uns gleich schlafen legen würden, dabei war uns beiden klar, dass an Schlaf nicht zu denken sein würde. Die ganze Zeit dachten wir an Papa. Ich fragte mich, ob man es merken würde, wenn ein Mensch starb, der einem sehr nah war. Gleichzeitig konnte ich mir gar nicht vorstellen, ohne Papa auf dieser Welt zu sein. Es war einfach nicht vorstellbar.

Papa ging es ebenso. Sterben war für ihn keine Option, schließlich wusste er, dass wir in Deutschland auf ihn warteten. Deshalb stieg er mit dem festen Gedanken an uns in das Boot. Alle riefen aufgeregt durcheinander. Das Boot wackelte, und obwohl die Menschen am Ufer sahen, dass es auf dem Boot keinen einzigen freien Flecken mehr gab, drängten und schubsten sie, um sich irgendwie noch mit in das Boot zu quetschen. Normalerweise bot es Platz für sechs bis acht Personen – nun trug es mindestens zwanzig. Papa spürte Ellenbogen in seinem Gesicht, ständig stand irgendwer auf seinen Füßen, gleichzeitig wurde oben gepresst, sodass er Angst hatte, das Gleichgewicht zu verlieren. Zum ersten Mal spürte er, dass es möglich war, unter Menschen begraben zu werden. Menschen waren Masse und Gewicht. Es wäre das Leichteste gewesen, sich der Bewegung dieser Masse anzupassen, einfach mit ihr zu gehen, aber Papa hatte das Gefühl, gerade in diesem Menschenmeer besonders fest stehen zu müssen. Gerade. Aufrecht. Mit beiden Füßen im sicheren Stand. Als die Schleuser die Leinen des Bootes losließen, riefen sie: »Die Fahrt dauert nur fünfzehn Minuten.« Fünfzehn Minuten. Das ist einmal Nudeln kochen. Oder von unserem Haus im Libanon zu Opas Kiosk und wieder zurück. Fünfzehn Minuten waren zu schaffen. Eine Strecke, die das Boot in fünfzehn Minuten fuhr, würde er notfalls sogar schwimmen können, redete Papa sich selbst Mut zu. Gedanken, die er sich ganz umsonst machte. Denn ohne einen Zwischenfall erreichten sie das andere Ufer. So wie die Menschen sich eben noch in das Boot gepresst hatten, so beeilten sie sich jetzt, wieder an Land zu kommen. Es wurde keine Rücksicht genommen. Nicht auf Frauen, nicht auf Kinder. Wie seelenlose Raubtiere kamen Papa die Menschen vor. So hatte er sie noch nie erlebt. Bislang hatte er in Menschen nur Güte, Liebe, Aufmerksamkeit, Familie, Wissen gesehen. Hier merkte er, dass Menschen ihr Mitgefühl, ihren Anstand, ihre Höflichkeit und Freundlichkeit ablegen konnten, um nur noch Angst, Kraft und Wut zu sein. Auch eine Erfahrung, die er nie wieder vergessen sollte …

Als Papa endlich aus dem Boot stieg, scheuchten ihn neue Schleuser gleich weiter in den Wald. Seine Kleider waren von der Überfahrt durchnässt. Es war kalt. Neben ihm weinten Kinder, die von ihren überforderten Vätern getragen wurden, soweit ihre Kraft es zuließ. Papa war froh, dass wir in diesem Moment in Essen in unseren kuscheligen Betten lagen. Er dachte an Ahmed, der im Schlaf noch diesen süßen Babyausdruck im Gesicht hatte. Er dachte an mich, seine kleine Kämpferin, und daran, dass seine tapfere Frau Manal alleine mit den Kindern in Deutschland war. Diese Gedanken wärmten ihn von innen und schenkten ihm Kraft. Papa freute sich darüber, die richtige Entscheidung getroffen zu haben. Er hatte uns erspart, was diese Familien hier durchleiden mussten.

Im Vorbeigehen lauschte er ihren Gesprächen und erkannte anhand der verschiedenen Dialekte, dass sie aus Algerien, aus dem Iran, aus dem Irak, aus Afghanistan kamen und nun alle ihr Leben aufs Spiel setzten, um irgendwo in Europa neu zu starten. Lauter verzweifelte Menschen, die zusammen mit meinem Vater durch die stockfinstere Nacht wanderten. Zwischendurch stolperte er über eine Wurzel oder blieb mit dem Arm an einem Ast hängen. Im normalen Leben hätte er sich vielleicht darüber erschreckt oder sogar geärgert. Aber jetzt nahm er all das kaum wahr. Er lief nur und lief, bis er irgendwann in der Ferne Wasser glitzern sah. Sofort wurden seine Schritte schneller. Ebenso wie die Schritte all der anderen Flüchtlinge. Dabei war Eile gar nicht notwendig. Schließlich warteten diesmal mehrere Boote darauf, die Flüchtlinge zu transportieren. Sobald das erste Boot voll war, schoben es die Schleuser ins Wasser, und bald hörte Papa nur noch das leise Blubbern des Motors. Das Boot war kaum mehr zu erkennen. Papa bekam erst im vierten oder fünften Boot einen Platz. Es wurde zeitgleich mit einem anderen ins Wasser geschoben. Wieder drängten und drängelten die Leute. Papa hatte einen Platz am Rande des Bootes erwischt und duckte sich, um von der unruhigen Menschenmasse nicht ins Wasser gedrückt zu werden. Sein Herz raste. Mit den Händen tastete er nach einer Möglichkeit, sich festzuhalten, ohne einen Halt zu finden. Sein Blick fiel auf das Nachbarboot. Auch dort war die Masse in Bewegung. Sie schubsten und schrien, und plötzlich sah er, wie zwei kleine Kinder ins Wasser fielen. Es gab nur einen kurzen Platscher, dann hatte das Dunkel sie verschlungen. Fassungslos starrte Papa auf die Stelle, an der die Kinder versunken waren. Er hatte damit gerechnet, dass sie wenigstens kurz an der Oberfläche mit den Armen rudern würden, aber sie waren einfach untergegangen. Wie Steine, die man ins Wasser warf. Die Mutter und der Vater der Kinder schrien herzzerreißend auf, sie wollten ihren Kindern hinterherspringen, doch sie wurden von ihren Mitreisenden festgehalten. Papa sah ihre vor Schmerz fratzenhaft verzogenen Gesichter. Wie sie darum kämpften, sich zu befreien. Doch das Boot fuhr einfach weiter. Und bald verschluckte das gleichmäßige Brummen des Bootsmotors das Wehgeschrei der bemitleidenswerten Eltern. Papa war schlecht. Kraftlos ergab er sich dem Boot und seinem Schicksal. Er betete nur noch, dass seiner Familie dieser grenzenlose Schmerz erspart bleiben würde.

Wir in Essen ahnten nichts davon, was sich in dieser Nacht am Rande der Ägäis abgespielt hatte. Aus den Nachrichten erfuhren wir, dass im Osten Kubas ein Flugzeug abgestürzt war, bei dem alle 68 Insassen ums Leben gekommen waren. In Österreich wurden ein paar Männer geehrt, die 33 Bergleute in Chile gerettet hatten, und auf der Insel Java kamen fast siebzig Menschen bei dem Ausbruch des Vulkans Merapi ums Leben. Über die Flüchtlinge in der Ägäis berichtete keiner. Die waren ignorierter Weltalltag. Dabei starben dort vermutlich auch 2010 schon jeden Monat mehr Menschen als bei einem einzelnen kubanischen Flugzeugunglück oder einem Vulkanausbruch im Indischen Ozean. Dass wir an diesem Tag trotzdem auf die Nachrichten achteten, war pure Verzweiflung. Weil wir sonst nichts tun konnten, außer zu warten, zu beten, zu hoffen und zu vertrauen, dass Papa seine Flucht heil überstand.

Sein Schock über den Tod der beiden Kinder saß tief. Er fragte sich, wie viele Menschen in dieser Nacht noch gestorben waren – schließlich hatte er nur einen kurzen Blick auf dieses Nachbarboot werfen können. Und was auf den anderen Booten geschehen war, hatte er gar nicht mitbekommen. Er hätte nicht einmal sagen können, welche Dramen sich womöglich auf der anderen Seite *seines* Bootes abgespielt hatten. Von einem anderen Palästinenser erfuhr er, dass von dessen Boot zwei Frauen ins Wasser gefallen waren. Eine war schwanger. Keiner wusste, ob sie es geschafft hatten, zurück ans Ufer zu schwimmen oder ob sie ebenfalls ertrunken waren. Deshalb hielt Papa nach seiner Ankunft instinktiv nach den Männern Ausschau, mit denen er im Bus zum Boot gefahren war – ohne sie jedoch zu entdecken. Das hat nichts zu sagen!, redete er sich ein. Trotzdem ließ ihn dieses Gefühl von Angst und Übelkeit nicht mehr los. Immer wieder musste er an die verzerrten Gesichter der weinenden Eltern denken. Wie schlimm musste ihr Leben gewesen sein, dass sie das Leben ihrer Kinder aufs Spiel setzten, um woanders neu anzufangen. Zumindest hoffte mein Vater, dass ihr altes Leben schlimm gewesen war … Für die Eltern. Damit sie sich wenigstens sagen konnten, dass sie keine andere Wahl gehabt hatten.

In Gedanken versunken lief mein Vater weiter. Mechanisch setzte er einen Fuß vor den nächsten. Er und die anderen

Flüchtlinge mussten sich nun bis zur griechischen Grenze durchschlagen. Ohne Pause. Plötzlich hallte ein Ruf durch die Morgendämmerung: »Militär!« Wie auf Knopfdruck sprangen sämtliche Flüchtlinge vom Schotterweg in die Büsche und legten sich dort flach auf den Boden, bis ein Geländewagen an ihnen vorbeigebrettert war, von dem keiner sagen konnte, ob der nun wirklich dem türkischen Militär oder nicht bloß dem nächsten Bauern gehört hatte. Acht Stunden liefen die erschöpften Flüchtlinge, bis sie endlich ein Ortsschild entdeckten, dessen Name eindeutig eher griechisch als türkisch klang. Sofort brach ein lauter Jubel los. Ein dunkelhäutiger Mann zog meinen Vater an sich und nahm ihn in den Arm. Er weinte. Vor Glück.

Sie hatten es tatsächlich geschafft. Sie waren in Europa!

Allerdings war diese Route anscheinend keine der Standardrouten für Flüchtlinge, denn durch den Jubel wurde eine ältere Frau geweckt, die neugierig aus ihrem Fenster schaute und ihren Augen kaum traute, als sie die vielen verwahrlosten Gestalten auf der Straße vor ihrem Haus entdeckte. Aber weil es eine warmherzige und hilfsbereite Frau war, brachte sie den ausgehungerten, durchgefrorenen und grenzenlos erschöpften Flüchtlingen Decken, Essen und Getränke nach draußen. Sie brachte so viel, dass mein Vater überzeugt war, dass sie ihre kompletten Vorräte geplündert hatte, um den armen Menschen vor ihrem Haus zu helfen. Nachdem sie alles hergegeben hatte, was ihre Vorratsschränke boten, rief sie die Polizei. Nicht um den Flüchtlingen Schwierigkeiten zu bereiten, sondern um ihnen zu helfen. Schließlich mussten diese Menschen nun irgendwo registriert, aufgenommen und versorgt werden. Sie brauchten Essen, trockene Kleidung und Schlafmöglichkeiten.

Dementsprechend war mein Vater beinahe erleichtert, als die uniformierten Männer aus ihren Dienstwagen stiegen und die Flüchtlinge in riesige Mannschaftswagen verfrachteten. Allerdings hielt diese Erleichterung nur sehr kurz: gerade mal bis zur Ankunft in dem griechischen Flüchtlingslager. Papa hatte genau wie alle anderen Palästinenser in Wavel oft auf das Lager geschimpft, weil ständig der Strom ausfiel oder das Wasser verdorben war, weil die medizinische Versorgung und die hygienischen Zustände katastrophal waren und weil die Häuser dermaßen marode waren, dass sie regelmäßig zusammenbrachen. Allerdings war Wavel eine Perle im Vergleich zu dem, was die Flüchtlinge hier erwartete – ein riesiger umzäunter Platz mit einer großen Lagerhalle. Dagegen war sogar die syrische Schule im Libanonkrieg geradezu heimelig gewesen.

In einem unscheinbaren Container wurden die Ankömmlinge zuerst registriert, das war's. Danach fühlte sich keiner mehr für die Menschen zuständig. Papa sah den Polizisten hinterher, die in ihre Wagen stiegen und davonbrausten. Ungläubig drehte er sich einmal im Kreis. Etwa sechshundert verwahrloste Menschen standen in kleinen Grüppchen zusammen, in denen mitunter ziemlich lautstark diskutiert wurde. Einige spazierten scheinbar ziellos auf dem Gelände umher. Ein paar kleinere Kinder spielten mit Steinchen im Dreck, wobei sich die Kleinen farblich kaum vom sandfarbenen Boden unterschieden – es war definitiv schon länger her, dass sie oder ihre Kleider ein Bad gesehen hatten. Weil Papa so müde war, dass er das Gefühl hatte, dass ihm die Beine gleich wegknicken würden, stolperte er kraftlos in Richtung Halle, wo er Stühle, Matratzen, Feldbetten oder wenigstens ein paar Decken zu finden hoffte. Nach den Anstrengungen der vergangenen Stunden wollte er nur noch schlafen.

Es dauerte eine Weile bis sich Papas Augen an die Dunkelheit im Inneren der Halle gewöhnt hatten. Er musste ein paarmal blinzeln, um festzustellen, dass es hier drinnen eigentlich genauso aussah wie draußen. Nur dass der Platz überdacht war und es fürchterlich stank. Er entdeckte ein paar Menschen, die sich wie Tiere einfach in irgendeiner Ecke zusammengerollt hatten, um zu schlafen. Es gab keine Toiletten, kein sauberes Wasser. Nichts. Ein Mann, der Papas entsetzten Gesichtsausdruck bemerkte und offenbar schon länger in diesem Lager war, sprach Papa an »Du bist wohl neu hier. Woher kommst du?« Papa antwortete matt: »Aus dem Libanon.« Der andere fragte: »Bist du Palästinenser?« Papa nickte. Der Mann klopfte ihm auf die Schulter: »Dann mach dir keine Sorgen! Du bist hier schnell wieder raus. Geh noch mal zu den Ordnern und sag ihnen, dass du Palästinenser bist. Palästinenser, Afghanen und Iraker dürfen als Erste gehen.« Papa starrte den Mann ungläubig an. Bislang war es noch kein einziges Mal in seinem Leben von Vorteil gewesen, ein staatenloser Palästinenser zu sein. Aber der fremde Mann sah nicht so aus, als würde er Scherze machen.

Obwohl Papa gerade noch geschworen hätte, keinen Fuß mehr vor den anderen setzen zu können, kehrte er auf der Stelle um, um die Aufpasser im Container noch einmal auf seinen Status hinzuweisen. Doch die nickten bloß und scheuchten ihn wieder nach draußen. Dort standen andere Flüchtlinge, die Papa mitleidig ansahen. Sie waren schon seit drei Monaten hier. Einer war in Syrien Ingenieur gewesen. Er zeigte Papa ein Bild von sich in einem schicken Anzug. Ein Bild, das überhaupt nicht zu der verwahrlosten Gestalt passen wollte, die vor Papa stand. Der Syrer erzählte, dass er vorhatte, nach Schweden zu gehen: »Da ist die Chance am größten, bleiben zu dürfen. Außerdem bekommt man sofort eine Krankenversicherungskarte und Geld. Ich habe Familie dort. Ich will unbedingt nach Schweden.« Ein paar der Umstehenden nickten. Manche wollten aber auch nach Deutschland, Frankreich oder Großbritannien. Aber der Syrer schüttelte nur den Kopf: »Schweden ist am besten.« Papa dachte daran, dass er ebenfalls einen Cousin in Schweden hatte …

Doch irgendwann war er zu müde, um der Diskussion weiter zu folgen. Er suchte sich eine ruhige Stelle am Rande des Lagers, umklammerte mit beiden Händen seinen Rucksack, lehnte sich mit dem Rücken an die Wellblechhalle und schlief ein. Zwei Tage und zwei Nächte musste er in diesem Lager mit den menschenunwürdigen Zuständen verharren, dann wurde sein Name laut über den Platz gerufen: »Atef Sahwil, Atef Sahwil!« Papa sprang sofort auf und schnappte seinen Rucksack. »Ich bin Atef Sahwil.« Der Ordner streckte ihm seine kräftige Hand entgegen und blaffte ihn an: »65 Dollar!« Für die Busfahrt nach Athen!« Papa war froh, dass er noch so viel Geld in seinem Rucksack hatte und zählte dem Ordner die Scheine in die Hand, der sie sofort in seine Tasche steckte. Einen kurzen Moment stutzte Papa. Hoffentlich hatte er jetzt tatsächlich für die Weiterfahrt gezahlt und der Mann hatte sich das Geld nicht selbst in die Tasche gesteckt …

Deshalb war er mehr als erleichtert, als kurz darauf tatsächlich ein Bus vorfuhr, in den er einsteigen durfte. Papa wollte bloß raus hier. Zusammen mit ein paar anderen Männern und gefolgt von den neidischen Blicken der anderen Flüchtlinge verließ er das Lager. Sein Reisegeld war inzwischen beinahe aufgebraucht, es würde lediglich noch für den Flug nach

Deutschland und ein bisschen Essen reichen. Hoffentlich klappte sein Plan! Papa hoffte, mit dem Strom deutscher und griechischer Touristen und Geschäftsreisenden unbehelligt in einen Flieger nach Düsseldorf steigen zu können, da es innereuropäisch keine strengen Kontrollen gab. Zumindest hatte er das von anderen Flüchtlingen gehört, denen auf diese Weise die Flucht gelungen war. Er war nun wieder richtig optimistisch. Bald würde er bei uns sein! Am liebsten hätte er Mama angerufen, um ihr zu erzählen, dass er auf dem Weg nach Athen war. Aber leider hatte sein Akku schon in der Türkei den Geist aufgegeben.

Mama hatte ihr Handy seit dem Tag, an dem Papa aus dem Libanon aufgebrochen war, keine Sekunde mehr aus den Augen gelassen. Da sie nun schon seit Tagen nichts mehr von ihm gehört hatte, konnte sie nicht mehr schlafen, nicht mehr essen, nicht einmal mehr lächeln. In ihrer Verzweiflung bat Mama sogar ihren Großonkel Ahmed, sie testweise anzurufen, nur um zu überprüfen, ob ihr Telefon auch wirklich funktionierte. Ahmed, der inzwischen genau wie Mama unter Daueranspannung stand, tippte sofort ihre Nummer ein. »Und?«, rief er und klang so, als würde er ebenfalls hoffen, dass es nicht klingeln würde. Ein kaputtes Telefon wäre eine prima Erklärung dafür, warum Papa sich nicht meldete … Doch er hatte seine Frage kaum ausgesprochen, da ertönte schon Mamas Klingelzeichen – ihr Handy funktionierte einwandfrei. Ich hatte Mama, die nach außen immer tiefenentspannt wirkte, noch nie so nervös erlebt. Dementsprechend überschwänglich reagierte sie, als Papa sich nach fast einer Woche endlich meldete. »Atef! Bin ich froh! Geht es dir gut?«, brach es aus ihr heraus. Dann stellte sie den Lautsprecher auf laut, sodass wir alle gebannt

Papas abenteuerlicher Flucht lauschen konnten, wie erschöpft er war und dass er nun in Athen ein Flugticket kaufen würde. Nur das mit den ertrunkenen Kindern ließ er weg. Er wollte uns nicht unnötig belasten. Zumal er ohnehin unangenehme Neuigkeiten für uns hatte: Papa hatte nämlich seinen Plan geändert – wir sollten Deutschland verlassen und weiterreisen. »Fahrt mit dem Zug nach Schweden! Dort ist es für Asylsuchende leichter, eine Aufenthaltsgenehmigung zu bekommen. Ich habe schon alles organisiert. In Malmö lebt ein Cousin von mir, der sich um euch kümmern wird, sobald ihr da seid.«

4

Mama war eine gehorsame Frau. Sie hatte immer respektiert, was Papa verlangt hatte, und darauf vertraut, dass seine Entscheidungen wohlüberlegt, richtig und vernünftig waren. Aber diesmal zweifelte sie. Ihr Herz zweifelte. Es fiel ihr schon schwer, ohne Papa und Familie in Deutschland zu bleiben. Und nun sollte sie auch noch alleine weiterreisen? Nach Schweden? Schon alleine die Vorstellung, mit zwei Kindern, ohne Pass zwei Staatsgrenzen zu passieren, überforderte meine Mutter. Was, wenn sie uns erwischten? Diese große Sorge gesellte sich zu der, die sie schon seit ihrer Abreise aus dem Libanon permanent quälte: Was, wenn Papa doch nicht hinterherkam? Er saß schließlich ohne einen Plan, wie es weitergehen sollte, in Griechenland fest. »Ich schaffe das. Macht euch keine Sorgen! Wir treffen uns in Schweden«, versuchte er, meine Mutter zu überzeugen. Aber sie hatte Angst: Wie sollte Papa es ohne Visum nach Schweden schaffen? War es nicht das Sicherste, in den Libanon zurückzukehren? War das nicht viel vernünftiger?

Mittlerweile waren es nur noch zwei Tage bis zu unserem gebuchten Rückflug nach Beirut. Zwei Tage! Vorsichtshalber rief Papa alle paar Stunden an, um Mama gut zuzureden: »Ihr steigt nicht in den Flieger! Hörst du? Ihr fahrt nach Schweden! Da bekommen sogar Asylsuchende sofort eine Krankenversicherungskarte. Dann ist Reem versorgt. Wir müssen nicht mehr für jeden Arztbesuch selber zahlen. Das ist unsere einzige Chance, Reem zu helfen.«

Mama wollte natürlich auch, dass mir geholfen wurde. Sie wollte nur nicht ohne ihren Mann leben. Und sie wollte nicht unerlaubt erst die dänische und anschließend die schwedische Grenze passieren. Dieses Risiko, diese Unsicherheit, ihre aktuelle Heimatlosigkeit – das alles fühlte sich für Mama unerträglich an. Deshalb besprach sie ihre Bedenken mit ihrem Großonkel Ahmed. Aber was sollte der sagen? Er riet ihr natürlich: »Tut das, was Atef verlangt. Er ist ein guter Mann und will für seine Familie nur das Beste.«

Ich beobachtete Mama, wie sie am Tag vor dem Abflug in unserem Zimmer auf und ab lief, wie sie immer wieder das Flugticket aus ihrer Tasche angelte, so als wollte sie sich vergewissern, dass es noch da war. Noch hatte sie es in der Hand. Noch könnten wir zurückfliegen. Vorausgesetzt, das mit Mamas verlorenem Pass ließ sich am Flughafen irgendwie klären. Allerdings konnte ich mir nicht vorstellen, dass es für unser Passproblem keine Lösung gab. Wenn es so schwierig war, überhaupt nach Deutschland zu kommen, würden sie uns sicher nicht wegen eines fehlenden Passes hierbehalten … Deshalb betete ich, dass Mama sich dazu durchringen würde, mit Klein-Ahmed und mir in diesen Flieger zu steigen. Es war mein sehnlichster Wunsch. Ich wollte zurück in den Libanon.

Tatsächlich standen am Tag unseres gebuchten Abflugs unsere Koffer gepackt im Zimmer. Mama saß auf der Bettkante, versenkte ihr Gesicht in ihren Händen und schüttelte den Kopf. Wäre Papa jetzt hier gewesen, hätte sie ihm vertraut. Mit ihm an ihrer Seite wäre sie, ohne darüber nachzudenken, in die sibirische Pampa getrampt, wenn er das für eine gute Idee gehalten hätte. Aber alleine? Alleine traute sie sich nicht einmal nach Dänemark – und schon gar nicht noch eine Grenze weiter nach Schweden.

Ich saß auf meinem Bett und verfolgte atemlos jede ihrer Bewegungen. Dann hob Mama ihren Kopf und sah erst mich, dann den kleinen Ahmed lange an. In diesem Moment hatte ich das Gefühl, ihre Gedanken lesen zu können: Sie wünschte sich, dass ich gesund werden würde, dass ich laufen und mich selbstständig bewegen könnte. Sie wünschte sich, dass Ahmed und ich beruflich eine Perspektive hätten, dass wir Ärzte, Ingenieure, Journalisten, Apotheker – eben all das werden könnten, was wir wollten. In einer friedlichen und sicheren Umgebung. Beschützt und behütet. Mama schloss die Augen. Dann reckte sie ihren Nacken. Erst leicht in die eine, dann in die andere Richtung, und schließlich bestimmte sie: »Wir fahren nach Schweden.«

Schlagartig hatte ich das Gefühl, dass nun auch noch das letzte bisschen Kraft aus meinem Körper wich. Das war's! Mama hatte sich tatsächlich dazu durchgerungen, unseren Rückflug verfallen zu lassen. Ich konnte es nicht fassen: Unsere wertvollen Tickets – gerade noch meine letzte Hoffnung, meine Familie bald wiederzusehen – würden im Müll landen. Im Papiermüll, der hier so ordentlich getrennt wurde. Entsetzt blickte ich Mama an, die seit unserer Abreise aus Wavel immerzu unendlich müde und erschöpft wirkte. Ahmed war aufgestanden und aus dem Zimmer gehüpft. Aus dem Nachbarraum hörte ich, wie die beiden Ahmeds herumalberten. Der große Ahmed wirkte wie befreit, als Mama ihm ihren Entschluss mitteilte. »Du hast die richtige Entscheidung getroffen, Manal«, beglückwünschte er meine Mutter, die nur gequält lächelte.

Ahmed fuhr mit uns zum Bahnhof, wo er uns die Zugtickets nach Malmö kaufte und unsere Koffer bis in den Zug brachte.

»Ich wünsche euch von Herzen Glück!«, rief er uns zum Abschied hinterher. Mama und ich pressten die Lippen aufeinander. Wir wussten, dass wir Glück nötig hatten. Plötzlich waren wir nicht nur Flüchtlinge, sondern wir waren Flüchtlinge auf der Flucht. Zwar waren wir bislang faktisch staatenlos gewesen, trotzdem hatten wir ein Zuhause gehabt. Nun hatten wir plötzlich nichts mehr. Ich dachte daran, wie sich meine Uroma auf ihrer Flucht aus Haifa in den Libanon gefühlt haben musste – vor mehr als sechzig Jahren. Vermutlich ähnlich. Nur dass sie keine Verwandten hatte, zu denen sie fahren konnte ... Ahmed stupste mich an. Er lachte fröhlich. Klar. Mein vierjähriger Bruder freute sich schon wieder auf die Bahnfahrt. Wobei die diesmal so lange dauern sollte, dass garantiert auch Ahmed die Lust verlieren würde. Dreimal sollten wir umsteigen. Das erste Mal in Hamburg, dann zweimal in Dänemark – und das alles mit drei Koffern, dem quirligen Ahmed und mir. Zehn Stunden Fahrzeit! Immerhin mit gültigen Tickets, aber ohne Pass und ohne Visum. Das bedeutete: Wenn die Polizei uns erwischte, würde sie uns als Illegale gleich mitnehmen. Wohin auch immer. Womöglich ins Gefängnis, malte ich mir ängstlich aus. Deshalb hatten Mama und ich pausenlos Herzrasen. Als ein Mann in Uniform neben uns auftauchte, hätte ich vor lauter Schreck beinahe losgeheult. Dabei wollte der Mann bloß unsere Tickets sehen. Mama reichte sie ihm. Ihr Gesicht war wie versteinert. Atemlos warteten wir darauf, dass er uns nach unseren Ausweispapieren fragte. Aber er knipste nur gleichgültig die Tickets ab und ging dann eine Reihe weiter. Mama warf mir einen vielsagenden Blick zu, und ich machte als Antwort dicke Hamsterbacken, aus denen ich langsam die Luft entweichen ließ. Als kurz darauf eine laute Männerstimme quer durchs

Abteil brüllte, zuckten wir erschreckt zusammen und rutschten gleich etwas tiefer in unsere Sitze. Schon wenn wir hörten, dass jemand während der Fahrt durch die Schiebetür das Abteil betrat, blickten wir uns nervös um. Am aufgeregtesten waren wir allerdings an den Bahnhöfen. Da klebten wir dann zu dritt an der Scheibe. Ahmed, um nach anderen Zügen Ausschau zu halten. Mama und ich, um uns zu vergewissern, dass niemand in Polizeiuniform einstieg. Wenn anschließend ein neuer Schaffner nach unseren Tickets fragte, bangten wir wieder, dass er bloß nicht unsere Ausweise sehen wollte ... Glücklicherweise wurden wir kein einziges Mal danach gefragt.

Unbehelligt, aber total erschöpft, erreichten wir Malmö, wo uns Papas Cousin Hussein auf dem Bahnsteig in Empfang nahm. Er war sichtlich erleichtert. »Ihr habt es geschafft! Ihr habt es geschafft! Ich bin so froh!« Er strahlte über das ganze Gesicht. Und obwohl wir nicht unbedingt am Ziel unserer Träume, sondern – streng genommen – genau in entgegengesetzter Richtung angekommen waren, freuten wir uns mit ihm. Das war eigentlich absurd. Schließlich hätte uns die *Abschiebung in den Libanon* in diesem Moment viel glücklicher gemacht. Wir fühlten uns hin- und hergerissen: Einerseits wollten wir Papa gehorchen, andererseits wollten wir zurück zu unserer Familie nach Wavel.

»Das ist normal. Der Anfang ist schwer, wenn alles neu und fremd ist«, machte uns Papas Cousin Mut. Er musste kein Gedankenleser sein, um zu wissen, wie es uns gerade ging. Das stand uns wahrscheinlich auf der Stirn geschrieben ... »Irgendwann wollt ihr nicht mehr zurück. Das verspreche ich euch.« Ich dachte nur: »Der hat ja keine Ahnung!« Denn ich war felsenfest überzeugt, nur dann glücklich sein zu können, wenn ich auch Papa, Opa, Doaa, Abeer und alle anderen um mich hatte.

Hussein lebte mit seiner Familie – Ehefrau Rani und seinen fünf Kindern – in einem Hochhaus am Rande der Stadt. Im Libanon hatte ich schon Häuser als Hochhäuser bezeichnet, die mehr als drei Stockwerke hatten. Dieses hatte mindestens zehn! Ich legte meinen Kopf in den Nacken, um sie genau zu zählen, und verlor dabei beinahe das Gleichgewicht nach hinten. »Los, komm!«, drängelte Mama. Sie wollte nicht, dass Hussein, der schnaufend unsere Koffer zum Hauseingang schleppte, auf uns warten musste. Mama war es immer unangenehm, anderen Leuten Umstände zu machen. Deshalb behagte ihr der bevorstehende Aufenthalt hier sicher noch weniger als mir. Großonkel Ahmed hatte sie wenigstens gekannt. Hussein begegneten wir zum ersten Mal.

Er stand in der offenen Eingangstür und lachte uns an. Papas Cousin vermittelte wirklich den Eindruck, dass er sich über unseren Besuch freute. Vermutlich war er ein ebenso großer Optimist wie Papa, dachte ich und seufzte. Solche Zuversicht hätte ich auch gerne. Wie schön wäre es, wenn jetzt wenigstens Papa bei uns wäre. Ich würde mich gleich viel weniger alleine fühlen.

Ahmed sauste an uns vorbei in den Hausflur. Dort rümpfte er seine kleine Stupsnase: »Hier riecht es aber komisch.« Ich verzog ebenfalls mein Gesicht. Bei uns zu Hause roch es immer gut. Nach arabischen Gewürzen oder Parfüm. Dieser Geruch hier war eklig. Hussein drückte auf den Knopf vom Fahrstuhl. Unwillkürlich musste ich schlucken und sagte: »Wenn hier der Strom ausfällt!« Hussein lachte laut auf. »Keine Sorge, Reem! Das passiert hier so gut wie nie.« Ahmed machte sich diesbezüglich offenbar keine Gedanken: Er war bereits in den Fahrstuhl gesprungen und drückte sämtliche Knöpfe, die er auf die

Schnelle erwischen konnte. Mama zog ihn sofort von der Tastatur weg. »Entschuldige, Hussein!«, sagte sie beschämt. Es war ihr sichtlich peinlich. Doch Hussein grinste bloß wieder. »Macht nichts!« Vermutlich war Knöpfedrücken bei allen Kindern ein beliebtes Spiel, das Hussein nicht zum ersten Mal erlebte.

Beim Aussteigen patschte Ahmed schnell noch einmal mit der ganzen Hand auf die Knopfleiste. Dann hüpfte er Hussein hinterher und fragte, welche Haustür seine wäre.

Damit wir bei ihm wohnen konnten, hatten Hussein und seine Frau extra ein Kinderzimmer für uns frei geräumt. Ganz selbstverständlich. Schließlich wusste noch keiner, wie lange wir bleiben würden, denn das hing davon ab, wie schnell Papa Schweden erreichte.

Sobald wir unsere Sachen in dem Zimmer abgestellt hatten, brachte uns Raina auf einem Tablett Tee und Kekse. Ahmed schnappte sich sofort einen Schokokeks und flitzte damit aus dem Zimmer, um sich den Rest der Wohnung anzuschauen. Raina sah ihm lachend hinterher. »Fühlt euch wie zu Hause.« Mama lächelte dankbar. »Wir beteiligen uns selbstverständlich an den Kosten für die Lebensmittel«, bot sie an, aber Raina schüttelte den Kopf. »Ihr seid unsere Gäste!« Damit ging sie aus dem Zimmer. Und obwohl ich wirklich Heimweh hatte, mich gleichermaßen traurig und ängstlich fühlte, spürte ich das warme Gefühl von Dankbarkeit, in eine solche Familie hineingeboren worden zu sein. Zum ersten Mal überkam mich das Gefühl, dass ich, egal wo ich auf der Welt landen würde, niemals alleine wäre, weil es garantiert überall irgendeinen Cousin gab – oder den Cousin von einem Cousin –, der sich für uns zuständig fühlte. Überall lebten Menschen, die sich um uns sorgten und die für uns da waren.

Sogar in Athen. Von einem Freund aus Wavel hatte Papa die Telefonnummer einer Frau bekommen, die ebenfalls Palästinenserin war und von der es hieß, sie hätte ein Gästezimmer, in dem sie Flüchtlinge übernachten ließ. Als Papa kurz nach seiner Ankunft in Athen bei ihr anrief, lachte Amal in den Hörer: »Ach, du liebe Güte! Was ist denn momentan los? Ihr seid dann zu sechzehnt!« Anscheinend waren momentan deutlich mehr Palästinenser auf der Flucht als normalerweise. Deshalb verbrachte Papa die folgende Nacht mit fünfzehn anderen Männern in einem Raum, der höchstens zwanzig Quadratmeter hatte. Das war nicht gerade komfortabel, aber trotzdem noch besser als das Erstaufnahmelager, in dem er die vorangegangenen Nächte verbracht hatte. Außerdem vertraute er ja fest darauf, dass es bei dieser einen Nacht bleiben würde, denn gleich früh am nächsten Tag fuhr er zum Flughafen und kaufte sich von seinem letzten Geld ein Ticket nach Stockholm, weil Malmö nicht direkt von Athen aus angeflogen wurde. Selig streichelte er über das starre Papier. Es war sein Ticket zu seiner Familie, sein Ticket in ein normales Leben. Ehrfürchtig schob er es in die vordere Tasche seines Rucksacks. Er durfte sich jetzt bloß nichts anmerken lassen! Er musste versuchen, so unauffällig wie möglich im Strom der anderen Reisenden unterzutauchen … Leider gelang ihm das nicht besonders erfolgreich.

Direkt hinter der Sicherheitskontrolle warteten grimmig dreinschauende Polizisten darauf, verdächtige Passagiere nach ihren Pässen zu fragen. Passagiere, die sich unsicher umschauten, verschmutzte Kleidung oder erkennbar zu große Anzüge trugen, Passagiere, die wie Papa vorhatten, illegal nach Schweden einzureisen – denn den griechischen Behörden war natürlich bekannt, dass viele Schleuser ihre Flüchtlinge über die

Türkei nach Griechenland brachten, um sie dort in die Flieger nach Nordeuropa zu setzen.

Auch in den Zielländern wurden neuerdings regelmäßige Kontrollen durchgeführt. Da standen dann Beamte an den Rolltreppen vom Flieger und warteten darauf, Illegale aufzugreifen, ehe sie im Landesinneren verschwanden. Es war also längst nicht so unkompliziert, wie mein Vater gehofft hatte.

Während Papa nach unten schaute und versuchte, schnell und unbemerkt mit den anderen durch die Kontrolle zu huschen, teilte sich plötzlich der Menschenstrom, und ein griechischer Polizist baute sich vor meinem Vater auf. »Ich würde gerne mal Ihren Pass sehen!« Ein einziger Blick genügte, und der Blick des Polizisten wurde noch finsterer. »Mit diesem Pass dürfen Sie nicht nach Stockholm reisen. Und ich vermute, das wissen Sie ganz genau! Für den Versuch der illegalen Einreise drohen Ihnen mehrere Monate Haft!« Papa senkte traurig seinen Blick. »Aber ich muss nach Schweden! Meine Tochter ist krank. Sie ist gerade in Deutschland operiert worden und nun in Schweden. Zusammen mit meiner Frau und meinem kleinen Sohn.« Der Beamte blieb hart: »Dann müssen Sie ein Visum beantragen!« Verzweifelt sah Papa den Polizisten an: »Das habe ich! Aber der Antrag ist abgelehnt worden! Bitte! Ich muss nach Schweden. Meine Familie ist dort.« Tatsächlich bekam der Polizist Mitleid mit ihm: »Können Sie beweisen, dass Ihre Tochter operiert wurde?« Papa sagte: »Klar!«, und begann hektisch seine zerknitterten Papiere aus dem Rucksack zu kramen, auch die Unterlagen von dem Düsseldorfer Krankenhaus. Er strich sie notdürftig gerade und reichte sie dem Polizisten, der zuerst einmal tief Luft holte. Schließlich brummte er. »Okay, ich kann Sie nicht durchlassen, aber ich verhafte Sie auch nicht. Ich habe ebenfalls Kinder und kann mir vorstellen, wie es Ihnen geht. Aber lassen Sie sich hier nicht noch einmal erwischen!« Damit geleitete er Papa nach draußen.

Bei allem Pech, erwischt worden zu sein, hatte Papa ein Riesenglück. Genauso gut hätte er in einem griechischen Gefängnis landen können, von dem aus er direkt in den Libanon abgeschoben worden wäre. Im Libanon hätte ihm dann eventuell noch eine weitere Haftstrafe gedroht. Wir hatten schon von gescheiterten Flüchtlingen gehört, die für ihren Fluchtversuch mit Gefängnis bestraft worden waren. Papa war also eine Menge Ärger erspart geblieben. Trotzdem stieg er mit hängenden Schultern in den Bus und fuhr zurück zu Amals Wohnung. »Hat's nicht geklappt?«, fragte sie. Papa schüttelte traurig den Kopf. Er war vollkommen ratlos. Das Risiko, bei einer Busfahrt oder auf einem Schiff erwischt zu werden, war ebenso groß wie am Flughafen – nur dass die Fahrt im Zweifel viel länger dauerte. Niedergeschlagen rief er bei Mama an.

Wir waren gerade mit Klein-Ahmed auf einem Spielplatz. Ahmed liebte Spielplätze – und solange das Wetter es zuließ, wollten wir so viel Zeit wie möglich draußen verbringen, als es plötzlich in Mamas Manteltasche klingelte. Mama biss sich auf die Unterlippe und angelte sofort ihr Handy aus der Jacke. Sie ahnte schon, dass dieser Anruf kein gutes Zeichen war. Denn wenn alles gut gegangen wäre, hätte Papa jetzt noch im Flieger sitzen müssen. »Atef?«, rief sie atemlos. »Ihr werdet wohl noch ein bisschen länger auf mich warten müssen«, war das Erste, was Papa zu ihr sagte. Mamas Augen wurden glasig. »Und was willst du nun machen?«, fragte sie. »Nun brauche ich Geld«, antwortete Papa. »Dann kaufe ich mir wieder ein Ticket.«

Papa hatte mit Amal bereits vereinbart, dass Hussein das Geld für den Flug auf ihr Konto überweisen würde. »Das ist für mich die einzige Möglichkeit, an Geld zu kommen. Sobald das Geld bei Amal angekommen ist, kann ich meinen Flug buchen.« Mama musste unwillkürlich lächeln und sagte: »Das ist aber sehr großzügig von Hussein.«

Hussein und Raina waren wirklich sehr lieb zu uns. Obwohl es mit zehn Personen in ihrer Wohnung ziemlich eng war, wirkten er oder Raina nie genervt oder gestresst von unserer Anwesenheit. Ganz im Gegenteil: Wir fühlten uns aufrichtig willkommen, weil sie sich alle Mühe gaben, dass wir uns in Schweden wohlfühlten. So hatten sie uns zum Beispiel an einem unserer ersten Abende Eierkuchen serviert. »Das essen sie hier ständig«, erklärte Raina. Ahmed verschlang seinen Eierkuchen mit Zucker, Zimt und Apfelmus in Rekordzeit und fragte gleich nach dem nächsten. Mama probierte erst einmal vorsichtig und fand die Eierkuchen dann ebenfalls köstlich. Nur ich weigerte mich, dieses labberige Zeug zu essen. Wie die schon rochen: nach gar nichts!

Da konnten Mama, Ahmed und die anderen noch so sehr auf mich einreden. Dasselbe mit Würstchen: Ahmed war begeistert und ich entsetzt. Deshalb war Raina so freundlich, für mich ab und zu arabisch zu kochen – zumindest bis ich mich an das europäische Essen gewöhnt hatte. Hussein und Raina machten wirklich alles für uns – und nun überwies Hussein Papa sogar noch Geld für seinen Flug.

Ich blickte hinauf in den knallblauen Himmel, weil passenderweise genau in diesem Moment ein Flugzeug über uns hinwegflog. Es war ein wunderschöner Herbsttag. Die Sonne schien, und überall segelten braungelbe Blätter von den

Bäumen. Diese Farbenpracht gefiel mir! Europa erschien mir so viel bunter als der Libanon. In Wavel war die Welt staubig sandfarben – hier war es sattgrün, goldbraun, knallrot und himmelblau. In den ersten Tagen war Ahmed noch begeistert durch die permanent wachsenden Laubhaufen gesprungen und hatte sie lachend aufgewirbelt. Bis wir einmal beobachtet hatten, wie ein Hund über den Blättern sein Bein hob – danach musste der maulende Ahmed um die bunten Haufen leider einen Bogen machen. Dafür hatte er nun Kastanien entdeckt. Während er die glänzend braunen Früchte in seinen kleinen Händen bestaunte und sie anschließend in seine und meine Jackentaschen stopfte, sagte Mama zu Papa: »Hoffentlich hast du beim nächsten Mal mehr Glück. Pass gut auf dich auf!« Dann nahm sie das Telefon vom Ohr und drückte es mit beiden Händen fest an sich. Obwohl Papa bestimmt schon längst aufgelegt hatte, wollte sie das Telefon noch nicht aus der Hand geben. Ahmed quengelte, weil Mama seine gesammelten Kastanien nicht angemessen bestaunte. Aber sie war mit den Gedanken wohl noch bei unserem Vater, der sich fast dreitausend Kilometer von uns entfernt noch ein wenig durch die lebhafte Innenstadt Athens treiben ließ.

Durch Zufall stieß er auf einen Platz, auf dem sich unzählige zwielichtige Gestalten herumtrieben, die ihm Drogen, Waffen und gefälschte Pässe anboten. Papa sah zu, dass er eiligst von dort verschwand. Stattdessen trat er lieber den Heimweg zu Amals Wohnung an. Er konnte es kaum erwarten, bis sie endlich sein Geld auf dem Konto hatte. »Ist das nicht riskant, noch ein Ticket zu kaufen?«, fragte sie Papa, als er ihr von seinem Vorhaben erzählte. Er zuckte mit den Achseln: »Ich habe doch keine andere Wahl.« Dabei war Papa wenigstens in der komfortablen Situation, dass ihm Verwandte Geld schickten. Viele andere Palästinenser, die sich mit ihm das Zimmer teilten, waren komplett pleite. Deshalb überlegten sie, auf Rastplätzen oder an Ampeln auf haltende Lkws zu springen, um weiter in den Norden zu kommen. »Und das funktioniert?«, wunderte sich Papa. Aber die anderen Flüchtlinge sahen ihn genauso resigniert an, wie er vorhin Amal angeschaut hatte: »Wir haben doch keine andere Wahl.« Papa nickte. Er verstand sie genau.

Als er ein paar Tage später das Geld von Hussein in den Händen hielt, brach er sofort zum Flughafen auf und kaufte sich ein neues Ticket. Vor lauter Anspannung war Papas Mund so trocken, dass er kaum schlucken konnte. Angestrengt versuchte er, seine Hände still zu halten, die zitterten, als würden auf dem Flughafen extreme Minusgrade herrschen. Mit seinem kleinen Rucksack auf dem Rücken stellte er sich in die lange Check-in-Schlange und blickte sich während des Wartens immer wieder um. Als er nur noch vier Leute vor sich hatte, entdeckte er auf der anderen Seite des Durchgangs den Polizisten von neulich, der in seine Richtung starrte und nur darauf zu warten schien, dass Papa ihm ein zweites Mal in die Arme lief. Papa überlegte keine Sekunde. Er drehte sich sofort um und verließ das Flughafengebäude.

Nun brauchte Papa dringend einen neuen Plan – einen dritten Flugversuch wollte er auf keinen Fall wagen. Zerknirscht rief er Hussein an, um ihm mitzuteilen, dass er doch nicht so schnell wie erwartet in Malmö ankommen würde. Hussein bot ihm sofort an, Papa noch einmal Geld zu überweisen. Obwohl er selbst kein reicher Mann war, zögerte er nicht, alles zu geben, was er besaß, um unsere Familie wieder zusammenzubringen.

Schließlich erlebte er jeden Tag, wie sehr diese Trennung uns quälte.

Inzwischen hatte sogar Ahmeds Begeisterung für unsere Reise nachgelassen. Auch er sprach neuerdings häufiger von Oma und Opa, Tante Abeer und den anderen. Außerdem fragte er jeden Tag mehrmals nach Papa. Zwar wurde Ahmed als unser Nesthäkchen pausenlos von allen verwöhnt, trotzdem ließ auch er sich nur noch kurzzeitig ablenken. Ich konnte mich nicht daran erinnern, uns alle schon einmal so niedergeschlagen erlebt zu haben. Passend zu unserer Stimmung wurde nun leider auch das Wetter schlechter. Der goldene Herbst war vorbei. Stattdessen umhüllte die Häuser allmorgendlich ein dichter grauer Nebel. Wenn ich unten vor dem Haus stand, konnte ich nicht einmal mehr bis zum Dach gucken. Allerdings gingen wir nun ohnehin kaum noch vors Haus. Es war nämlich schlagartig bitterkalt geworden, sodass selbst Ahmed, der eigentlich nie fror, erbärmlich schlotterte, sobald er vor die Tür trat. »Das kann ja keiner mit ansehen«, bestimmte Hussein schließlich und setzte uns in sein Auto, um mit uns in ein Kaufhaus zu fahren, wo er uns allen warme Schuhe spendierte: Ahmed, Mama und mir. Als Mama mit ihren neuen Fellschuhen an den Füßen in ihrem fast leeren Portemonnaie kramte, um Hussein wenigstens einen Teil des Geldes zurückzuzahlen, winkte er ab. »Ich will kein Geld.« Dann sah er uns treuherzig an: »Ihr seid doch unsere Gäste!«

Raina buk noch mehr leckere Pfannkuchen für Ahmed und brachte mir vom Einkaufen schöne Stifte zum Malen mit. Trotzdem spürte ich, dass der Schatten auf meinem Herzen immer schwerer und undurchdringlicher wurde. Inzwischen verschwand der Schatten nur dann noch kurz, wenn ich Papas

Namen in Mamas Handydisplay entdeckte. Weil für einen winzigen Augenblick die Erleichterung so groß war, dass sie alles Dunkel verscheuchte. Doch sobald Papa aufgelegt hatte, kehrte der Schatten zurück und schlang sich nur noch fester um mein Herz. Wir sprachen zwar nicht darüber, trotzdem nahm ich an, dass es Mama ähnlich ging. Wenn ich daran dachte, wie fröhlich und lebhaft sie Papa beim Kochen früher immer erzählt hatte, was sie am Tag alles erlebt hatte – so lebendig hatte ich sie schon seit Ewigkeiten nicht mehr gesehen. Stattdessen zog Mama sich in ein unsichtbares Schneckenhaus zurück, aus dem sie nur dann kurz den Kopf streckte, wenn Papa anrief.

Beim letzten Telefonat hatte er ihr von diesem zwielichtigen Platz in Athen erzählt, den er neulich durch Zufall entdeckt hatte und auf dem sich diese fragwürdige Gestalten herumtrieben. Papa überlegte nämlich, sich dort einen falschen Pass zu kaufen. Seitdem Mama das wusste, guckte sie nicht mehr nur betrübt, sie schüttelte dazu auch noch ständig ihren Kopf, weil Papa sich nun mit Kriminellen herumtreiben musste, die ihr noch unheimlicher erschienen als diese syrisch-türkischen Schlepper. Immerhin verkauften sie nicht nur Pässe, sondern auch Waffen und Drogen. Und ausgerechnet dort trieb sich Papa nun herum.

Als er sich ein paar Tage später endlich wieder meldete, rief Mama aufgeregt in den Hörer: »Ja? Atef? Ist alles in Ordnung?« Aber Papa lachte bloß übermütig. »Ich bin jetzt Emilio Campillo.« Mama verstand nicht ganz, was er meinte. Deshalb schob Papa die Erklärung gleich hinterher. »Ich habe jetzt einen venezolanischen Pass. Dreihundert Euro, und ich bin Emilio aus Caracas. Damit komme ich morgen durch die Kontrolle! Das Ticket habe ich schon! Ich fliege erst einmal nach

Frankreich, da gibt es angeblich weniger Kontrollen. Keine Sorge: Nun bin ich wirklich bald bei euch, dann wird alles gut.« Mama schüttelte besorgt ihren Kopf. »Ist das nicht sehr riskant? Was, wenn dich jemand auf Spanisch anspricht?« Papa erklärte: »Ich mache das so: Wenn dieser Polizist morgen wieder Dienst hat, drehe ich um, ansonsten versuche ich es. Ich verspreche dir, dass ich egal wie bald bei euch bin.« Während Mama seiner Antwort lauschte, bekamen ihre schönen Augen einen weichen Glanz. Ihr Atef. Ihr unerschütterlicher Atef. Dann legte er auf. Mama konnte sich ein Lächeln nicht verkneifen. Obwohl sie keine Ahnung hatte, wie Papa als Emilio von Frankreich nach Schweden kommen wollte, spürte sie zum ersten Mal wieder Zuversicht – als wenn Papas Funke zu ihr übergesprungen wäre. Sogar beim Abendessen griff Mama zum ersten Mal seit Langem wieder mit Appetit zu. »Papa wird bald bei uns sein!«, wiederholte sie, was er am Telefon zu ihr gesagt hatte – und irgendwie übertrug sich dieser neue Optimismus auf alle anderen.

Wir konnten es kaum erwarten, Papa endlich bei uns zu haben.

Immerhin waren Mama, Ahmed und ich nun schon seit über zwei Monaten von ihm getrennt! Gemeinsam überlegten wir, was Ahmed Papa alles zeigen müsste: die Spielplätze, die schönen Geschäfte, den Hafen, die großen Fähren und Kreuzfahrtschiffe. Ahmed rief: »Zuerst muss Papa sich anschauen, wie gut ich schon auf einem Bein hüpfen kann!« Alle lachten ausgelassen.

Von diesem Tag an horchten wir jedes Mal auf, wenn wir Stimmen vor der Wohnungstür hörten, und waren immer eine Spur enttäuscht, wenn diese sich wieder entfernten. Wo blieb Papa nur? Er hätte doch längst bei uns sein müssen!

Jeden Abend kontrollierte Mama mindestens fünfmal, ob ihr Akku auch voll geladen und das Telefon laut gestellt war – für den Fall, dass Papa sich meldete. Nachts schliefen wir unruhig, deshalb waren Mama und ich auch auf einen Schlag hellwach, als in der Wohnung Lärm erklang. Wir saßen augenblicklich senkrecht in unseren Betten. Das Licht im Flur schien durch den Türschlitz. Dann wurde unsere Zimmertür aufgerissen, und im Türrahmen stand Papa! So schnell ich konnte, krabbelte ich ihm entgegen. Mama sprang mit einem Satz aus dem Bett und schlug sich ihre Hand vor den Mund. Freudentränen liefen ihr übers Gesicht. Wir konnten es nicht fassen: Er war endlich wieder bei uns! Sogar Papa musste sich ein paar Tränen wegwischen, als er mich an sich drückte. Hussein stand hinter ihm im Flur und lachte und strahlte. Er hatte Papa gerade vom Bahnhof abgeholt – ohne uns vorher auch nur einen Mucks davon zu verraten! Was für eine Überraschung! Ich war unendlich glücklich! Unendlich, unendlich, unendlich glücklich! Papa hielt uns fest in den Armen, und während ich mich normalerweise lieber schnell wieder aus solchen Umarmungen befreite, hätte ich dieses Mal für alle Zeiten stillhalten können. Es war, als ob Papa Risse im Herzen heilen und Angst vertreiben könnte – nur durch seine Anwesenheit. Mama sah ihren Mann voller Liebe und Stolz an. »Du hast es geschafft.« Papa lächelte verlegen. »Ich bin auf der Ladefläche eines Lastwagens mitgefahren. Deshalb hat es doch ein bisschen länger gedauert.«

»Aber nun bist du da.«

»Nun bin ich da.«

Und dann sagten wir erst einmal gar nichts mehr, bis Hussein in den Raum rief. »Atef, hast du Hunger?« Raina hatte schnell einen kleinen Mitternachtsimbiss für meinen Vater zubereitet. Es gab Pfannkuchen und Würstchen. Während Papa dankbar zugriff, schilderte er uns, was er in den vergangenen zwei Monaten alles erlebt hatte.

Seit er wieder bei uns war, ging ein Ruck durch die Familie: Ahmed hopste wieder glücklich durch die Wohnung und konnte es gar nicht abwarten, Papa alles zu zeigen, was er in den vergangenen Wochen entdeckt hatte. Mamas Gesichtszüge wurden wieder weich und sanft. Und ich dachte gar nicht mehr daran, dass wir nur für eine erfolglose Operation unser Zuhause in Wavel verlassen hatten. Sogar die Schatten auf meinem Herzen verflüchtigten sich. Jetzt würde alles gut werden. So wie Papa es versprochen hatte.

Endlich!

Zuerst sah auch alles gut aus. Mama erhielt irgendwelche provisorischen Papiere als Passersatz, damit sie sich zumindest wieder ausweisen konnte. Mit der Post kamen die begehrten Krankenversicherungskarten, mit denen wir so viele kostenlose Arztbesuche absolvieren konnten, wie wir wollten. Zuerst stellte Papa mich einem Kieferorthopäden vor, weil meine Zähne schief in alle Richtungen wuchsen. Als Papa kurz darauf die blaue Plastikhülle mit meiner ersten Zahnspange in seinen Händen hielt, konnte er sein Glück kaum fassen. Er umfasste sie wie ein Geschenk von unglaublichem Wert. Diese Spange hätte er mir im Libanon niemals bezahlen können. Hier bekam ich sie dank eines sozialen Netzes, das auch die Ärmsten auffing. Papa war unendlich dankbar dafür. Noch nie zuvor hatte uns das Leben so reich beschenkt. Nach zwei Wochen durften wir sogar in eine eigene Wohnung ganz in der Nähe von

Hussein ziehen, die erst einmal vom schwedischen Staat bezahlt wurde – zumindest so lange, bis Papa seine Arbeitserlaubnis erhielt und wieder eigenes Geld verdienen konnte. Papa träumte davon, in Schweden wieder als Schweißer arbeiten zu können. Leider schien sich das etwas schwieriger zu gestalten, weil seine Ausbildung nicht anerkannt wurde. Trotzdem wollte Papa nicht aufgeben. Natürlich nicht. Während ich nun also vormittags in der Schule saß, kümmerte er sich um seine Arbeitserlaubnis. Gleichzeitig bestimmte er, dass auch Mama arbeiten sollte, sobald ich einen Rollstuhl besaß und mich in der Schule ohne ihre Hilfe bewegen konnte. »Das ist hier so«, erklärte er mit einem Stolz auf dieses System, dass Mama und ich fast lachen mussten. Papa versprühte aus jeder Pore tiefes Glück und Dankbarkeit dafür, dass er mit seiner Familie in diesem Traumland leben durfte.

Bald kannten wir die ersten schwedischen Wörter und Sätze: *Hej, jag heter Reem – Hallo, ich heiße Reem. Danke* hieß *tack*. Und *Krankenschwester* war ein echter Zungenbrecher: *sjuksköterska*. Wir spielten auf dem Spielplatz vor unserem Haus mit den schwedischen Kindern, wodurch Ahmed und ich uns bald besser verständigen konnten als unsere Eltern. Außerdem hatten wir inzwischen Internet, sodass ich regelmäßig mit Jana, Doaa und meinen anderen Freundinnen und Cousinen schreiben konnte. Dadurch fühlte ich mich nicht mehr ganz so abgeschnitten von allem, was mir wichtig war. Und allmählich gewöhnte ich mich an den Gedanken, in Schweden zu leben. Es bedeutete ja nicht, dass wir für alle Zeiten hierbleiben mussten, aber vielleicht war Malmö jetzt gerade der richtige Platz für uns. Wir alle fühlten uns hier wohl, und fast jedes Mal, wenn wir beim Abendessen saßen, wedelte Papa mit einem neuen

Brief in der Hand, der bewies, dass er eine weitere Hürde genommen hatte: dass ich eine Therapie machen dürfte für mein Bein oder für mein Herz, das manchmal noch unerträglich schwer wog.

Es war alles auf einem guten Weg. Drei oder vier Monate lang. Bis plötzlich ein neuer Brief in unser Haus flatterte. Diesmal mit schlechten Neuigkeiten. Die Ausländerbehörde teilte uns mit, dass wir nach der sogenannten Dublin-Verordnung zurück nach Deutschland reisen müssten, um dort unseren Asylantrag zu stellen. Diese Verordnung regelte, welcher Staat innerhalb der EU für die Bearbeitung eines Asylantrags zuständig war. So sollte verhindert werden, dass Asylanträge womöglich mehrfach geprüft wurden. Wir mussten also dorthin zurück, wo Mama, Ahmed und ich den EU-Raum zum ersten Mal betreten hatten – und das war in Deutschland. Demnach hätte man Papa theoretisch zurück nach Griechenland schicken müssen. Aber da allgemein bekannt war, wie schlecht dort die Bedingungen und wie überfordert die Behörden aufgrund der enorm hohen Flüchtlingszahlen permanent waren, sollten wir alle zusammen nach Deutschland ausgewiesen werden. Wenigstens konnten wir dieses Mal zusammenbleiben … Aber: ausgewiesen! Schon alleine dieses Wort fühlte sich an wie ein Schlag in die Magengrube. Ängstlich sah ich zu meinen Eltern, die über diese Nachricht ebenso schockiert waren wie ich. Wir hatten gerade angefangen, uns hier ein neues Zuhause aufzubauen, hatten uns neu eingerichtet, kannten die Wege zum Supermarkt, zur Schule, zum Spielplatz und wieder zurück. Und nun mussten wir all das wieder aufgeben? Wieder aufbrechen? Dieses Mal allerdings in eine absolut unbekannte Zukunft. Denn wenn wir jetzt nach Deutschland kamen, würden wir nicht bei Verwandten unterkommen. Dieses Mal würden wir wie ein Boot ohne Steuerung von den Behördenwellen hin und her geworfen werden. Irgendwohin. Deutschland war groß. Und fremd.

Mama fing an zu weinen. Ich legte meinen Kopf an ihre Schulter und heulte mit. Papa versuchte, seinen Arm um uns zu legen. Doch der wirkte plötzlich viel zu kurz für uns beide und viel zu schlaff. Ich konnte sogar körperlich spüren, wie dieser Brief alle Energie aus ihm gesogen hatte. Mit verschwommenem Blick blickte ich zu meinem Vater auf und spürte einen Stich in meinem Herzen, als ich die grenzenlose Enttäuschung in seinen Augen sah. Er hatte sich doch so sehr gewünscht, seiner Familie ein gutes Zuhause bieten zu können! Jetzt befanden wir uns wieder im freien Fall. Wie in einem Vakuum, einem Energievakuum.

Mein Vater litt am meisten darunter. Er hatte das Gefühl, als Vater versagt zu haben. In diesem Moment konnte er seine Familie weder schützen noch versorgen – obwohl er sich doch nichts so sehr wünschte wie ein sicheres Nest für uns. Mama war unglücklich, weil wir schon wieder alles hinter uns lassen mussten. Und ich fühlte mich an allem schuld! Nur wegen meiner Behinderung hatte meine Familie alles aufgegeben, alles verloren. Und jetzt verlor sie es schon wieder.

Doch es war wie immer. Nach einem kurzen Tief raffte mein Vater sich wieder auf. »In Deutschland wird alles gut! Dann stellen wir eben dort unseren Asylantrag. In Deutschland gibt es Arbeit, gute Ärzte, gute Schulen. Da werden wir auch gut leben können.« Mama sah ihn traurig an. Aber Papa nahm sie in den Arm. »Hier in Europa haben unsere Kinder eine Zukunft. Wir beide haben eh keine Chance mehr, etwas aus unserem Leben zu machen. Aber das hätten wir im Libanon auch nicht gekonnt. Hier haben wenigstens unsere Kinder die Möglichkeit, sich ihren Fähigkeiten entsprechend zu entfalten. Sie sollen ein selbstbestimmtes, sicheres und glückliches Leben führen.« Dann nahm er eine dicke Rolle blauer Müllsäcke und begann damit, unsere Sachen zu packen. Mama seufzte, rollte dann aber ebenfalls eine Tüte von der Rolle ab und machte sich daran, ihm zu helfen. Auch mir reichte sie einen Beutel, den ich wie betäubt entgegennahm. Mechanisch stopfte ich alles rein, was ich in die Finger bekam. Völlig wahllos. Dabei weinte ich leise. In diesem Moment war mir alles egal. Ich war gar nicht in der Lage, darüber nachzudenken, was ich in Deutschland brauchen würde oder was ich mitnehmen wollte. Es war mir schnurz. Erst als ich nach dem schönen lila-silbernen Kleid griff, das ich beim letzten Zuckerfest getragen hatte, hielt ich kurz inne. Mit der Hand strich ich über den glänzend glatten Stoff. Ich dachte daran, dass genau so ein Kleid auch in Doaas Schrank im Libanon hing. Meins sollte nun schon wieder auf eine Reise gehen. Vorsichtig legte ich es zusammen und ganz oben in meine Handtasche. Ich wollte es ganz nah bei mir haben. Als ein kleines Stückchen Libanon, als eine Erinnerung an mein altes Leben, das mir gerade so viel sorgenfreier, glücklicher, unbeschwerter vorkam.

Ich sah, wie Mama Gläser mit Küchenrolle umwickelte und vorsichtig in Kartons verstaute. Alles, was wir gerade gekauft und worüber wir uns so sehr gefreut hatten, verschwand jetzt in Müllbeuteln und Kartons. Papa und Hussein schleppten anschließend alles in Husseins Keller, weil wir natürlich nicht alles mitnehmen konnten. »Es tut mir sehr leid!«, sagte Hussein immer wieder zu Papa. Er war genauso schockiert wie wir.

Papa klopfte ihm auf die Schulter. »Du wirst sehen: Es wird alles gut. Und irgendwann besucht ihr uns in Deutschland.«

Ich verstand Papa nicht. Ich verstand nicht, woher er die Energie nahm, immer wieder neu anzufangen. Alles war zusammengebrochen? Na und! Dann würden wir es eben wieder aufbauen. Wieder und wieder und wieder.

Als bereits am nächsten Morgen zwei Polizisten vor unserer Tür standen, um uns abzuholen, zuckte ich entsetzt zusammen. Die Männer erinnerten mich in ihren Uniformen und den derben Springerstiefeln an Soldaten. Sie sahen martialisch aus. Papa strich mir über den Kopf und zuckte mit den Schultern. Wir hatten zwar gewusst, dass wir abgeholt und zum Flughafen gebracht werden würden, nur hatte ich nicht erwartet, dass dafür gleich Polizisten bei uns aufmarschieren würden … Aber so standen nun die beiden Uniformierten vor uns und machten grimmige Gesichter, sodass sogar der lebhafte Ahmed sich ausnahmsweise eingeschüchtert hinter meiner Mutter versteckte. Ungerührt scheuchten uns die Polizisten nach unten zu ihrem Wagen, wo Papa unsere Koffer in den Kofferraum des weißblau-neongelben Polizeiautos hievte. Ich setzte mich neben Mama auf die Rückbank und kämpfte mit den Tränen. Was hatten wir getan, dass wir wie Verbrecher abgeführt wurden? Ich sah rüber zu Papa, der mir ermutigend zunickte. Und zum ersten Mal spürte ich eine heftige Wut in mir aufsteigen. Ich war stinksauer auf meinen Vater. Was sollte das? Warum ließ er uns nicht in Ruhe im Libanon leben? Ich presste meine Lippen aufeinander und sah aus dem Fenster. Auf die Straßen meiner alten neuen Heimat Malmö. Dann schloss ich die Augen und wünschte mir, dass all das nur ein böser Traum war.

5

Unser erstes Ziel hieß Hamburg. Ich erinnerte mich daran, wie wir vor fast einem halben Jahr in dieser Stadt am Bahnhof aus dem Fenster gestarrt hatten – voller Angst, auf unserer Fahrt nach Schweden von der Polizei erwischt zu werden. Nun wurden wir sogar schon von der Polizei erwartet. Die Beamten standen direkt am Ausstieg, um uns einzukassieren. »Atef Sahwil?« Mein Vater nickte. *»Please follow us.«* Schon wieder fühlten wir uns wie Schwerverbrecher. Die anderen Fluggäste starrten uns neugierig hinterher, ehe sie sich wieder ihrem wunderschön normalen Leben zuwandten. In diesem Moment wünschte ich, ich könnte einfach mit ihnen tauschen: Dann würde ich mit leichten Schritten zum Gepäckband eilen, meinen Koffer schnappen, mit dem ich schon um die halbe Welt geflogen war, und mich auf mein kuscheliges Zuhause freuen, das mir keiner nehmen konnte. Allerdings würde ich meine Familie mitnehmen wollen in diese vermeintlich heile Welt. Ich seufzte. Leider hatte weder die Fluggesellschaft noch der Flughafen einen Rollstuhl bereitgestellt, sodass ich an Mamas Hand den Polizisten hinterherhumpeln musste. Sie gingen relativ zügig, deshalb kostete es mich große Anstrengung, ihnen zu folgen. Auch Ahmed jammerte an Papas Hand, sodass Papa ihn schließlich auf den Arm nahm. Ich merkte, dass mich allmählich ebenfalls meine Kräfte verließen. Wir waren ohnehin alle erschöpft vom Flug und den Aufregungen der vergangenen Monate, Tage und Stunden. Irgendwann knickte mir mein Bein weg. Einfach so. »Ist alles okay?«, fragte Mama erschrocken. Die Polizisten sahen sich nur einmal kurz um. *»Come, come, come!«* Mama gab sich alle Mühe, mich auf die Füße zu ziehen, aber mir fehlte die Kraft – ohne Rollstuhl ging es nicht mehr. Glücklicherweise fand sich nun plötzlich doch noch ein Rollstuhl. So schaffte ich es wenigstens bis zum Polizeiwagen, der uns zu unserer ersten *Anlaufstelle* brachte, die in der Nähe des Flughafens lag. *»Here you stay maximum five days.«* Wobei der Polizist seine rechte Hand hob und mit seinen fünf Fingern wackelte. Dabei hatten wir das mit den fünf Tagen auch ohne seine Geste verstanden. Während dieser Zeit musste Papa unseren Asylantrag stellen. Leider erfuhren wir nicht sofort, ob wir bleiben durften, wir erfuhren nicht einmal, wie gut unsere Chancen standen. Stattdessen hörten wir, dass wir in die Außenstelle Hamburg verlegt werden sollten: nach Horst. Das lag knapp sechzig Kilometer von Hamburg entfernt in Mecklenburg-Vorpommern. Ich sprach *Horst* laut vor mich hin. »Horst.« Das Wort klang merkwürdig fremd und schroff. »Horst.«

Als der Bus vorfuhr, um uns abzuholen, wäre ich am liebsten auf meinem Bett sitzen geblieben. Meine Beine hatten in den vergangenen Tagen alle Kraft aufgebraucht. Ich fühlte mich noch wackeliger und bewegungsunfähiger als sonst. Mama hatte eine Tüte voller Lebensmittel im Arm – für die Fahrt und die ersten Tage im Lager. »Los, komm, Reem!«, forderte sie mich auf. Ich schnaufte und stemmte mich aus dem Bett, um nach Mamas Arm zu greifen. Nun ging es also wieder weiter … Im Hausflur hörte ich Ahmed plappern. Er war neben Papa schon in Richtung Ausgang gehüpft. Ich wünschte, ich hätte seine Leichtigkeit! Er konnte es kaum erwarten, in den großen Bus zu steigen. Papa musste ihn sogar einige Male ermahnen, damit er sich in der langen Schlange wartender Menschen nicht vordrängelte. Erstaunt blickte ich mich um, wie viele Flüchtlinge nach Horst geschickt wurden. Ein arabischer Mann neben uns kam mit Papa ins Gespräch. »Ich hatte gehofft, nach München zu kommen«, seufzte er. »Dort habe ich Familie. Und ihr?« Papa erzählte, dass wir Verwandte in Essen und Frankfurt hatten. Ein anderer Flüchtling, der ihr Gespräch mitbekommen hatte, lachte auf. »Glaubt bloß nicht, dass darauf jemand Rücksicht nimmt. Das interessiert hier keinen, wo eure Familien sitzen. Die Flüchtlinge werden einfach irgendwohin verteilt, wo gerade Platz ist.« Daraufhin mischten sich noch ein paar andere ins Gespräch ein. Die meisten hatten Verwandte in Deutschland, in deren Nähe sie gerne ziehen würden. Aber der Mann neben Papa schüttelte vehement seinen Kopf. »Das kann sich keiner aussuchen. Glaubt mir!« Ich fragte Mama, warum man nicht dorthin geschickt wurde, wo die Angehörigen lebten, aber Mama zuckte bloß mit den Schultern. »Keine Ahnung!« Vermutlich hoffte sie genau wie alle anderen, dass dieser Mann nur Quatsch erzählte.

Ich legte meinen Kopf auf Mamas Schulter und ließ mich über leere Bundesstraßen zu diesem unbekannten Ziel schaukeln – Horst. Es schien irgendwo im Nirgendwo zu liegen. Vor unserem Fenster zogen Felder und Wälder vorbei. Keiner in diesem Bus – mal abgesehen vom Fahrer – hatte zu diesem Zeitpunkt sein Schicksal in der Hand. Wir alle mussten einfach vertrauen und abwarten, wohin uns der Busfahrer lenkte. Gerade wurde er langsamer. Zwischen den Bäumen blitzten zweigeschossige Flachbauten in bunten Pastelltönen auf. Der Busfahrer bog in einen Weg ein, der zu einem breiten grünen Tor führte. Genau so hatte ich mir ein Gefängnis vorgestellt. Auf einem goldenen Schild stand: *Landesamt für innere Verwaltung Mecklenburg-Vorpommern, Erstaufnahmeeinrichtung M.-V. und Landesgemeinschaftsunterkunft.* Ich dachte: Willkommen in Horst! »Es sieht doch ganz ordentlich aus«, fand Papa und schritt mit Ahmed voran aus dem Bus. Ordentlich war's. Da hatte er recht. Durch die kurz gemähten Wiesen schlängelten sich schmale Gehwege. Die Häuser waren frisch gestrichen. Trotzdem wirkte dieses Lager tot. Ich fragte mich, ob wir hier wohl rausdurften – oder ob es vielleicht wirklich wie ein Gefängnis war. »Hier waren zu DDR-Zeiten die Soldaten der Nationalen Volksarmee stationiert«, wusste der Mann, der scheinbar alles wusste. Anscheinend kein Anfängerflüchtling, sondern schon ein Fortgeschrittener. Oder aber er hatte Freunde oder Angehörige, die ihn entsprechend vorbereitet hatten. Ich sah mich um: Horst war also eine alte Kaserne. Ich fühlte mich beklommen. Was für ein trostloser Ort! Die Stimmung war gedrückt. Dementsprechend langsam und schleppend bewegten sich die Menschen vorwärts. Lediglich ein paar kleine Kinder rannten fröhlich umher.

Wir bekamen ein Zimmer zugewiesen und erfuhren, dass jeder Erwachsene pro Monat vierzig Euro bekommen sollte. Allerdings lag die nächste Einkaufsmöglichkeit so weit entfernt, dass jeder Einkauf zum Tagesausflug werden würde. Wenn wir das Lager verlassen wollten, sollten wir unsere Ausweise abgeben, die wir bei der Rückkehr wieder zurückbekämen. Papa nickte. Ihm war alles recht. Er hatte nur das Ziel im Blick – der Weg war ihm egal. Deshalb war er auch nicht annähernd so deprimiert wie Mama und ich, als wir uns auf die Suche nach unserem Zimmer begaben. Forsch schritt er mit Ahmed voran und alberte mit ihm herum. Mama und ich kamen kaum hinterher. Obwohl es nicht erlaubt war, hatten sich unsere neuen afrikanischen Nachbarn Essen in den Zimmern zubereitet. Alles roch danach. Vor den Türen auf den Gängen saßen dunkelhäutige Frauen, die sich gegenseitig die Haare glätteten und dabei schwatzten und lachten. Denen ging es gut. Ich war total genervt. Schon alleine deshalb, weil es so laut war. Aus beinahe jedem Zimmer schallte eine andere Musik. Anscheinend drehte hier jeder seine Anlage weit auf, damit er zumindest in seinem Zimmer nicht noch die Nachbarklänge hören musste. Für uns, die wir keine Musikanlage besaßen, war das unerträglich. Papa stieß unsere Zimmertür auf, und wir standen in einem kahlen Raum, an dessen vier Wänden jeweils ein Metallbett stand. Dazu ein schmaler Metallschrank, in den allenfalls unsere Jacken passten, und ein Tisch. Die einzigen Farbkleckse waren die bunten Bettdecken, die sich als viel zu dünn herausstellten, sodass ich ständig fror. Frustriert stieß ich einen abgrundtiefen Seufzer aus. Im Libanon hatte ich in einer gemütlichen und liebevoll eingerichteten Wohnung gelebt. Im Luxus. Im Gegensatz hierzu fühlte sich unser Leben in Wavel wirklich wie Luxus an. Ich hatte ein eigenes Bett, einen eigenen Schrank, Spielsachen und schöne Kleider … Jetzt lebte ich in diesem Knast. In einem Knast ohne Schlüssel! Wir konnten unseren Raum nicht einmal abschließen. Ständig mussten wir uns um unsere Sachen sorgen – zumal uns wirklich jeder davor warnte, dass hier ständig geklaut wurde. Wir versuchten, unsere wertvollsten Besitztümer immer bei uns zu tragen. Alle wichtigen Papiere steckte Papa in seine Jackentaschen. Unsere Koffer versteckte er unter unseren Betten. Ich weinte. »Ich will nach Hause.«

Da holte Papa einmal so tief Luft, dass seine Schultern sich deutlich sichtbar auf und ab bewegten. Danach drehte er sich langsam zu mir um. Schon als ich in seine Augen blickte, rutschte ich etwas tiefer in mein Bett. Papa war stinksauer. »Reem, mir reicht's!«, ermahnte er mich streng, ohne laut zu werden. Aber das brauchte er auch nicht – sein Gesichtsausdruck schüchterte mich ein. »Ich will das jetzt nicht mehr hören! Das ist hier schwierig für uns alle, aber da müssen wir durch. Ich verspreche dir: Es wird alles gut! Hast du verstanden? Ich will dein Gejammer nicht mehr hören!« Abwartend blickte Papa mir direkt in die Augen, bis ich mich eingeschüchtert abwandte. Niemals hätte ich ihm widersprochen!

Ahmed, völlig unbeeindruckt von Papas deutlicher Ansage, zupfte an seinem Bein und rief: »Ich will jetzt auf den Spielplatz!« Für meinen kleinen Bruder bestand sein neues Leben nur noch aus Spielplätzen. »Ja, komm, Ahmed, wir schauen uns draußen mal um!« Und in meine Richtung: »Kommst du mit, Reem?« Aber ich hatte keine Lust, und meine Beine waren viel zu schlapp, um noch einen weiteren Schritt zu gehen. Ich schlug die Bettdecke über mich und betete insgeheim, dass dies alles nur ein schlechter Traum war. Ich hasste mein Leben! Ich hatte keine Lust mehr, ständig nur hin und her geschoben zu werden. Ich wollte endlich meine Ruhe haben! *Mein* Zuhause. *Mein* Bett. *Meine* Spielsachen. Sogar meine Schule fehlte mir. Ich wollte lernen. Durch Papas ganzes Chaos hatte ich inzwischen ein ganzes Schuljahr im Libanon verpasst.

Frustriert rollte ich mich auf dem unangenehm nach Chemie stinkenden Bett zusammen und starrte an die Wand. Und weder meine Mutter noch mein Vater konnten mich dazu bewegen aufzustehen, deshalb ließen sie mich schließlich alleine. So passte wenigstens jemand auf unsere schlecht versteckten Koffer auf! Ich lauschte nach draußen. Die Musik war nur noch gedämpft zu hören. In diesem Lager lebten etwa vierhundert Menschen, die alle irgendwie nach Deutschland gekommen waren, weil sie es in ihrer Heimat nicht mehr ausgehalten hatten. Alle hatten den Traum, in diesem Land glücklich zu werden. Alle – außer mir. Das war schon merkwürdig. Zumal meine Familie ja nur wegen mir überhaupt aufgebrochen war …

Als meine Eltern später ins Zimmer zurückkehrten, setzte sich Mama gleich zu mir ans Bett und strich mir über die Stirn. Ich korrigierte mich: Es gab in diesem Lager mindestens zwei Menschen, die am liebsten sofort zurück in ihre Heimat geflogen wären … Mama fühlte sich hier genauso unwohl wie ich – nur dass auch sie meinem Vater nicht widersprechen wollte. Traurig sahen wir uns an. Dann kündigte Mama an: »Wir werden gleich von einer netten syrischen Familie zum Abendessen abgeholt. Vielleicht stehst du langsam auf.« Ich nickte. Als die Syrer wenig später vor unserer Tür standen, kämpfte ich mich hoch und ging auf wackeligen Beinen an Mamas Hand in Richtung Speisesaal. Als die syrische Frau, Banu, sah, dass mir dabei Tränen über das Gesicht liefen, strich sie mir leicht über den Arm. »Hab Geduld. Das wird schon.«

Banu führte uns zur Mensa. Dort hatte sich bereits eine lange Schlange gebildet. Ich zog erstaunt meine Augenbrauen hoch. Jetzt musste ich auch noch für unser Essen anstehen? In diesem Moment wünschte ich mir meinen kleinen libanesischen Kinderbuggy herbei. Mir fehlte die Kraft, lange zu stehen. Mama drückte meine Hand, und Banu schnaufte. »Das ist jeden Tag dasselbe«, erklärte sie. »Die Räume sind viel zu klein für vierhundert Flüchtlinge!« Am liebsten hätte ich mich einfach auf den Boden sinken lassen, aber Mama zog mich wieder nach oben und versuchte, mich noch stärker zu stützen. Es dauerte ewig, ehe wir endlich vor den riesigen Alubottichen mit dem Essen standen. Banu erklärte uns, dass wir immer auf die Schilder achten mussten. »Seht ihr das durchgestrichene Schwein dort? Das bedeutet: Das könnt ihr essen. Da ist kein Schweinefleisch drin.« Vorsichtshalber entschieden wir uns für Nudeln mit Tomatensoße. Das erschien uns am sichersten. Leider hatte die Soße einen bitteren Geschmack, sodass ich mir vorsichtig nur die Nudeln vom Teller pickte, die soßenfrei geblieben waren. Zu meiner großen Enttäuschung gab es diese Soße künftig beinahe jeden Tag. Alternativ standen ab und zu Kartoffeln auf dem Speiseplan, aber das fand ich auch nicht viel besser, da die Kartoffeln matschig weich gekocht waren – das aß man bei uns im Libanon allenfalls, wenn man sich den Magen verdorben hatte. Ansonsten briet man Kartoffeln bis sie kross und lecker waren. Wie sehr sehnte ich mich nach Mamas leckerem Essen! Und auch sie hätte vermutlich lieber das ganze Lager bekocht, anstatt immer diesen Ekelfraß hinunterzuwürgen.

Andererseits hatte das schlechte Essen den Vorteil, dass man nur sehr wenig aß und dementsprechend seltener zur Toilette musste. Die Toiletten waren nämlich noch viel ekelhafter als das Essen. Während meines gesamten Aufenthalts erwischte ich kein einziges Mal ein sauberes Klo. Sie waren beschmiert, verdreckt, vollgestopft mit Klopapier – und mit dem Spülknopf konnte offenbar auch keiner etwas anfangen. Die Duschen sahen nicht besser aus. Deshalb hätte ich am liebsten erst wieder geduscht, wenn wir endlich eine eigene Wohnung zugewiesen bekämen, aber darauf ließ sich Mama nicht ein: »Das kann ja noch Monate dauern!« Bei dem Wort *Monate* zuckte ich zusammen. Was für ein Albtraum! »In ein paar Monaten bin ich verhungert«, maulte ich, weil Papa gerade nicht in der Nähe war. Banu, die neben uns am Nachbarwaschbecken stand, fiel bei diesem Stichwort eine Geschichte ein, die ihr gerade eine Frau auf dem Gang gesteckt hatte. »Hier in Horst soll es vor Kurzem Hungerstreiks gegeben haben!«, flüsterte sie und hob dabei bedeutungsschwer ihre dunklen Augenbrauen. Ich nickte verständig. »Kein Wunder bei dem Essen!« Banu lachte laut auf. »Nein, Reem! Nicht nur wegen des Essens. Wegen der schlechten Bedingungen generell.« Nun nickte Mama. Sie hätte sich zwar niemals getraut, in einen Hungerstreik zu treten, aber die Lebensbedingungen hier empfand sie ebenfalls als Zumutung. Banu seufzte: »Horst soll aber auch ein besonders schlechtes Lager sein. In den anderen Lagern in Deutschland soll es den Flüchtlingen viel besser gehen.«

Das hatten wir allerdings auch schon gehört. Schließlich waren die schlechten Bedingungen in Horst unter allen Flüchtlingen sämtlicher Nationalitäten ein ständiges Thema: Weil die Busse unter der Woche nur selten fuhren und am Wochenende gar nicht, fühlten sich die Flüchtlinge in Horst völlig isoliert und von der Umwelt abgeschnitten. Die nächste Stadt Boizenburg lag knapp acht Kilometer von uns entfernt. Außerdem war die medizinische Versorgung katastrophal – die Ärzte drückten ihren Patienten allenfalls mal Paracetamol gegen die Schmerzen in die Hand, ansonsten unternahmen sie nur in Notfällen was. Was allerdings daran liegen könnte, dass es permanent Verständigungsprobleme gab, weil die Ärzte natürlich nicht Arabisch, Afghanisch oder Igbo sprachen … Worüber sich die Flüchtlinge am meisten beschwerten, war jedoch die fehlende Beratung. Die meisten hatten keine Ahnung, wie es mit ihnen weitergehen sollte, und niemanden, der sie auf ihrem Weg unterstützte.

Banu hatte sich inzwischen richtig in Rage geredet: »Wisst ihr, da kommt einmal pro Woche für ein paar Stunden ein Rechtsberater, um den Asylsuchenden beim Ausfüllen von Anträgen und so zu helfen. Aber mal ehrlich: Wie soll sich ein einziger Berater um drei- bis vierhundert Flüchtlinge kümmern? Die Schlangen vor dem Büro des Beraters sollen so lang sein, dass viele Flüchtlinge ihn nicht einmal zu Gesicht bekommen. Und für einen normalen Anwalt in der Stadt reicht doch bei den meisten das Geld nicht. Mal ganz abgesehen davon, dass man dort erst einmal hinkommen muss.« Banu ballte vor Wut ihre Fäuste, und Mama bekam wieder diesen leicht verklärten Gesichtsausdruck.

Ich wusste genau, warum. Papa hatte nämlich schon längst einen Anwalt für uns besorgt. Ob er dafür Prozesskostenhilfe beantragt hatte oder unsere Familie mal wieder eingesprungen war, wusste ich nicht. Ich wusste nur, dass Papa sich mit einem Anwalt getroffen hatte, der unser Asylverfahren unterstützen wollte. So sehr ich mich momentan über meinen Vater ärgerte, so sehr bewunderte ich ihn dafür, wie er es jedes Mal schaffte, das Beste aus seiner Situation herauszuholen. Auch Mama sah ich an, wie stolz sie mal wieder auf ihren Mann war.

Papa wusste inzwischen, dass es gar nicht so einfach werden würde, hier in Deutschland Asyl zu bekommen. Das stand streng genommen nämlich nur den Menschen zu, deren Leben in ihren Heimatländern bedroht waren. Der Libanon zählte zwar nicht unbedingt zu den sicheren Reiseländern. Und speziell vor Reisen in die Bekaa-Ebene und nach Baalbek wurde sogar regelmäßig gewarnt, trotzdem wurde unsere Familie weder verfolgt, noch fand gerade ein Krieg statt, der unseren Asylantrag rechtfertigen würde.

Dementsprechend nervös war Papa auch wegen seiner bevorstehenden Anhörung. Er sollte einem Mitarbeiter des Bundesamtes für Migration und Flüchtlinge in Anwesenheit eines Dolmetschers erläutern, warum wir dringend Schutz benötigten. Zwar konnte Papa in diesem Gespräch den Libanonkrieg und die allgemein unsichere Lage in unserer Heimat anführen, letztendlich würde er aber um eine Aufenthaltserlaubnis aus humanitären Gründen bitten – weil ich im Libanon einfach nicht so gut medizinisch versorgt werden konnte, wie es leider nötig war.

Natürlich waren diese Asylantragsgeschichten *das* Hauptthema aller Flüchtlinge in Horst. Jeder hatte zu dieser Diskussion etwas beizusteuern. »Palästinenser haben gute Chancen auf Asyl. Aber nur die, die aus dem Gazastreifen kommen«, hieß es. Oder: »Syrer werden immer aufgenommen.« Und auch: »Die Menschen aus den Balkanstaaten werden gleich wieder zurück in ihre Heimat geschickt.« Jeder wusste etwas anderes – und keiner etwas Genaues. Deshalb brach Papa mit einem mulmigen Gefühl zu dem Anhörungstermin auf.

Eine Mitarbeiterin aus dem Flüchtlingsheim hatte Mama vorgeschlagen, dass wir die Wartezeit nutzen sollten, um einmal die Kleiderkammer zu besuchen. »Ihre Tochter kann hier ja nicht immer mit diesen Kleidern herumlaufen«, fand die Frau, wobei sie mit *diesen Kleidern* meine schönsten Sachen aus dem Libanon meinte. Ich war etwas beleidigt, da ich meine Kleider wunderschön fand. Außerdem trug ich sie ja nicht jeden Tag, sondern nur, wenn ich mich besonders hübsch machen wollte. Mama bedankte sich höflich für diesen Hinweis und überraschte mich damit, dass sie offenbar tatsächlich vorhatte, dorthin zu gehen. Ich war fassungslos. »Wir können doch wenigstens mal gucken«, versuchte sie, mich zu überzeugen. Aber ich schmollte. Ich hatte keine Lust, Anziehsachen von Menschen zu tragen, die ich nicht einmal kannte. Schließlich zog Mama mich einfach hinter sich her. »Aber wir brauchen ein paar Klamotten«, beharrte sie. Schließlich hatten wir das meiste in Schweden gelassen.

Die Kleidungsstücke, die in der Kleiderkammer haufenweise auf großen Tischen lagen, waren in einem erstaunlich guten Zustand. Viele waren sogar neu. Mama fischte ein paar Teile für Ahmed heraus und reichte mir eine hellgrüne Strickjacke, die ich demonstrativ mit spitzen Fingern entgegennahm, obwohl ich sie eigentlich ganz hübsch fand. Mir gefiel nur unsere Rolle nicht. Als bettelarme Flüchtlinge. Früher haben wir in den schönsten Geschäften von Baalbek eingekauft … Mama sah mich belustigt an, wie ich da stand und trotzig meine Unterlippe vorschob. Ungerührt drückte sie mir noch ein paar Badeschlappen in die Hand. »Hier, die kannst du auch brauchen.« Ich verzog das Gesicht. Leider hatte ich beim Packen in Schweden nur eine von meinen neuen Sandalen in den Koffer gepackt – die andere musste versehentlich in irgendeinem Müllsack gelandet sein. Das war ärgerlich, weil die Sandalen richtig schön gewesen waren. Auf jeden Fall viel schöner als diese Plastikschlappen. »Ich glaube, die sind mir zu groß«, rief ich zu Mama rüber, die nur mit den Achseln zuckte. Dann war sie schon wieder in den Kleiderbergen verschwunden, um noch etwas für sich und Papa auszusuchen.

Die meisten verließen die Kleiderkammer als wandelnde Kleiderhaufen. Meine Mutter hatte bescheiden nur das Nötigste herausgefischt. Eigentlich hauptsächlich Klamotten für Ahmed. Stolz präsentierte sie meinem kleinen Bruder ein paar Sweatshirts mit Autos drauf, von denen Ahmed sogar die Namen kannte. Mama freute sich, weil sie ihm eine kleine Freude bereiten konnte. Allerdings verlor Ahmed naturgemäß ziemlich schnell wieder das Interesse an seinen neuen Pullis und drängelte, dass er nun in den Fernsehraum wollte. Darauf hatte ich überhaupt keine Lust. »Och neee!«, nörgelte ich deshalb, »Ich will nicht. Die Filme dort laufen immer nur auf Deutsch. Da versteht man doch nix. Das ist langweilig!« Weil ich mich damit überraschenderweise durchsetzte, kletterten wir schließlich auf eine verlassene Tischtennisplatte, die zwischen zwei Wohnblöcken stand. Dort warteten wir darauf, dass Papa wieder auftauchte. Als er endlich um die Ecke bog, lief Mama ihm entgegen. »Ist die Anhörung gut gelaufen?«, wollte sie gleich wissen. Papa wog nachdenklich seinen Kopf hin und her. »Das kann ich nicht einschätzen.« Dann schien er kurz zu überlegen. »Aber ich bin mir sicher, dass man sich hier in Deutschland um die Menschen kümmert, denen es nicht so gut geht. Hier wird keiner vergessen.« Ich rollte mit den Augen.

Manchmal klang Papa wie ein Deutschland-Werbetexter, vermutlich weil er ständig versuchte, uns ebenfalls davon zu überzeugen, dass ein Leben in Deutschland das größte vorstellbare Glück bedeutete. Zumal Papa genau wusste, dass Mama und ich noch immer starkes Heimweh hatten. Wir sprachen zwar nicht darüber, aber als ich einmal nicht einschlafen konnte, bekam ich mit, wie Mama weinte: »Zuhause hatte ich eine eigene Küche. Ich kann doch selbst kochen. Hier habe ich nichts.« Papa legte daraufhin seinen Arm um Mama. Ich war erstaunt, dass er kein bisschen sauer reagierte – so wie er es bei mir getan hatte. Stattdessen ließ auch er seinen Kopf hängen und sagte erst einmal nichts. Während ich die beiden beobachtete, verstand ich plötzlich, dass Papa mit unserer Situation im Grunde seines Herzens ebenso unglücklich war wie wir alle. Auch ihm tat es leid, uns Kindern kein richtiges Zuhause bieten zu können und nicht zu wissen, wann und wie es weiterging. Außerdem fehlte auch ihm garantiert seine Familie – vor allem sein Bruder Ata, seine Mutter und seine Schwester Abeer. Genau wie uns. Bloß sah er keinen Ausweg. Es blieb ihm gar nichts anderes übrig, als zuversichtlich zu sein und Zuversicht zu verbreiten. »Hab Geduld, Manal. Wenn wir dieses Lager hinter uns haben, wird es besser. Jeden Tag besser. Das verspreche ich dir.«

Ich wünschte mir, dass Papa recht behielt, und malte mir aus, irgendwann wieder in einem richtigen Zuhause zu leben. Mit einer eigenen Toilette und Mamas leckerem arabischem Essen. Ich dachte an ihren Petersiliensalat und ihre köstlichen Auberginen- und Kichererbsendips. Ich stellte mir vor, wie Mama, Papa, Ahmed und ich an einem reich gedeckten Tisch saßen, an dem wir lachten und aßen, bis wir uns alle kugelrund und satt fühlten.

Ganz anders als in Horst. Hier aß ich allerhöchsten genug, um keinen Hunger mehr zu spüren, denn hier war Essen kein Genuss, sondern lediglich eine Notwendigkeit. Obwohl wir nun schon über zwei Monate in diesem Lager lebten, wollte ich mich an Horst so gar nicht gewöhnen. Ich fand jeden einzelnen Tag grässlich. Die einzigen Lichtblicke waren Banu und ihre Familie und eine alte Frau aus dem Irak, die wir Kinder liebevoll Oma nannten, weil sie wie eine Oma für uns war. Wenn wir sie in ihrem Zimmer besuchten, bot sie uns jedes Mal kleine Schälchen mit Nussnougatcreme an, die sie heimlich vom Frühstück mitgenommen hatte. Oma hatte nicht genügend Geld, um für ihre Gäste Kekse oder Gummibärchen zu kaufen. Weil sie ihren Besuchern trotzdem etwas anbieten wollte, sammelte sie also diese Nussnougatschälchen, die wir begeistert mit kleinen Löffelchen auskratzten. Leider war Oma herzkrank. Deshalb fand ich es umso beeindruckender, dass sie sich trotzdem auf diese weite Reise nach Deutschland begeben hatte. Aus Liebe zu ihrer Familie. »Ich möchte meine letzten Jahre bei meiner Tochter und meinem Enkel verbringen«, erklärte sie. Beide lebten in Berlin und kamen Oma gelegentlich in Horst besuchen. Aus irgendwelchen rechtlichen Gründen war es ihnen nicht erlaubt, Oma einfach mitzunehmen. »Deutsches Recht«, sagte Papa und zuckte mit den Schultern. Da konnte man nichts machen. Ich fand das gemein, zumal es Omas Herz trotz der Medikamente, die sie jeden Tag nehmen musste, immer schlechter ging.

Eines Morgens, als wir wie jeden Morgen um sechs Uhr beim Frühstück zusammensaßen, eröffnete sie uns, dass ihr eine aufwendige Untersuchung bevorstand: »Dazu muss ich sogar nach Hamburg ins Krankenhaus fahren. Aber ich weiß noch nicht, wie lange ich dort bleiben werde.« – »Das ist egal. Hauptsache, es wird dir geholfen«, strahlte Papa sie an, weil er sich schon wieder über das deutsche Gesundheitssystem und seine gut ausgebildeten Ärzte freute. Oma lächelte mild und steckte sich vom Frühstücksbüfett ein Schälchen Nussnougatcreme in ihr Gewand. »Zumindest ist das Essen in der Klinik garantiert besser als hier«, vermutete sie und zwinkerte mir dabei schelmisch zu. Ich hatte sie richtig gerne. Wir alle mochten sie. Deshalb begleiteten wir sie später auch zu der Bushaltestelle, von der ein Bus bis nach Hamburg fuhr.

Die Bushaltestelle lag ein Stück entfernt, und es strengte mich an, diesen weiten Weg zu laufen, weshalb Papa mich irgendwann einfach Huckepack nahm, worüber Ahmed sich sofort beschwerte. »Ich will auch getragen werden!« Oma lachte. Sie freute sich, dass wir sie begleiteten. »Vielen Dank!«, rief sie uns zu, als der Bus vorfuhr. »Und bis ganz bald!« Wir winkten ihr nach, bis der Bus verschwunden war.

Dieser Ausflug zur Bushaltestelle war schon ein richtiges Highlight in der langen Reihe eintöniger Tage. Die Langeweile fraß uns allmählich auf. Zumindest hoffte ich manchmal, dass es so sein würde, denn dann würde ich auch die Schwere meines Herzens nicht mehr spüren müssen, die mit jedem Tag unerträglicher wurde. Schweigend machten wir uns auf den Weg zurück ins Lager, wo wir zuallererst die Pinnwand im Erdgeschoss unseres Wohnhauses ansteuerten. Auf dieser Infotafel wurden alle Neuigkeiten vermerkt. Dort stand zum Beispiel, für welche Familien ein Transfer anstand. Jeden Tag hofften wir aufs Neue, endlich *unseren* Namen auf der Liste zu finden – zumal nun auch bald die angekündigten drei Monate Aufenthalt in diesem Lager um waren. »Oh!«, rief Papa und tippte auf die Tafel. Hoffnungsvoll blickte ich auf und entdeckte den Namen von Banus Familie. Papa klang beinahe ehrfürchtig, als er raunte: »Sie werden verlegt. Schon in vier Tagen!« Ich presste enttäuscht meine Lippen aufeinander. Es war zwar nicht überraschend, dass die syrische Familie zuerst verlegt wurde – schließlich war sie schon vor uns in Horst angekommen. Aber erstens bedeutete das schon wieder eine Trennung, und zweitens konnte ich es selbst nicht erwarten, dieses Lager endlich zu verlassen. Auch Mama sah betroffen aus, bis Papa uns daran erinnerte, was das für Banu und ihre Familie bedeutete: »Was meint ihr, wie die sich freuen werden!« Betreten senkte ich meinen Kopf. »Demnächst steht bestimmt unser Name auf der Liste«, murmelte Papa so leise vor sich hin, dass ich mir gar nicht sicher war, ob er es zu uns oder zu sich selbst gesagt hatte. Mama und ich seufzten, während Ahmed sich plötzlich von Mamas Hand riss und auf Banu zustürzte, die genau in diesem Moment die Treppe runter kam. »Wir werden bald verlegt«, jubelte sie. »In ein anderes Lager mit besseren Bedingungen. Ich bin so glücklich.« Worte, die mein Herz wie kleine Peitschenhiebe trafen. Natürlich freute ich mich für sie. Aber ich war mindestens ebenso traurig. Erst Oma und nun auch noch Banu. »Hoffentlich ist Oma bis zu unserer Abreise zurück. Wir würden uns gerne von ihr verabschieden«, überlegte Banu gerade laut, aber Papa winkte ab. »Sonst grüßen wir sie von euch.« Banu lächelte dankbar. Sie sah glücklich aus. Glücklich, weil es nun endlich weiterging. »Gehen wir raus?«, schlug sie vor. »Die anderen sind auch schon draußen.« Ich warf noch einen letzten Blick auf die Pinnwand. Vielleicht war es ja ganz gut, dass unser Name noch nicht auf der Liste stand, versuchte ich mich selbst zu trösten. Denn *ich* wollte mich unbedingt von Oma verabschieden.

Seitdem sie uns verlassen hatte, warteten wir jeden Tag auf ihre Rückkehr. Ansonsten hatten wir ja auch nichts zu tun. Als wir zwei Tage später ziellos über das Gelände trotteten, entdeckte Ahmed sie, wie sie gerade durch das Tor spazierte. »Oma!«, brüllte er und raste ihr entgegen. Oma strich ihm liebevoll über den Rücken. Papa schnappte sich sofort ihre Tasche, um ihr beim Tragen zu helfen. Auf dem Weg in ihr Zimmer schwärmte Oma von ihrem Krankenhausaufenthalt, als wäre sie gerade im Urlaub gewesen: »Alles war ganz modern und sauber. Die Krankenschwestern waren richtig nett zu mir. Und es gab jeden Tag Obstsalat oder einen leckeren Pudding zum Nachtisch.« Sie setzte sich zu Papa, Ahmed und mir vor unserem Haus in die Sonne. Mama war reingegangen, um für Ahmed etwas zum Trinken zu holen, als sie plötzlich – ohne Getränk – die Tür aufriss und sich suchend nach uns umsah.

Sie musste keinen Mucks sagen, wir alle erkannten an ihrem Gesichtsausdruck, dass etwas Sensationelles passiert sein musste. Papa sprang auf und schob mich sofort in Mamas Richtung. Ahmed maulte, weil er gerade so schön mit ein paar Autos am Boden gespielt und nun Angst hatte, einpacken zu müssen. »Wir stehen auf der Liste, wir stehen auf der Liste!«, quietschte Mama. Ihre Augen strahlten – zum ersten Mal seit Wochen. Wäre sie etwas temperamentvoller gewesen, hätte sie jetzt vermutlich getanzt vor Glück. Wir konnten es kaum fassen: Endlich ging es weiter. Papa stellte sich vor die Pinnwand und las laut: »Sahwil. Transfer Rostock.« *Rostock.* Noch so ein komisches Wort, dachte ich. *Rostock. Horst.* Leider nicht nach Frankfurt oder Essen zu unseren Verwandten. Sondern nach *Rostock.* Doch als ich in die lachenden Gesichter meiner Eltern sah, wurde mir schlagartig bewusst, was es bedeutete: Wir durften Horst verlassen! Endlich! Deshalb lachte ich einfach mit. Vor Freude. Glück. Und Erleichterung.

Schon am nächsten Tag sollte unser Transfer stattfinden. Verrückterweise durften wir also noch vor Banu und ihrer Familie dieses elende Lager verlassen. Mama wollte sofort anfangen zu packen, aber Papa hielt sie zurück. »Die paar Sachen haben wir doch schnell gepackt! Lass uns lieber noch ein bisschen mit Oma zusammensitzen.« Da hatte er recht, deshalb blieb Mama bei uns. »Endlich wieder normal leben!«, lachte ich, woraufhin Papa mich zweifelnd anschaute. »Du weißt schon, dass wir erst einmal wieder im Lager leben müssen, oder?« Das wusste ich nicht. »Doch, Reem. Aber das Lager wird viel schöner sein als Horst. Und wir werden nur übergangsweise bleiben müssen, bis wir eine eigene Wohnung zugewiesen bekommen.« In diesem Moment spürte ich, wie die Enttäuschung in meinem Körper explodierte. Sie schien sich rasend schnell durch meinen Körper zu fressen. Schon wieder ein Übergang! Ich lebte nur noch in Übergängen! Papa stupste mich an. »Wir kommen hier weg! Das ist entscheidend. Alles andere wird sich finden.« Um mich herum sah ich nur in lachende Gesichter. Deshalb atmete ich die Enttäuschung einfach weg und begann, mit den anderen zu feiern. »Schritt für Schritt für Schritt«, flüsterte Oma mir zu und lächelte ihr weises Oma-Lächeln. Dann zog sie ein Nussnougat-Schälchen aus ihrem Kleid. »Magst du?« Ich vermisste meine neue Oma schon jetzt! Dementsprechend erleichtert war ich, als Mama und sie sich versprachen, in Kontakt zu bleiben. Deshalb verabschiedete Oma sich mit einem sehr optimistischen: »Wir sehen uns bald wieder, kleine Reem!« Und das fühlte sich gut an.

Zum ersten Mal seit langer Zeit glaubte ich daran, dass sich mein Traum doch noch erfüllen könnte. Auch wenn viele Flüchtlinge entsetzt ihre Augen aufrissen, als sie hörten, dass wir nach Rostock ziehen sollten. »Rostock? Das war doch die Stadt mit diesen Ausschreitungen«, erinnerten sich viele. Rostock war berüchtigt. Offenbar hatten 1992 im Stadtteil Langenhagen heftige Angriffe auf Ausländer stattgefunden. Damals beteiligten sich an diesen massiven Ausschreitungen mehrere

Hundert Rechtsextremisten, die von johlenden Anwohnern auch noch angefeuert wurden. Die Polizei stand hilflos daneben. Die Möglichkeit, schon wieder nicht willkommen zu sein, irritierte mich. Schließlich hatten wir jahrelang darunter gelitten, dass die Libanesen uns Palästinensern so ablehnend gegenüberstanden. Ich dachte, wir wären auch deshalb nach Deutschland gekommen, um endlich in Freiheit und Frieden leben zu können! Und nun waren wir schon wieder nicht gewollt? »Aber das ist doch schon ewig her!«, wiegelte Papa ab. »1992! Da warst du noch nicht einmal geboren!« Da hatte Papa recht. Das war wirklich schon lange her. Deshalb beschloss ich, meiner neuen Heimat eine Chance zu geben.

Und das war die allerbeste Entscheidung, die ich treffen konnte!

Da ich damit gerechnet hatte, wieder in einem gesichtslosen Flüchtlingslager unterzukommen, war ich überrascht, als uns die freundlichen Betreuer des Rostocker Ökohauses wie Freunde empfingen. Sie erklärten uns, dass der gemeinnützige Verein Ökohaus e.V. in der Wendezeit gegründet worden war und sich gegen Rassismus und Antisemitismus engagierte. Neben dieser Flüchtlingsunterkunft betrieb der Verein auch einen Weltladen, zwei Kindergärten und einen interkulturellen Garten, in dem Menschen aus zwanzig Nationen gemeinsam Blumen pflanzten und Obst und Gemüse anbauten. Das klang total schön, fand ich. Vor allem gefiel mir, wie bemüht die Betreuer hier waren. Das war kein Vergleich zu Horst! Hier hatte ich das Gefühl, als Mensch wahrgenommen zu werden – nicht nur als Flüchtlingsproblem.

Eine der Betreuerinnen meinte auf Englisch: »Okay, dann bringe ich euch mal in euer Haus.« Mama und ich sahen uns gerührt an. So herzlich waren wir lange nicht mehr behandelt worden. Die Betreuerin führte uns in ein schlichtes Haus, das wir zusammen mit nur *einer* anderen Flüchtlingsfamilie bewohnen sollten. Ich hatte das Gefühl, mich verhört zu haben. *»Just one other family?«*, vergewisserte ich mich deshalb. Die Betreuerin lachte mich an und bestätigte: *»Just one other family!«* Jeder Familie wurden zwei Zimmer und ein Badezimmer zugeteilt. Und das Schönste: Wir bekamen auch wieder eine eigene Küche! Als ich die sah, stellte ich sofort klar: »Aber wir kochen keine Nudeln und nie wieder Kartoffeln! Versprochen?« Mama nahm mich lachend in den Arm. »Nein, Reem, keine Nudeln und vorerst auch keine Kartoffeln. Das verspreche ich dir!« Sie strahlte bis über beide Ohren, und ich sah es förmlich in Mamas Kopf rattern, weil sie vermutlich bereits überlegte, was sie heute zur Feier des Tages für uns kochen wollte.

Dass sie sich die Küche mit der anderen Familie teilen sollte, störte Mama kein bisschen. Zumal sie einen eigenen Herd hatte. Auf der linken Seite stand der Herd der anderen Familie, rechtsseitig unserer. Das war zwar ein wenig gewöhnungsbedürftig, aber irgendwie auch ganz lustig. Dadurch war früh, mittags und am Abend richtig viel Trubel in der Küche, und wir halfen uns gegenseitig mit Salz, Butter und Gewürzen aus – je nachdem, was gerade fehlte.

Das Büro der Betreuer vom Ökohaus befand sich in einem der Nachbarhäuser. Ganz anders als in Horst waren die Mitarbeiter hier sehr lieb und hilfsbereit und organisierten für mich gleich mehrere Arzttermine. Zuerst beim Orthopäden – schließlich hatte ich nun schon seit Ewigkeiten keine Schiene mehr getragen. Ich hatte sie auch nicht vermisst, da diese unbequemen Dinger so sehr drückten, dass ich in jeder Nacht mehrmals wach wurde. Trotzdem wusste ich natürlich, dass es besser für mich war, wenn ich sie trug. Deshalb wehrte ich mich auch nicht dagegen, als ein Rostocker Orthopäde mir eine neue verschrieb. Doch dann sah der Arzt auf meine Füße und zog seine Stirn kraus. »Das ist nicht gut«, meinte er und deutete auf meine schicken neuen Ballerinas, die ich gerade erst bekommen hatte. »Reem sollte lieber orthopädische Schuhe tragen.« Entsetzt sah ich zu Papa, der sich freute, als der Arzt diese hässlichen Gesundheitslatschen ebenfalls gleich auf einen Zettel schrieb. Unglücklich verzog ich mein Gesicht und maulte: »Ich will aber keine orthopädischen Schuhe!« Schließlich wusste ich, wie klobig die waren. Wie Clownsschuhe. Vorne ganz rund. Aber Papa ließ überhaupt nicht mit sich diskutieren. »Ballerinas sind eh nicht gut für dich«, wiederholte er das, was er gerade vom Arzt erfahren hatte. »Du trägst ab jetzt die orthopädischen Schuhe.« Ich schmollte. Aber Papa freute sich schon wieder wie ein Schneekönig, weil sich die Ärzte hier so gewissenhaft um mich kümmerten. »Siehst du, hier wird dir geholfen. Ganz egal, wer du bist oder wie viel Geld du hast!«. Er fand es faszinierend, dass ein Staat sich dermaßen fürsorglich um seine Bewohner kümmerte.

Bei der Verabschiedung empfahl ihm der Orthopäde, mich außerdem einem Neurologen vorzustellen. »In Deutschland werden Zerebralparesen sehr erfolgreich mit Botulinumtoxin A behandelt.« Bei den Worten *erfolgreich behandelt* blitzten Papas Augen sofort auf. »Ein Neurologe? Gute Idee! Vielen Dank, das machen wir.«

Unsere Damen vom Ökohaus waren so lieb, gleich einen Termin zu vereinbaren, sobald wir ihnen von dem Rat des Orthopäden erzählten. Sie schienen sich selbst darüber zu freuen, dass mir eventuell geholfen werden könnte. Mir bereitete die Sache mit dem Botulinumtoxin A allerdings Bauchschmerzen. Offenbar handelte es sich bei diesem Mittel nämlich um ein Nervengift, von dem laut meiner Internetrecherche schon ein Zehnmillionstel Gramm ausreichte, um einen Menschen zu töten. Oder noch anschaulicher ausgedrückt: Mit der Menge eines Salzkorns ließe sich angeblich die gesamte Bevölkerung einer Stadt wie Nürnberg ausradieren. Trotzdem wurde dieses Gift schon seit Jahren bei Spastiken eingesetzt. Es konnte diese Problematik zwar nicht heilen, aber doch deutlich verbessern. Ich fand allerdings die Vorstellung, mir Nervengift in die Wade spritzen zu lassen, ziemlich unheimlich. Deshalb drückte ich mich bei unserem ersten Neurologentermin ängstlich an meinen Vater, während der Arzt uns erklärte, wie die Behandlung ablief. Ich wäre am liebsten davongerannt. Aber der Neurologe lächelte mich einladend an und behauptete, dass sich sämtliche Hollywood-Schauspielerinnen freiwillig Botox in die Stirn spritzen ließen, um faltenfrei zu bleiben. »Kennst du Nicole Kidman? Oder Demi Moore?« Ich verstand nicht, was das mit meinem Bein zu tun hatte … Deshalb erklärte der Neurologe uns ganz geduldig, wie Botox mir helfen könnte. »Bei einer Spastik ist durch die Schädigung im Gehirn die Eigenspannung der Skelettmuskulatur erhöht. Dadurch können Folgeschäden wie Muskelverkürzungen oder Fehlstellungen und Verformungen der Gelenke entstehen. Mithilfe von Botox können wir diese Verspannungen auflösen. Dazu wird das Botox in extrem verdünnter Form exakt in den betroffenen Muskel gespritzt.« Papa hörte dem Arzt aufmerksam zu. In diesem Moment fragte ich mich, ob er wohl selbst gerne Mediziner geworden wäre, wenn er die Möglichkeit dazu gehabt hätte.

Womöglich wäre Papa ein richtig guter Arzt geworden. Zumindest schienen Medizinthemen ihn sehr zu interessieren. »Und was genau bewirkt das Gift?«, wollte er wissen. Der Arzt klappte ein Buch auf, in dem ein Mensch mit all seinen Knochen und Muskeln abgebildet war. Mit seinem Stift zeigte er auf den Unterschenkel des Menschen. »Das Botulinumtoxin verhindert die Signalübertragung vom Nerven an den Muskel. Die Ausschüttung des Botenstoffs Acetylcholin wird gehemmt, wodurch der Muskel geschwächt wird. Dazu muss man wissen, dass das Botulinumtoxin erst nach etwa zehn Tagen seine volle Wirkung entfaltet. Ab diesem Moment kann der Physiotherapeut viel besser mit dem betroffenen Bein arbeiten und den Zustand sogar nachhaltig verbessern. Allerdings müsste Botox nach ungefähr drei Monaten nachgespritzt werden, weil dann die Wirkung allmählich nachlässt.« Papa hakte nach: »Und was ist, wenn Sie nicht den richtigen Muskel treffen?« Kluge Frage! Der Arzt ließ seinen Stift sinken. »Das wäre kontraproduktiv. Aber wir haben hier sehr viel Erfahrung mit dieser Behandlung.« Nun lächelte er wieder.

Ich hatte trotzdem Angst vor dieser Spritze. Noch dazu musste ich feststellen, dass sie höllisch wehtat. Dennoch merkte ich ziemlich schnell, wie gut sie mir tat. Der Druck und der Zug in der Wade ließen nach. Mein Bein wurde locker. Ich war zwar weiterhin weit davon entfernt, laufen zu können, aber das Gefühl war nun anders. Ich fühlte mich wie befreit.

Ungefähr zur gleichen Zeit bekam ich meinen ersten Rollstuhl. Er bedeutete für unsere ganze Familie eine riesige Entlastung – sogar für Ahmed, der sich gerne zu mir auf den Schoß quetschte, sobald er keine Lust mehr hatte, selbst zu laufen. »Du bist doch schon ein großer Junge«, versuchte Papa, ihn dann immer zu motivieren, selbst zu gehen. Aber Ahmed argumentierte clever dagegen. »Reem ist doch auch schon groß.« Und – zack! – war er wieder auf meinen Rollstuhl gekrabbelt. Er fand es ganz eindeutig ungerecht, dass ich das Glück hatte, immer geschoben zu werden, während er laufen musste.

Allerdings bewegten wir uns ohnehin meist nur von unserem Haus zum Supermarkt, zum Arzt und wieder zurück. Obwohl wir gehört hatten, dass Rostock am Meer lag, hatten wir es noch kein einziges Mal gesehen. »Ihr müsst mal rausgehen, euch die Stadt angucken«, versuchten uns die Betreuerinnen zu überreden. Aber wir fühlten uns schon völlig damit ausgelastet, unseren neuen Alltag zu stemmen. Demnächst sollte Ahmed sogar in den Kindergarten und ich wieder zur Schule gehen. Mithilfe unserer Betreuer meldeten meine Eltern mich in Rostock an einer integrativen Schule an. Dort lernten nicht behinderte mit behinderten Kindern in barrierefreien Räumen. »Die haben sogar ein eigenes Schwimmbad!«, machten mir die Betreuer meine neue Schule schmackhaft. Und an meine Eltern gewandt: »Dort könnte Reem dann gegebenenfalls sogar bis zum Abi bleiben.« Ich horchte auf. *Gegebenenfalls* und *bis zum Abi*. Ich und Abitur – was für ein verrückter Gedanke! Gleichzeitig fand ich ihn so schön wie geschmolzene Schokolade …

Leider war unser Status noch immer nicht geklärt. Stattdessen bestand weiterhin die Möglichkeit, dass wir in den Libanon zurückkehrten. Allerdings fragte ich mich gerade zum ersten Mal, ob ich nicht vielleicht doch ganz gerne die Möglichkeit hätte, mein Abitur zu machen. Hier in Deutschland ginge das. Im Libanon nicht. Ich rechnete nach. Das würde allerdings bedeuten, dass ich noch mindestens zehn Jahre hierbleiben müsste. Zehn Jahre! Nach diesem Gedanken musste ich erst einmal tief durchatmen. Zumal der Schulbesuch hier ja auch nicht ganz unkompliziert war. Zuerst musste ich Deutsch lernen. Bislang beschränkten sich meine Deutschkenntnisse auf: *Hallo, Wie geht's?, Tschüss Oma* und *danke*. Aus diesem Grund hatte die Schule auch vorgeschlagen, dass ich in der dritten Klasse einsteigen sollte. Mit fast elf! Mal ganz abgesehen davon, dass ich im Libanon schon vor einem Jahr die *vierte* Klasse abgeschlossen hatte … Das passte mir natürlich nicht. »Och, neee! Dann werde ich mich nur langweilen«, meckerte ich. Aber Papa schüttelte den Kopf: »Du wirst dich ganz bestimmt nicht langweilen. Du wirst ausreichend damit zu tun haben zu verstehen, worüber die Lehrer überhaupt sprechen!« Unsere Betreuerin nickte bestätigend: »Es wäre fatal, wenn du in der vierten Klasse sitzen bleiben und den Anschluss verpassen würdest.« Ich schnaufte. »Dafür sitze ich dann mit lauter Achtjährigen in einer Klasse.« Papa bestätigte das völlig ungerührt. Für ihn hatte sich das Thema bereits erledigt. Für mich nicht. Ich fand es ungerecht. Ich war schließlich nicht blöd – und trotzdem sollte ich quasi gleich doppelt sitzen bleiben.

Meine Eltern gaben sich alle Mühe, mir die neue Schule schmackhaft zu machen. »Du wirst sogar mit dem Bus zu Hause abgeholt und bis vor das Schultor gebracht.« Mir egal. »Die Schule ist komplett barrierefrei. Du bist überhaupt nicht auf fremde Hilfe angewiesen.« Das war schön. Aber mir auch egal. Ich wollte überhaupt nicht auf diese Schule gehen. Stattdessen wollte ich nun doch lieber zurück in den Libanon, wo alle mich als gute Schülerin kannten und schätzten. Da war es zwar nicht barrierefrei. Dafür hatte ich aber meine Cousinen, die mir halfen.

In den Tagen vor Schulbeginn igelte ich mich zu Hause richtig ein. Ich lag nur noch auf meinem Bett, weinte viel und litt unter dem dichten Schatten, der mein Herz schon wieder fest umschlossen hielt. Ich glaubte: *Das lag an meinem Heimweh, das plötzlich wieder stärker geworden war.* Tatsächlich geschah es wohl eher aus Angst und Überforderung. Lieber eine hoffnungslose Zukunft, von der ich zumindest wusste, wie sie aussehen würde, als dieser waghalsige Sprung in eine *möglicherweise* bessere Zukunft! Am liebsten hätte ich mich unter meinem Bett versteckt und wäre nie wieder hervorgekrochen. Mama lockte mich an meinem ersten Schultag damit, dass ich mein silber-lilafarbenes Lieblingskleid vom letzten Zuckerfest anziehen dürfte – aber selbst das verbesserte meine Laune nicht wirklich. Der einzige Vorteil war, dass die Tränen von diesem Kleid gut abperlten und ich nicht aussah, als wäre ich gerade in einen tropischen Regenschauer geraten …

Allerdings hätte vermutlich sowieso niemand auf Regen getippt, weil jeder anhand meiner verquollenen Augen genau erkennen konnte, woher das Wasser stammte. Ich habe die ganze Busfahrt über geheult und hörte auch nicht auf, als mich der Busfahrer über eine Rampe vor die Schule schob. Er sagte irgendetwas zu mir, was ich nicht verstand. Seinem Tonfall entnahm ich, dass es mich trösten sollte. Aber ich hatte nicht einmal die Kraft, ihm zuzulächeln. Eine Erzieherin, die mich begrüßte, rief ihm etwas zu. Der Busfahrer lachte. Und ich fühlte mich dämlich. Obwohl die Erzieherin sicher nichts Böses über mich gesagt hatte, da sie sehr freundlich wirkte und mich aus warmen, sanften Augen anlächelte. Später erfuhr ich, dass sie selbst mit einem Ägypter verheiratet war und man sie deshalb zu mir geschickt hatte – obwohl sie kaum ein Wort

Arabisch sprach. Ganz selbstverständlich trat sie hinter meinen Rollstuhl und schob mich auf die Schule zu, die für mich gar nicht wie eine Schule aussah. Überall standen hübsche Häuser mit großen Fensterflächen und roten Dächern. Dazwischen lagen große sattgrüne Wiesenflächen. War das wirklich eine Schule? Es sah mehr wie ein Park aus, in den schicke große Villen gesetzt worden waren. Vorsichtig sah ich mich um, während weiter die Tränen über mein Gesicht kullerten. Die Erzieherin schob mich durch eine große helle Halle in einen Gang, von dem viele Türen abgingen. Instinktiv ahnte ich, dass wir uns nun meinem Klassenraum näherten. Ich schluchzte auf. Mein Heulen wurde nun wieder stärker. Es schien sich aufzubäumen und komplett Besitz von mir zu ergreifen. Mein ganzer Körper zitterte. Als meine Betreuerin die Tür öffnete, erblickten meine neuen Klassenkameraden also ein völlig aufgelöstes Mädchen, unfähig zu sprechen in einem lila-silberfarbenen Glitzerkleid. Sie ziehen mich heute noch damit auf …

Damals starrten sie mich einfach nur überrascht an. Ich erfasste auf den ersten Blick, dass ich das einzige ausländische Mädchen in dieser Klasse war. Aber das war nicht der Grund, warum sie so starrten. Es war mein Geheule. Aber ich konnte einfach nicht damit aufhören. Mein Lehrer setzte mich in die erste Reihe neben einem Jungen, der keinen Hehl daraus machte, dass er überhaupt keine Lust auf mich als seine neue Sitznachbarin hatte. Demonstrativ rückte er so weit von mir weg wie möglich und musterte mich dabei mit deutlicher Geringschätzung. Ich fühlte mich wie ein Monster. Gleichzeitig kamen mir meine Klassenkameraden ebenfalls wie Monster vor: grausam und beängstigend. Mein Lehrer stellte mir ein paar Fragen: *What's your name? Where do you come from?*, auf die ich, so gut ich konnte, antwortete. Im Libanon fängt man schon im Kindergarten mit Englischunterricht an, deshalb fühlte ich mich in dieser Sprache einigermaßen sicher. Aber selbst wenn ich nun nicht mehr ganz so laut schluchzte, rollten mir weiterhin permanent die Tränen übers Gesicht. Niemals hätte ich gedacht, dass ein Körper so viel Tränenflüssigkeit produzieren kann! Später habe ich mal gelesen, dass ein Mensch am Tag höchstens 500 Milliliter Tränenflüssigkeit produziert. Bei mir müssen es an diesem Tag definitiv mehr gewesen sein!

Als ich später völlig verheult aus der Schule kam, bat ich meine Eltern, am nächsten Tag zu Hause bleiben zu dürfen. »Es ist schrecklich! Alle starren mich bloß an!« Aber meine Eltern ließen nicht mit sich verhandeln. »Selbstverständlich gehst du morgen wieder zur Schule!«, stellte mein Papa klar, der froh war, dass ich an einer solch komfortablen Schule untergekommen war. »Und die haben wirklich eine Schwimmhalle?«, vergewisserte er sich bloß. Ich nickte, woraufhin er ungläubig seinen Kopf schüttelte und »Unvorstellbar!« murmelte.

Im Gegensatz zu mir kam Ahmed in allerbester Laune aus seinem Kindergarten. »Er wollte gar nicht mit mir mitkommen!«, erzählte Mama lachend, woraufhin Ahmed sofort von den riesigen Lego-Burgen schwärmte, die er zusammen mit seinem *Freund* gebaut hatte. Im Kindergarten war ja jeder gleich sein Freund, der ihm einmal einen Baustein gereicht hatte. In der Schule war das viel komplizierter.

Deshalb heulte ich auch am nächsten Tag wieder durchgängig – vom Verlassen unserer Wohnung bis Schulschluss. Drei Wochen lang ging das so. Erst dann fand ich mich allmählich damit ab, in einer Klasse zu sitzen, in der alle jünger waren als ich und wo ich keine Ahnung hatte, wovon Lehrer und Schüler die ganze Zeit sprachen. Trotzdem fing ich nun an, die Buchstaben, die sie an die Tafel schrieben, ordentlich abzumalen. Das entpuppte sich als ziemliche Herausforderung, da wir mit einem Füller schreiben sollten. Aus dem Libanon war ich es gewohnt, Kugelschreiber zu benutzen. Dementsprechend drückte ich mit meinem neuen Füllfederhalter ständig zu fest auf und bekleckerte mein Heft großflächig mit Tintenklecksen, die ich dann hektisch mit meinem neuen Tintenlöscher bearbeitete. Dieses Elend wollte sich nicht einmal mein stoffeliger Sitznachbar länger anschauen, und er zeigte mir, wie ich den Füller richtig halten musste. Artig bedankte ich mich auf Deutsch bei ihm: »Danke!«

Manchmal schrieb ich nun also mit. Manchmal ließ ich es auch bleiben. Die Lehrer schauten sich ohnehin noch nicht an, was ich machte. Sie ließen mich erst einmal in Ruhe ankommen. Ich nutzte diese Zeit, um mir zwischendurch meine Mitschüler genauer anzuschauen, während sie konzentriert arbeiteten. Bei einigen waren die Behinderungen sichtbar, bei anderen nicht. Wenn sie beispielsweise Wahrnehmungsstörungen oder Lernschwierigkeiten hatten. Natürlich gab es in unserer Klasse auch gesunde Kinder. Alles gemischt. Und alle gingen ganz selbstverständlich miteinander um. Das war eigentlich schön, es lehrte Rücksichtnahme und Verständnis füreinander. Ich hatte das Gefühl, dass die Stimmung in der Klasse ganz gut war. Sehr freundschaftlich.

So bot sich in den Pausen auch immer irgendein Mitschüler oder eine Mitschülerin an, meinen Rollstuhl zu schieben. Allerdings hatte ich den Verdacht, dass das nicht nur daran lag, dass mich alle nett fanden, sondern eher daran, dass ich die einzige Schülerin im Rollstuhl war und alle das spannend fanden.

Zwischendurch wollte sich jeder mal in meinen Rollstuhl setzen und versuchen, wie man ihn vor und zurück lenkte. Dabei hatte ich allerdings immer ein wenig Angst, dass meinem Rollstuhl etwas passieren könnte. Schließlich hatte ich mich inzwischen an ihn gewöhnt und konnte mir ein Leben ohne ihn kaum mehr vorstellen. Trotzdem biss ich die Zähne zusammen und sagte nichts, weil ich es so genoss, wenn ich mit den Kindern einfach zusammen lachen konnte. Lachen ist in allen Sprachen dieser Welt gleich.

Wenn die anderen Kinder nicht gerade meinen Rollstuhl ausprobieren wollten, stand ich allerdings häufig alleine auf dem Schulhof herum. Meistens hielt ich mich in der Nähe des Spielplatzes auf, weil ich die Stimmung dort am lustigsten fand. Ich beobachtete gerade ein paar Mädchen aus meiner Klasse beim Schaukeln und dachte daran, wie ich mich im Libanon immer auf das Zuckerfest mit seinen Schaukeln gefreut hatte. Damals hatte mich Opa einfach auf eine Schaukel gesetzt und mich dabei gleich mehrfach ermahnt, dass ich mich gut festhalten sollte. Jetzt war Opa so weit weg. Vor allem war ich inzwischen wahrscheinlich viel zu groß und zu schwer, als dass Opa mich noch so einfach auf die Schaukel hätte setzen können. Der würde staunen, wenn er mich jetzt sehen würde!

In diesem Moment sprach mich Anna an. »Wollen wir Freunde sein?« Vivien und Nine standen neben ihr und grinsten breit. Ich war ein bisschen überrascht und überlegte, was sie wohl von mir wollten. *Freunde*. Das hatte ich verstanden. Deshalb strahlte ich die Mädchen einfach mal an und nickte. Offenbar hatte ich ihre Frage richtig gedeutet, denn fortan verbrachten wir *jede* Pause miteinander. Ich verstand zwar nicht alles, worüber sie redeten, aber ich durfte bei ihnen sein – und schon das machte mich glücklich. Seitdem stand ich in den Pausen nie wieder alleine rum. Wir waren jetzt zu viert: Vivien, Line, Anna und ich. Und weil unsere netten Betreuerinnen vom Ökohaus mir zusätzlich zum normalen Schulunterricht eine Studentin organisiert hatten, die mit mir Deutsch lernte, verstand ich allmählich auch, worüber Vivien, Line und Anna sich unterhielten. Das kam wie von alleine, so als würde sich die neue Sprache langsam in meinen Kopf schleichen. Ich musste keine Vokabeln lernen – ich verstand einfach. Jeden Tag mehr. Auch wenn ich mich erst einmal nicht traute, selbst Deutsch zu sprechen. Zumindest noch keine ganzen Sätze …

Trotzdem fing die Schule allmählich wieder an, mir Spaß zu machen. Als meine Lieblingslehrerin, die bei uns Deutsch und Mathe unterrichtete, Geburtstag hatte, schenkte ich ihr ein paar Badekugeln und legte eine Karte dazu, auf die ich meinen ersten selbst formulierten deutschen Satz schrieb: »Ales Gute zum Gebutstag!« Meine Lehrerin reagierte so gerührt, dass ich merkte, dass sie mich am liebsten umarmt hätte. Stattdessen strich sie mir nur über den Arm und bedankte sich gleich mehrmals bei mir. Neulich erzählte sie mir, dass sie diese Karte aufbewahrte. Bis heute. Das freut mich natürlich!

Während ich also anfing, mich in Rostock heimisch zu fühlen, verließ Mama noch immer nur für kurze Zeit das Haus, wenn sie Ahmed vom Kindergarten abholen oder einkaufen musste. Ansonsten verbrachte sie die meiste Zeit in der Wohnung, kochte oder räumte auf. Da die Betreuerinnen nicht wussten, dass Mama auch im Libanon am liebsten in ihrer Wohnung gewesen war, machten sie sich allmählich Sorgen um sie. »Du musst mal raus, Manal!«, forderten sie Mama auf. Aber die schüttelte nur freundlich den Kopf. »Nein, das muss ich nicht.« Die Betreuerinnen ließen nicht locker. »Du könntest einen Deutschkurs besuchen.« Mama lachte bloß. »Nein, danke!« Doch so hartnäckig sich meine Mutter weigerte, so hartnäckig blieben auch unsere Betreuerinnen – sie ließen sich partout nicht abwimmeln. »Es ist wichtig, dass du Deutsch lernst.«

Jeden Tag fingen sie erneut mit diesem Thema an. Bis Mama irgendwann entnervt nachgab. »Na gut, dann mache ich eben diesen Kurs!« Die Betreuerin hätte Mama vor Freude am liebsten geküsst. Es fühlte sich wie ein Sieg für sie an – und war der Beginn einer Freundschaft, die bis heute anhält.

Noch heute bewundere ich die Frauen vom Ökohaus für ihre freundliche Ausdauer. Sie haben es geschafft, dass auch Mama Rostock irgendwann eine Chance gab. Integration ist offenbar möglich. Wenn man die richtigen Menschen an seiner Seite hat. Was für ein Geschenk!

6

Nach ein paar Monaten sprachen Ahmed und ich fließend Deutsch, während Mama und Papa mit dieser schwierigen Sprache noch immer Mühe hatten. Da ich auch Deutsch lesen konnte, wurde ich für meine Eltern zum Dauerdolmetscher. Sie hielten mir alles unter die Nase, was sie nicht verstanden: Gebrauchsanweisungen für Küchengeräte, Zubereitungsanleitungen für Lebensmittel und sämtliche Briefe, die uns von den Behörden geschickt wurden. Allerdings waren diese Briefe für mich eine echte Herausforderung – und sind es noch immer. Es ist mir völlig schleierhaft, wie man Dinge so kompliziert ausdrücken kann, dass selbst unsere deutschen Betreuer im Wohnheim manchmal die Augen zusammenkniffen und die Texte dreimal lesen mussten, ehe sie uns sagen konnten, was die Behörde von uns wollte.

Ende Januar stürzten wir mit einem Schreiben in ihr Büro, bei dem wir stark hofften, dass ich es falsch verstanden hatte. Denn scheinbar waren unsere Anträge auf Anerkennung als Asylberechtigte abgelehnt worden. Die Betreuerin las: »Die Voraussetzung zur Anerkennung der Flüchtlingseigenschaft liegt nicht vor.« Sie machte ein betretenes Gesicht: »Ihr werdet aufgefordert, Deutschland innerhalb von dreißig Tagen zu verlassen.«

Was für ein Schock! Sofort sahen wir uns im Flieger in den Libanon sitzen – dabei hatten wir nun doch gerade begonnen, uns in unserem neuen Leben wohlzufühlen. Papa rief sofort bei unserem Anwalt an, der ihn beruhigte: »Das ist formal richtig.

Sie werden in ihrem Land schließlich nicht bedroht oder verfolgt.« Papa hielt dagegen: »Ja, aber Reem muss hier ihre Behandlung fortsetzen. Sie wird vielleicht laufen können …«, Dabei kannte der Anwalt meine Krankengeschichte längst. »Keine Sorge, Herr Sahwil, ich werde Klage erheben und einen neuen Antrag stellen. Damit verlängert sich die Ausreisepflicht.« Nachdem mein Vater aufgelegt hatte, überlegte er, womit er unsere Chancen auf Asyl verbessern könnte. »Arbeit!«, fiel ihm ein. »Ich sollte mir Arbeit suchen!«

Von anderen Flüchtlingen hatte er nämlich erfahren, dass es von Vorteil war, wenn man eine feste Stelle vorweisen konnte. Also begleitete ich ihn ein paar Tage später in die Rostocker Innenstadt zur Ausländerbehörde. Ich sollte mich erkundigen, welche Voraussetzungen Papa erfüllen müsste, um wieder als Schweißer arbeiten zu dürfen. Doch leider gestaltete sich das mit seiner Arbeitserlaubnis viel schwieriger, als er erwartet hatte: Solange unser Status nicht geklärt war, *durfte* er gar nicht arbeiten. Noch dazu wurde seine Ausbildung in Deutschland nicht anerkannt. Papa hätte erst noch eine Prüfung ablegen oder ein Praktikum absolvieren müssen. So ganz hatte ich das nicht verstanden. »Was genau muss er machen?«, hakte ich deshalb nach. Aber der Beamte schüttelte seinen Kopf: »Solange dein Vater keine Arbeitserlaubnis bekommt, spielt das ohnehin keine Rolle.« Ich wollte mich nicht so schnell abwimmeln lassen. »Und wann könnte er seine Arbeitserlaubnis bekommen?« Der Beamte klopfte auf einen Riesenstapel aus Ordnern und Blättern, der auf seinem Schreibtisch lag: »Euer Antrag liegt irgendwo dazwischen.« Papa seufzte. So gut war sein Deutsch inzwischen auch, dass er verstand, dass dieser Termin uns nicht weitergebracht hatte.

Mit hängenden Schultern verließen wir das Amtsgebäude. Draußen auf dem Platz vor dem Rathaus fand gerade der gut besuchte Wochenmarkt statt. Die Leute schwatzten und packten sich Fisch, Blumen, Obst und Gemüse in ihre Körbe und Taschen. Unwillkürlich ballte Papa seine Faust. Ich verstand genau, was er gerade dachte: Er wollte auch an diesem Leben teilhaben. Er wollte es ja nicht geschenkt bekommen! Er wollte dafür arbeiten, doch das durfte er nicht, weil wir keinen Aufenthaltsstatus hatten. Und ob wir den jemals bekommen würden, war höchst unsicher. Das war frustrierend.

Als Papa merkte, dass ich ihn ansah, zuckte er mit den Schultern und schob mich quer über den Platz zur Bushaltestelle. Ich dachte daran, welche gigantischen Möglichkeiten dieses Land seinen Bewohnern bot. Im Libanon würden sich die Gesetze garantiert nicht ändern, dafür gab es keinerlei Anzeichen. Palästinenser blieben dort vermutlich für alle Zeiten eine weitestgehend rechtlose Randgruppe. Aber hier in Deutschland hatten wir die Chance auf ein freies Leben. Wir waren so nah dran wie der Esel, dem die Möhre vor die Nase gehalten wird – aber wann immer wir zuschnappten, hüpfte die Möhre davon. »Wir dürfen trotzdem nicht aufgeben«, ermahnte mich Papa, als wir die Bushaltestelle erreicht hatten. Ich nickte nur. Schließlich fühlte ich mich noch hin- und hergerissen. Ich vermisste meine Familie, sah aber auch, wie viel mehr uns ein Leben in Deutschland ermöglichte. Papa bläute Ahmed und mir beinahe jeden Tag ein: »Für Mama und mich bleibt das Leben chancenlos – egal, wo wir leben werden. Aber ihr bekommt vielleicht die Möglichkeit, etwas aus eurem Leben zu machen. Dann könntet ihr es nach euren Vorstellungen gestalten. Deshalb strengt euch an! Nutzt diese Chance!«

Manchmal fühlte ich mich schlecht, wenn ich daran dachte, dass meine Eltern all das nur für uns taten. Ich sah zu meinem Vater auf, der mir deshalb noch nie einen Vorwurf gemacht hatte. Es war für ihn selbstverständlich. Weil jeder seinen Gedanken nachhing, redeten wir die gesamte Busfahrt über kein Wort miteinander. Ich dachte darüber nach, wie anders mein Leben hier in Deutschland im Vergleich zum Libanon war. Als wären es zwei unterschiedliche Planeten, die zufällig von derselben Spezies bewohnt wurden. Jeder Planet hatte eine eigene Weltanschauung, eigene Werte und eigene Vorstellungen, wie ein Haus aussehen und eine Frau sich kleiden sollte, was schmeckte und welche Feste gefeiert wurden. Ich sah wieder zu Papa rüber, der gar nicht mitkriegte, dass ich ihn beobachtete. Er hatte seine Augenbrauen zusammengezogen. Garantiert grübelte er schon wieder darüber nach, was er zusätzlich tun könnte, um unsere Chance auf Asyl zu verbessern, und welchen Ärzten er mich vorsichtshalber bald vorstellen sollte für den Fall, dass wir womöglich doch demnächst abgeschoben wurden.

Seine neueste Idee war, mich einem Psychotherapeuten vorzustellen, der mir helfen sollte, die Schatten auf meinem Herzen endgültig loszuwerden. Dabei schienen diese Schatten ohnehin gerade durchlässiger zu werden. Sie lasteten längst nicht mehr so schwer auf mir. Stattdessen spürte ich mein Herz manchmal sogar vorfreudig hüpfen, wenn ich morgens aus meinem Bus stieg, weil ich wusste, dass in der Schule bereits Anna, Vivien und Nine auf mich warteten. Wobei ich mich nicht nur auf meine Freundinnen freute – auch meine Lehrer mochte ich gerne. Und vor allem machte mir das Lernen Spaß. Mein Lieblingsfach war Englisch – im Gegensatz zu vielen anderen Schülern hatte ich eindrücklich erlebt und daher verstanden, wie wichtig Sprachen waren. Allerdings schrieb ich auch in den anderen Fächern gute Noten und brachte dementsprechende Zeugnisse nach Hause. Bei Doaa und Jana meldete ich mich bald nur noch an den Wochenenden via Facebook, weil ich unter der Woche meist mit Schularbeiten und Therapien beschäftigt war. Das bedeutete nicht, dass ich sie vergessen hatte oder dass sie mir weniger bedeuten würden – das auf gar keinen Fall! Ich vermisste sie weiterhin, genau wie meinen Opa, Tante Abeer und meine anderen Verwandten. Aber ich brauchte sie nicht mehr, um mich sicher zu fühlen. Das Heimweh hatte nachgelassen. Ein weiteres Indiz dafür, dass ich in Deutschland angekommen war.

Endlich.

Obwohl unser Status noch immer nicht geklärt war, bekamen wir nach ein paar Monaten eine eigene Wohnung zugewiesen. Wir konnten unser Glück gar nicht fassen. Eine eigene Wohnung! Mit einer eigenen Haustür! Mit einer eigenen Küche! Und zwei richtigen Kinderzimmern! Dabei waren zwei Kinderzimmer inzwischen eigentlich zu wenig. Mama war nämlich wieder schwanger. Aber Papa meinte: »Das Baby schläft erst einmal mit bei uns im Zimmer.« Ich jubelte. Mir war es auch egal, dass unsere neue Wohnung relativ nah an der berüchtigten Siedlung in Lichtenhagen lag, wo in den Neunzigerjahren die Krawalle stattgefunden hatten. Unser Haus sah eigentlich sogar ganz ähnlich aus wie das sogenannte Sonnenblumenhaus von damals: ein riesiger Plattenbau, der – anders als die Häuser, die ich früher im Libanon als Hochhäuser bezeichnet hatte – auch wirklich ein Hochhaus war. Es hatte zwölf Stockwerke! Beeindruckt musterte ich bei unserem

Besichtigungstermin die gigantische Fassade: Da klebte Fenster an Fenster an Fenster. Und vor jedem Eingang gab es eine breite Rampe für Rollstuhlfahrer. Papa schob mich zufrieden zu unserem neuen Hauseingang, während Ahmed plappernd hinter uns her sprang. Leider konnte Mama sich unsere neue Wohnung nicht mit anschauen, weil sie seit ein paar Tagen im Krankenhaus lag.

Bei ihr waren wieder dieselben Schwierigkeiten aufgetreten wie bei der Schwangerschaft mit mir. Um eine erneute Frühgeburt zu verhindern, hatte Mamas Ärztin sie sofort ins Krankenhaus überwiesen. Ich machte mir deshalb große Sorgen, aber Papa lächelte bloß. »Für die Ärzte hier ist das gar kein Problem. Hier wäre selbst eine Frühgeburt weniger gefährlich. Wärst du in Deutschland geboren, wärst du heute vermutlich gesund.« Gerade vor Kurzem hatte er mit einer Frau gesprochen, deren Tochter noch eine Schwangerschaftswoche früher mit einem Gewicht von 870 Gramm zur Welt gekommen war. Und deren Tochter war putzmunter. Das hatte sein unerschütterliches Vertrauen in die deutschen Ärzte noch einmal bestärkt. Ich fühlte mich trotzdem total unvollständig mit Papa und Ahmed. Außerdem hätte sich Mama unser neues Zuhause sicher auch gerne angesehen. Papa hatte versprochen, mit dem Handy ein paar Fotos für sie zu machen. Gerade hielt er seine Kamera auf eine riesige Wand voller silberfarbenen Klappen. »Schaut euch das mal an!«, rief er. »Das sind alles Briefkästen!«

Die Wand hatte ungefähr die Größe eines Kleintransporters. Ich schüttelte den Kopf. »Wahnsinn!« Unsere Wohnung lag in der zweiten Etage. Wir mussten sie erst einmal suchen, weil schon der Hausflur wie eine verwinkelte Ministraße wirkte: endlos lang mit unzähligen Türen, Abzweigungen und

Sackgassen. Eine dieser Sackgassen befand sich direkt neben unserer Wohnungstür. Das war perfekt, um Ahmeds kleines Fahrrad oder meinen Rollstuhl abzustellen, ohne die Nachbarn zu stören. Schließlich wollten wir den Rollstuhl nicht unbedingt in der Wohnung haben – wo gebetet wurde, dort musste der Boden schließlich sauber sein.

Aufgeregt traten wir ein in unser neues Leben, das sich uns in Form eines riesigen Flurs präsentierte, von dem vier Zimmer, die Küche und ein Bad abgingen. Ich staunte: »Wow, schon alleine der Flur ist ja so groß wie ein Zimmer.« Papa stupste links von uns eine Zimmertür auf, und wir blickten in ein klitzekleines, aber sehr helles freundliches Zimmer. »Das will ich haben!«, rief ich sofort. »Ein richtiges Prinzessinnenzimmer!« Dabei war es gerade mal so groß, dass ein Bett, ein kleiner Schrank und ein Minischreibtisch reinpassten. Aber: Es war mein eigenes Zimmer! Ich fand es großartig. Ahmeds Zimmer hatte ungefähr dieselben Maße wie meins. Lediglich das Schlafzimmer war ein wenig größer. Aber da musste neben dem Ehebett ja auch noch ein Bett für unser neues Geschwisterchen reinpassen. Dafür war die Küche schön groß. »Die wird Mama gefallen!«, freute ich mich. Ich konnte es kaum erwarten, dass wir hier endlich alle zusammen lebten, dass es in der Küche nach unserem Essen roch und wir im Wohnzimmer gemeinsam das Fernsehprogramm anschauten, das wir ausgewählt hatten.

Doch leider musste dieser stinknormale Alltag, dem ich so entgegenfieberte, noch ein bisschen warten.

Unmittelbar nach der Geburt meiner kleinen Schwester Raneem im Mai 2013 stellten die Ärzte bei ihr eine Weichgaumenspalte fest. Das hieß: Im hinteren Teil des Gaumens klaffte eine Spalte, die dafür sorgte, dass Raneem Schwierigkeiten beim Trinken hatte. Sie musste operiert werden!

Der nächste Schock.

Wieder rannten meine Eltern von einem Arzt zum nächsten. Raneem wurde operiert, und trotzdem blieben vorerst regelmäßige Kontrolluntersuchungen notwendig. Mein Vater schrieb deshalb der Ausländerbehörde, die noch immer nicht endgültig über unseren Asylantrag entschieden hatte, dass er inzwischen zwei Kinder hatte, die eine ständige medizinische Betreuung benötigten. Aber offenbar sah die Ausländerbehörde das anders.

Im Juli 2014 kam erst ein Schreiben vom Verwaltungsgericht Schwerin, dass unser Asylverfahren komplett abgelehnt worden war. Wir alle verfielen in eine Art Schockstarre, unfähig zu agieren. Selbst Papa musste sich von diesem Schock erst einmal erholen. Vier Jahre lang hatte er völlig umsonst gekämpft. Im August 2014 folgte dem Urteil ein dicker Umschlag mit zwölf Seiten Text. Da meine Eltern nicht genau verstanden, was die Behörde ihnen darin mitteilen wollte, drückte Papa sofort mir das Schreiben in die Hand. »Was wollen die?« Wir setzten uns zusammen auf unsere Couch im Wohnzimmer, und meine Eltern rutschten unruhig auf ihren Plätzen hin und her, als ich mit der Übersetzung begann. Erst wiederholten die Schreiber nur, was Papa ihnen über meinem und Raneems Gesundheitszustand geschrieben hatte. Aber ab Seite neun wurde es ungemütlich. Dort stand: »Im Lagebericht des Auswärtigen Amtes vom 11.11.2013 heißt es: Libanon ist – bei leichten regionalen Unterschieden – ein Land mit relativ guter medizinischer Versorgung. Die Ärzteschaft umfasst viele unterschiedliche Spezialisten, die zu einem großen Teil im westlichen Ausland studiert und praktiziert haben.« Ich spürte, wie mein Herz schneller schlug und rümpfte meine Nase. »Hä? Besonders gut ausgebildet erschienen die mir aber nicht. Die hatten doch gar keine Ahnung.«

Wenn ich daran dachte, wie die deutschen Ärzte mit mir umgingen, wie sie mir alles erklärten und welche Therapievorschläge sie machten – dagegen wirkten libanesische Ärzte wie unmotivierte Sparversionen. So als müsste mal der Pförtner und ein anderes Mal der Fahrer des Krankenhauses diesen Dienst übernehmen. Die Briefeschreiber aus der Behörde hatten anscheinend überhaupt keine Ahnung, wovon sie sprachen. Woher auch? Sie waren ja in Deutschland aufgewachsen und hielten sich nun an das, was ihnen das Auswärtige Amt vorgab.

Mit trockenem Mund übersetzte ich weiter: »Doch auch in diesem Bereich zeigt sich in den letzten Monaten die Belastung durch syrische Flüchtlinge: Die Krankenhäuser sind teils überbelegt, und es kommt in bestimmten Regionen bereits zu Versorgungsengpässen.« Dabei waren die libanesischen Krankenhäuser schon vor dem syrischen Bürgerkrieg mit den Kliniken in Deutschland überhaupt nicht zu vergleichen. Das waren schmuddelige Bruchbuden. Wieder vertiefte ich mich in den Text. Diesmal ging es direkt um mich: »Ihr Gesundheitszustand würde sich … bei Unterbleiben der Behandlung nicht wesentlich oder gar lebensbedrohlich verschlechtern.« Nun stockte mir der Atem, und Tränen schossen mir in die Augen. Warum schrieben sie das? War es ihnen egal, wie es mir ging? Solange ich nicht sterben musste … Auch Papa seufzte. Dieses Schreiben zerschmetterte all unsere Hoffnungen. Traurig schüttelte er den Kopf. »Vor allem könnte ich eure Behandlungen überhaupt nicht bezahlen. Selbst wenn es im Libanon gute Ärzte und Kliniken gäbe …« Aber selbst auf diesen finanziellen Aspekt ging die Behörde in ihrem Schreiben ein: »Dabei ist zu berücksichtigen, dass er vor seiner Ausreise im Libanon als Chef einer Autowerkstatt gearbeitet und den Lebensunterhalt der Familie sichergestellt hat … Es spricht nichts dagegen, dass ihm dies im Fall einer Rückkehr mit einer vergleichbaren Berufstätigkeit wiederum möglich ist.« Nun unterbrach mich Papa. »Aber was denken die denn? Durch die vielen Syrer im Land gibt es keine Arbeit mehr. Und wenn, dann ist sie noch schlechter bezahlt als früher.« Ich las einfach mit lauter Stimme weiter. »Er wäre dabei vor Ort nicht auf sich alleine gestellt und kann grundsätzlich auf die finanzielle und organisatorische Unterstützung seiner (zahlreichen) Familienangehörigen zurückgreifen. Obwohl diese nur teilweise über ein regelmäßiges Einkommen verfügen.« Ich biss mir auf die Unterlippe. »Gegen dieses Urteil steht den Beteiligten Berufung zu. Bla, bla, bla.«

Erwartungsvoll blickte ich zu meinen Eltern, die so zusammengesunken wirkten, als hätte man die Luft aus ihnen rausgelassen. »Was heißt das nun?«, fragte ich und hörte selbst, wie schrill meine Stimme bei dieser Frage klang. Papa knetete nervös seine Hände. »Das heißt, dass wir ihnen schreiben müssen, dass es für dich keine Behandlungsmöglichkeiten im Libanon gibt. Für Raneem vielleicht. Aber nicht für dich. Außerdem müssen wir ihnen schreiben, dass ich leider überhaupt nicht davon ausgehen kann, dort wieder Arbeit zu finden. Dazu sind viel zu viele Flüchtlinge aus Syrien gekommen.« Mich brachte noch ein andere Gedanke in Rage: »Und du musst ihnen auch schreiben, dass ich dann wieder zurück in die fünfte Klasse müsste, wenn wir zurückgingen!«.

Ich hatte es satt, immer nur auf wackeligem Boden zu stehen. Jetzt musste ich schon wieder befürchten, meine neuen

Freunde verlassen und alle meine Träume aufgeben zu müssen. Mühsam rappelte ich mich auf und hangelte mich vom Sofa zum Esstisch, zur Tür, durch den Flur bis in mein Zimmer, wo ich mich weinend auf mein Bett warf und mich von niemandem trösten ließ.

Ich hörte, wie mein Papa mit unserem Anwalt telefonierte. Der versprach, der Behörde noch einmal meinen Gesundheitszustand darzulegen und um eine Aufenthaltserlaubnis aus humanitären Gründen zu bitten. Bislang hatte ich meine Behinderung beinahe jeden Tag verflucht – nun wurde sie zu unserem Rettungsanker. Wenn auch nur kurzzeitig. Denn im November folgte ein Schreiben von der Behörde, in dem sie uns aufforderte, unsere Pässe vorzulegen. Nun geriet sogar Papa kurzfristig in Panik – obwohl unter dem Schreiben der Nachsatz stand: »Mit Blick auf den gesundheitlichen Zustand von Reem Sahwil wären wir grundsätzlich bereit, für die oben Genannten einen Aufenthaltstitel für das Bundesgebiet zu erteilen.« Das war eigentlich gut. Sie reichten uns die Hand. Aber das verstanden wir nicht. Für uns Flüchtlinge war die Beschaffung der Pässe gleichbedeutend mit einer unmittelbar bevorstehenden Abschiebung – schließlich konnte nur abgeschoben werden, wer Papiere besaß. Papa schüttelte besorgt seinen Kopf. Zwar wussten wir, dass es grundsätzlich normal war, einen Pass zu besitzen, aber wenn wir nun so dringend dazu aufgerufen wurden, sie zu beschaffen, konnte das nur heißen, dass man unsere Abschiebung bereits vorbereitete …

Unser Anwalt schrieb der Behörde, dass es für uns Palästinenser schwierig sei, bei der libanesischen Botschaft Pässe zu besorgen. Sein Vorgehen bestätigte unsere Vermutung. Offenbar wollte unser Anwalt damit ebenfalls verhindern, dass wir abgeschoben wurden … Die Ausländerbehörde zeigte sich allerdings unbeeindruckt: »Ihre Ausführungen bezüglich der Möglichkeiten der Passbeschaffungen über die Libanesische Botschaft verwundern allerdings. So verweist die Libanesische Botschaft auf ihrer Internetseite ausdrücklich auf die Möglichkeit der Beantragung von Dokumenten für palästinensische Volkszugehörige aus dem Libanon … Insbesondere verweisen wir in diesem Zusammenhang auf die Pflicht zur Passbeschaffung gem. § 15 Abs. 2 Nr. 6 AsylVerfG.«

Nun konnten wir uns nicht länger davor drücken, für Mama und Papa neue Ausweisdokumente anzufordern. Papa hielt zwar immer gerne nach einem Ausschlupf Ausschau – aber er war nicht kriminell. Und sich jetzt so offensichtlich den behördlichen Anordnungen zu widersetzen, widerstrebte ihm. Deshalb fuhren wir nach Berlin zur libanesischen Botschaft, um dort die geforderten Pässe zu beantragen.

Ab diesem Moment saß uns permanent die Angst im Nacken. Wir hatten gehört, dass als Nächstes vermutlich wieder dieses Schreiben der Behörde eintrudelte, das uns aufforderte, Deutschland innerhalb von vier Wochen zu verlassen. Andernfalls kämen wie in Schweden mitten in der Nacht Polizisten, die uns zum Flughafen brachten und in den nächsten Flieger in den Libanon setzten. Jeder Gang zum Briefkasten fühlte sich wie russisches Roulette an. Jeden Tag kämpfte ich gegen die dunklen Schleier, die sich wieder auf mein Herz legen wollten. Aber während Mama und ich vor allem unsicher und weinerlich reagierten, legte Papa sich nun noch mehr ins Zeug, um endlich die entscheidende Therapie für mich zu finden. Er wollte seinen Traum nicht aufgegeben, dass ich laufen würde. Deshalb redete er erneut mit jedem Arzt und suchte parallel im Internet nach neuen Ansätzen oder Behandlungsmöglichkeiten. Dabei stieß er auf eine Kinderklinik in Hamburg, wo die Beinsehnen von Kindern mit Zerebralparese operativ verlängert wurden, sodass die Kinder tatsächlich laufen lernen konnten. »Das ist es!«, jubelte er und setzte nun alles daran, dass ich in Hamburg auf die Warteliste gesetzt wurde. Es wurde zum Wettlauf gegen die Zeit: Erreichte uns erst der Ablehnungsbescheid der Behörde? Oder der Anruf von der Klinik? Ewig tat sich gar nichts. Doch dann kam ich eines Tages von der Schule nach Hause, und Papa strahlte mich an. Seine Augen leuchteten, und er wirkte wie von einer tonnenschweren Last befreit. »Du wirst operiert!« Was für ihn einem »Du wirst laufen!« gleichkam. Der Termin lag im Frühjahr 2015. Das teilten wir auch gleich der Ausländerbehörde mit, damit sie bloß nicht noch davor auf die Idee kam, uns wegzuschicken. So kurz vorm Ziel. Papa besorgte uns zwei Zugtickets nach Hamburg. Während ich schon auf der Bahnfahrt mit Panik kämpfte, freute sich Papa auf diesen Termin. »Du wirst wieder laufen können, Reem. Ganz sicher. Die Ärzte sagen, dass du laufen wirst.« Es war sein sehnlichster Wunsch. Nun sollte er endlich erfüllt werden. Ich bewunderte meinen Vater dafür, dass er ihn so beharrlich verfolgte.

Wenn ich ehrlich in mich hineinhorchte, träumte ich natürlich ebenfalls davon, mich frei und ohne Rollstuhl bewegen zu können. Nur wollte ich mir das nicht eingestehen. Vermutlich hatte ich Angst vor einer erneuten Enttäuschung, falls es nicht klappte … Entsprechend zurückhaltend begegnete ich der forschen Ärztin, die ich schon von einer Voruntersuchung kannte. Sie erklärte, dass ich nach der Operation erst einmal zwei Wochen im Krankenhaus bleiben müsste. »Anschließend gehst du für drei Wochen in Reha. Da wirst du dann schon mit deiner Ferse auf den Boden kommen. Und dann kannst du ganz vorsichtig laufen lernen.«

Während die Ärztin das Procedere erläuterte, stand mein Vater mit einem selig-wonnigen Gesichtsausdruck daneben. Einen kurzen Moment hatte ich das Gefühl, dass mich ihre Erwartungen erschlugen. Ich bekam keine Luft mehr. Alles erschien mir zu groß und zu schwer. Diese Operation bereitete mir ja ohnehin Stress, aber diese übergroße Erwartungshaltung machte alles noch schlimmer. Am liebsten hätte ich mich verkrochen, gleichzeitig krallten sich meine Finger in Papas Hand.

Ich war völlig durcheinander und weinte, als Papa sich von mir verabschieden wollte. »Die Ärzte sind gut. Ich habe Vertrauen!«, redete er mir gut zu. Ich fand es trotzdem unerträglich, alleine in diesem Krankenhaus zu bleiben. Vor allem unmittelbar vor und direkt nach der Operation hätte ich gerne Mama oder Papa bei mir gehabt. Stattdessen lag ich am Abend nach dem Eingriff in meinem Bett und fragte mich, ob sich mein Bein nun tatsächlich länger anfühlte. Doch ich traute mich nicht, die Ferse in den Gips zu drücken, weil ich befürchtete, dass es wehtun könnte, und ich gleichzeitig Angst hatte, die frisch gestreckte Sehne dadurch zu verletzen. Mein Bein kam mir merkwürdig verletzlich und fremd vor. Ungewohnt. So wie alles um mich herum: das Essen, die Gerüche, die Schwestern.

Da Rostock knapp zwei Stunden Bahnfahrt entfernt lag, konnte mich meine Familie nur an den Wochenenden besuchen. Unter der Woche las ich also oder verfolgte den Minutenzeiger der Uhr in meinem Zimmer. Das waren definitiv die langweiligsten Wochen meines Lebens!

Ich konnte es kaum erwarten, dieses Krankenhaus zu verlassen. Natürlich war es schön und modern, und die Schwestern gingen ausgesprochen lieb mit mir um. Aber es war eben ein Krankenhaus, und ich hatte genug von Krankenhäusern!

Für Papa waren all das Nebensächlichkeiten. Er wollte nur eines: mich laufen sehen! Selten hatte ich ihn so ungeduldig erlebt wie nach meiner Entlassung. Am liebsten hätte er meinen Rollstuhl schon am Klinikausgang entsorgt, zumal ich gerade einen knallorangenen Rollator bekommen hatte, mit dem ich mich ab sofort fortbewegen sollte: »Das trainiert Reems Muskeln«, hatten die Ärzte uns erklärt. Papa war begeistert. Die Mediziner waren offenbar dermaßen überzeugt von meinen neuen Fähigkeiten, dass sie ab sofort einen Rollator für ausreichend hielten. Nur ich teilte diesen allgemeinen Optimismus nicht. Während ich mich nach meiner Reha am liebsten auf meinem Rollstuhl festgetackert hätte, drängte mich Papa ständig auf die Füße. Wahrscheinlich war es sogar gut so – von alleine wäre ich vermutlich niemals aufgestanden …

Es war ein ungewohntes Gefühl, beide Füße komplett aufsetzen zu können. Papa strahlte jedes Mal, wenn er es sah. Er hielt mich mit einer Hand und setzte einen Schritt nach hinten, sodass ich ihm folgen musste. Dann setzte er einen weiteren Schritt nach hinten – ich tappte ihm vorsichtig hinterher. Irgendwann nahm er mich einfach mit einer Hand und lief und lief und lief. »Du kannst laufen!«, jubelte Papa. »Richtig laufen!« Wobei *richtig laufen* für mich bedeutet hätte, dass ich mich ohne seine Hilfe bewegte, aber das traute ich mich nicht. Deshalb schrie ich hysterisch, sobald Papa seine Hand auch nur ein bisschen aus meiner Umklammerung lösen wollte.

Die Ärzte hatten gesagt: »Körperlich ist Reem definitiv in der Lage, sich alleine fortzubewegen. Es ist nur ihr Kopf, der sie hindert. Nicht die Beine.« Deshalb redete Papa mir immer wieder gut zu. Er versuchte, mir Mut zu machen. Zwischendurch wirkte er ungeduldig und nörgelte: »Probier's doch wenigstens!« Aber ich weigerte mich. Wenn ich abends alleine in meinem Bett lag, fragte ich mich selbst, warum ich mich so sehr gegen das Laufen wehrte, und kam zu folgendem Schluss: Solange ich davon träumte, ohne fremde Hilfe laufen zu können, es aber nicht ausprobierte, konnte ich nicht scheitern. Wenn ich jetzt aber aufstand und feststellte, dass die Ärzte sich geirrt hatten, dann zerplatzte dieser Traum. Und davor hatte ich Angst.

Vermutlich hatte ich sogar noch mehr Angst davor, dass Papas großer Traum zerplatzen könnte. Das hätte ich unerträglich gefunden, nachdem er so sehr für mich gekämpft hatte. Deshalb blieb ich lieber sitzen. Ich redete mir ein, dass ich mich schließlich gut mit der Situation arrangiert hatte, so wie sie war. Ich kam doch überallhin, wofür also dieses Risiko der zerstörten Hoffnungen eingehen?

Allerdings sahen auch meine Freundinnen nicht ein, dass ich mich operieren ließ, um laufen zu können – und es dann nicht einmal versuchte. Deshalb drängelten sie jeden Tag so lange, bis ich aufstand und wenigstens an ihren Händen lief. Larissa jubelte über jeden Schritt, den ich machte. Wie Theodor Storms kleiner Hävelmann schrie sie immer: »Weiter, weiter!« Ich musste schon fast lachen. Aber Larissa starrte nur auf meine Füße, die ich vorsichtig – Schritt für Schritt – vorwärts setzte. »Du läufst ganz alleine Reem. Ich stütze dich gar nicht. Wir können auch loslassen.« Sofort blickte ich mich hektisch nach meinem Rollstuhl um. Aber Larissa rief: »Komm! Komm weiter!« Erst hielt sie mich mit ihrer ganzen Hand. Irgendwann reichte sie mir nur noch Zeige-, Mittelfinger und Daumen. Dann nur noch den Zeigefinger. Und schließlich machte ich meinen ersten freien Schritt. Und dann noch einen. Ich konnte es selbst nicht fassen. Ich hielt mich. Beide Arme hoch in der Luft. Es kam mir vor, als ob die ganze Welt den Atem anhalten würde. Alle waren mucksmäuschenstill. Und dann brach der Jubel los. Meine Freundinnen sprangen auf mich zu, umarmten und beglückwünschten mich. »Du läufst, du läufst!«, riefen sie. Ich hätte heulen können vor Glück. Weil die Ärzte recht behalten hatten. Und weil ich die tollsten Freundinnen der Welt gefunden hatte!

Von nun an übten wir jeden Tag. Ich ging nicht mehr in die Schule für Mathe oder Biologie, sondern um laufen zu lernen. Meine Freundinnen waren dabei mindestens so motiviert wie ich selbst. Jede Pause standen sie ganz selbstverständlich neben meinem Rollstuhl, um mir auf die Beine zu helfen. Meist liefen sie dann konzentriert neben mir her – für den Fall, dass ich doch einmal das Gleichgewicht verlieren sollte. Doch das passierte nicht. Stattdessen wurde ich in jeder Pause sicherer und schaffte bald sogar längere Strecken alleine. Von meinem Sitzplatz in der Klasse zum Mülleimer. Von den Sitzbänken auf dem Schulhof zu den Laternen und wieder zurück. Natürlich wirkte mein Gang nicht so leichtfüßig wie bei gesunden Kindern. Ich hinkte leicht. Aber nur ganz leicht. Wie jemand, der gerade länger gesessen hatte und nun schwer in die Gänge kam. Aber: Ich konnte laufen. Ab sofort würde ich mich ohne Rollstuhl durch die Welt bewegen können. Mein Traum, den ich nie zu träumen wagte, hatte sich erfüllt.

Meinen Eltern erzählte ich nichts von alledem. Sie hatten sich scheinbar damit abgefunden, dass ich nicht laufen wollte und hakten nur noch selten nach, ob ich nicht mit ihnen üben wollte. Die Operation war inzwischen mindestens drei Monate her. Papa saß im Wohnzimmer auf dem Sofa, als ich aus der Schule kam. Der Fernseher lief, und mein Vater blätterte in irgendwelchen Unterlagen. Ich stützte mich an den weißen Rahmen unserer breiten Wohnzimmertür. Mein Herz klopfte mindestens doppelt so schnell wie sonst. Ich schloss die Augen, holte tief Luft und ließ den Rahmen los. Dabei rief ich: »Papa, ich will dir was zeigen!« Vorsichtig setzte ich meinen ersten Schritt. Das Laufen auf dem weichen Teppich war deutlich schwieriger als auf dem festen Asphaltboden unserer Schule. Papa blickte mit einem konzentrierten Gesichtsausdruck von seinen Unterlagen auf und starrte mich an. Reflexartig schrie er auf: »Pass auf!«

Doch dann verstummte er.

Ungläubig.

Bedächtig balancierte ich am Esstisch vorbei in Richtung Sofa. »Reem!« Papa schlug sich die Hand auf den Mund. Tränen kullerten über sein Gesicht, wo sie sich kurz an seinen Fingern stauten und dann auf seine Jeans tropften. Er schüttelte den Kopf. Dabei ließ Papa mich keine Sekunde aus den Augen. Es war, als ob er dieses Bild, diesen Moment für immer aufnehmen wollte. Für alle Zeiten. Bis ich endlich am Sofa ankam und mich auf die weichen Kissen fallen ließ. Papa biss sich auf die Unterlippe. Sein Gesicht war tränennass. Auf diesen Moment hatte er seit vierzehn Jahren gewartet, auf diesen Moment hatte er seit vierzehn Jahren hingearbeitet. Seine Tochter, die für alle Zeiten an den Rollstuhl gefesselt sein sollte, lief!

»Manal!«, rief Papa schluchzend. »Manal, komm schnell her!«

Meine Mutter hatte gerade in ihrem Zimmer gebetet und stürzte nun zu uns ins Wohnzimmer. Es musste etwas Gewichtiges geschehen sein, wenn Papa sie beim Beten störte. Das war bislang noch nie vorgekommen. Als sie ins Zimmer gelaufen kam, bemerkte sie sofort, dass mein Vater weinte. »Was ist denn los?« Ich musste grinsen. Dann drückte ich mich von der Lehne ab und wankte vorsichtig meiner Mutter entgegen. Ihr eben noch so angespanntes Gesicht erhellte sich. Mama strahlte. Lachend schüttelte sie ihren Kopf und nahm mich in die Arme! »Meine Große! Du läufst!«

Jetzt war alles gut. Dafür waren wir um die halbe Welt gereist, dafür hatten wir unsere Familien verlassen und unser gewohntes Leben aufgegeben. Nun hatten wir es geschafft. Alle zusammen. Mama hängte sich sofort ans Telefon, um es unseren Verwandten im Libanon, in Frankfurt, Essen, Kanada und Schweden zu berichten: »Reem läuft! Ja, ganz alleine!«

Ich saß neben Papa auf dem Sofa und lauschte Mamas Freudenanrufen. Ich fühlte mich zu matschig, um selbst ans Telefon zu gehen. Wie Wackelpudding. Überglücklicher Wackelpudding. Ich wollte diesen Augenblick einfach genießen. Voller Dankbarkeit dachte ich an meine Freundinnen, an ihre endlose Geduld und daran, dass sie mich ständig ermutigt hatten. Ich empfand es als Riesengeschenk, solche Freundinnen gefunden zu haben!

Trotzdem gab es noch immer Tage, an denen ich im Rollstuhl zur Schule kam. Meistens waren das Tage, an denen ich mich insgesamt schwach oder unsicher fühlte. Tage, an denen die Schatten um mein Herz wieder dichter wurden, weil ich beispielsweise daran dachte, dass unser Asylantrag abgelehnt werden könnte und ich meine geliebte Schule und meine lieb gewonnen Freundinnen verlassen müsste.

Immerhin lebte ich mittlerweile seit vier Jahren in Deutschland. Ich hatte mich daran gewöhnt, dass es immer Strom und sauberes Wasser gab, und dass ich zum Arzt gehen konnte, wann immer es mir nicht gut ging. Die Vorstellung, im Libanon durch die engen staubigen Gassen zu laufen – ohne Perspektive und darauf angewiesen, dass mich irgendein ungebildeter Mann zur Frau nahm, der uns bestenfalls irgendwie über Wasser halten konnte –, fiel mir schwer. Ich hatte Freude am Lernen. Ich war neugierig. Und wissbegierig. Ich wollte reisen. Vielleicht mit meinen neuen Freundinnen, für die dieses Leben so selbstverständlich war. Sie verstanden überhaupt nicht, welches Glück sie hatten, in diesem Land geboren worden zu sein. Deutschland war friedlich und sauber. Seine Bewohner waren frei. Sie konnten sagen, was sie dachten, und sich aussuchen, wo und wie sie leben wollten und welchen Beruf sie dabei ausübten. Ein Endloshauptgewinn: freie Auswahl! Ein Leben lang. Ich schnaufte. Wie sehr wünschte ich mir, zu dieser Gesellschaft dazuzugehören! Wie meine Freundinnen. Sie wussten, dass nach ihrem Abitur ihr Studium folgte und anschließend ein Job, der ihnen Spaß machte und sie finanziell versorgte. Ein Leben im Libanon konnte ich mir kaum mehr vorstellen.

Was ich nicht verstand: Da sprachen sie in den Nachrichten immer von mangelnder Integration – aber wenn man sich integriert hatte, dann musste man trotzdem damit rechnen, abgeschoben zu werden. Ich fühlte mich wie verstoßen. Zwischen zwei Welten, in die ich beide nicht gehörte. Ich war inzwischen zu deutsch für den Libanon, aber zu libanesisch für Deutschland. Total verloren. Und schrecklich ausgeliefert.

An solchen Tagen ging ich nicht lachend in die Schule, sondern nachdenklich. Und ausgerechnet an einem solchen Tag begrüßten mich meine Freundinnen aufgeregt, sobald ich den Klassenraum betrat: »Wir sollen nachher in die Sporthalle. Unsere Schulleiterin will allen Schülern etwas mitteilen.« Larissa zuckte gleichgültig mit den Schultern. Aber ich war neugierig, was unsere Direktorin uns verkünden wollte. So eine Turnhallenversammlung fand schließlich nicht jeden Tag statt! Was hatte dieser merkwürdige Aufruf wohl zu bedeuten?

Gespannt spitzte ich die Ohren, als unsere Schulleiterin voller Stolz erklärte: »Ausgerechnet in unserer Schule soll ein sogenannter Bürgerdialog stattfinden.« Enttäuscht verzog ich das Gesicht. Was ging mich denn ein Bürgerdialog an? Offenbar tourten einige Bundesminister und Bundesministerinnen und sogar die Bundeskanzlerin Angela Merkel quer durch Deutschland, um sich mit Bürgern darüber zu unterhalten, wie sie sich in Deutschland fühlten. Die Politiker wollten herausfinden, ob sich die Lebensqualität in Deutschland verbesserte oder verschlechterte.

Das war ja mal wieder drollig – und typisch deutsch! Diese Frage stellte sich die Regierung im Libanon garantiert nicht. Aber unsere engagierte Schuldirektorin war wegen dieser Veranstaltung ganz aufgeregt. Dabei würde der Politiker bei uns ja nur per Livestream in die Turnhalle geschaltet werden. Da sollte nicht einmal einer persönlich erscheinen! Trotzdem bat unsere Schulleiterin alle Schüler ab vierzehn, zahlreich an dieser Veranstaltung teilzunehmen. Mit einem aufmunternden Lächeln rief sie: »Wer Interesse hat, soll sich bitte bei mir anmelden.« Ich wandte mich gleichgültig ab und dachte dabei: Was soll ich da? Ich habe genug eigene Probleme.

Trotzdem erzählte ich beim Abendessen von der anstehenden Gesprächsrunde in unserer Schule. Papa, ganz Abenteurer, war natürlich sofort begeistert: »Mach doch mit! Das ist eine neue Erfahrung. Neue Erfahrungen sind immer gut!« Ich rollte genervt mit den Augen, aber Papa ließ sich nicht abwimmeln: »Du kannst doch ein bisschen zuhören, was die anderen für Wünsche haben. Das ist doch interessant.« Mit demonstrativem Desinteresse gab ich schließlich nach. »Meinetwegen.« Gegen Zuhören war schließlich nichts einzuwenden. Deshalb steuerte ich am nächsten Morgen zuallererst das Büro der Schulleitung an und ließ mich auf die Teilnehmerliste setzen. Unsere Direktorin strahlte mich an und schwärmte begeistert von dem tollen Projekt, zu dem in der kommenden Woche auch noch ein Workshop stattfinden sollte. Organisiert wurde das Programm »Think Big« von der deutschen Kinder- und Jugendstiftung.

Sofort fragte ich mich, ob das mit der Anmeldung wirklich so eine gute Idee gewesen war. Ein Workshop! Nichts mit *nur zuhören*! Noch dazu würde ich ganz alleine dasitzen, weil meine Freundinnen nicht teilnehmen durften, da sie noch zu jung waren …

Insgesamt hatten sich von meiner Schule nur 29 Schüler für diesen Bürgerdialog angemeldet. Beim Workshop stellte sich heraus, dass die meisten Themen diskutieren wollten, die ihnen wirklich am Herzen lagen: Umweltschutz, Klimawandel, Inklusion und Barrierefreiheit. Beim Thema Barrierefreiheit horchte ich kurz auf. Dazu fielen mir – ohne nachzudenken – unzählige Beispiele ein. Es war nämlich tatsächlich häufig sehr beschwerlich, sich im Rollstuhl durch die Stadt zu bewegen! Allerdings war ich viel zu schüchtern, um mich an der Diskussion zu beteiligen. Selbst wenn die Leute von dem Workshop mich direkt ansprachen, druckste ich nur herum. »Ich weiß nicht. Ich kann dazu nichts sagen.« Das fehlte mir noch, in großer Runde Reden zu schwingen! Sollten sich die anderen ruhig für diese wichtigen Themen einsetzen – ich wollte das verrückte Treiben lieber vom Rand aus beobachten.

Inzwischen war durchgesickert, dass entgegen der ursprünglichen Ankündigung sogar die Kanzlerin persönlich anwesend sein würde. Die Kanzlerin! In *meiner* Schule! Bislang waren wir davon ausgegangen, mit irgendeinem Minister zu sprechen, dessen Namen wir noch nie zuvor gehört hatten – nicht mit Angela Merkel selbst. Schließlich hatte sie vor Rostock nur einen einzigen Bürgerdialog besucht. Diese Neuigkeit steigerte die allgemeine Aufregung natürlich noch und machte auch mich zunehmend nervöser, weil sich nun auch Fernsehteams und andere Journalisten ankündigten. *Danke, Papa!*, grummelte ich vor mich hin, als ich davon erfuhr. Ich mochte es am liebsten ruhig und beschaulich – und nun hatte ich mich auf das größte Durcheinander eingelassen, das meine Schule vermutlich seit ihrer Gründung zu bieten hatte.

Am Tag vor der Veranstaltung standen alle Kopf! Sogar unsere sonst so gelassene Schulleiterin flitzte nur noch wie ein aufgescheuchtes Huhn über die Gänge. Unsere Turnhalle war überhaupt nicht mehr als solche zu erkennen – sie sah eher aus wie ein Fernsehstudio mit Basketballkörben. In den Pausen drückten wir unsere Nasen an den großen Scheiben platt, um zu verfolgen, was dort alles aufgebaut wurde. Um einen grauen Klotz, der offenbar als Rednerpult dienen sollte, wurden Bänke und Stühle aufgestellt. Drumherum standen riesige hellgraue Aufsteller mit dem Schriftzug »Gut leben in Deutschland«. Sogar ein Teppich mit diesem Aufdruck wurde provisorisch verlegt. Wann immer ein Schüler unser Klassenzimmer verließ, musste er aufpassen, dass er nicht von Männern mit Kabeln oder Werkzeugkisten überrannt wurde. Allmählich wurde mir mulmig. Sogar der Kinderkanal *Kika* hatte sich angemeldet, um mit uns zu drehen. Mit *allen* Teilnehmern des Bürgerdialogs! Das konnte ich gar nicht glauben: Ich, Reem aus Wavel, kam ins Fernsehen! Deshalb überredete ich meine Mutter, mir für diesen großen Tag noch ein schönes neues Kleid zu kaufen. Ein olivgrünes, das gut zu meinem Hautton passte. Außerdem bearbeitete ich meine Locken mit Schaumfestiger, damit sie nicht so aufgeplustert wirkten, sondern sich schön ordentlich kringelten. Schließlich wollte ich gut aussehen, wenn ich schon mal gefilmt wurde. Zumal Papa angekündigt hatte, meinen Auftritt aufzunehmen und an unsere Familie im Libanon zu schicken.

Am Morgen des 15. Juli 2015 hatte ich deshalb das Gefühl, dass anstelle meines Herzens ein kleiner Presslufthammer mein Blut durch den Körper jagte. Ich war so aufgeregt, dass ich nicht einmal frühstücken wollte. Mama lächelte mich sanft an und küsste mich auf die Stirn: »Das wird bestimmt ein sehr besonderer Tag für dich.«

Allerdings hätte auch sie nicht geahnt, *wie* besonders er werden würde.

Es fing schon damit an, dass die Journalisten vom *Kika* ausgerechnet mich und einen Jungen aus der Zehnten durch den Tag begleiten wollten. Den Moderator Felix Seibert-Daiker kannte ich aus dem Fernsehen. Ich zog die Nase kraus. »Bist du das wirklich?« Er lachte: »Ja, das bin ich!« Ich fand es ziemlich cool, ihn zu treffen. Außerdem war er richtig nett. »Und wer bist du?«, wollte er wissen. Und ich erzählte ihm, dass ich Reem hieß und aus einem palästinensischen Flüchtlingslager im

Libanon nach Deutschland gekommen war. Nun mischten sich die Leute ein, die mit uns den Workshop veranstaltet hatten. Sie fragten mir Löcher in den Bauch: »Und wie bist du nach Deutschland gekommen? Wie war es in dem Lager? Möchtest du zurück?« Dabei erzählte ich auch, dass wir nun von der Abschiebung bedroht waren, obwohl wir uns so gut in Deutschland eingelebt hatten und inzwischen nicht mehr zurückwollten. Einer von den Workshop-Leuten legte seinen Kopf schief. »Aber das ist doch ein spannendes Thema. Willst du das nicht auch gleich ansprechen?« Ich lächelte verlegen. »Ich weiß nicht.« Doch dann musste ich ohnehin erst einmal mit dem Kamerateam durch die Schule laufen, wobei sie mir gefühlte tausend Fragen stellten, wie sehr ich mich auf den Bürgerdialog freute, was ich zu Frau Merkel sagen wollte, und, und, und … Dabei betete ich dem Team artig vor, was wir im Workshop alles besprochen hatten.

Gleichzeitig grübelte ich, ob ich das mit unserer Angst vor der Abschiebung tatsächlich ansprechen sollte. Es war natürlich eine perfekte Gelegenheit. Im Geiste sah ich meinen Vater vor mir. Intensiv kopfnickend und mit leuchtenden Augen. »Natürlich musst du das machen!«, rief er mir in Gedanken zu.

Inzwischen waren es nur noch zwei Stunden bis zum Dialog. Ich saß in dem Zimmer, in dem der Workshop stattgefunden hatte, und dachte nach. Wollte ich das wirklich machen? Mit der Kanzlerin reden. Ich?

Und dann standen plötzlich schon ein paar von den Anzug tragenden Organisatoren im Raum: »Ihr müsst jetzt zum Sicherheitscheck.« Wie beim Fliegen wurden wir untersucht, ob wir irgendwelche Waffen bei uns trugen. Von hinten rempelte jemand gegen meinen Rollstuhl. Er trug einen Ventilator, weil der Tag bereits jetzt sommerlich warm war und es in der Turnhalle mit den vielen Scheinwerfern noch viel heißer werden würde. Die Betreuer unseres Workshops führten uns durch Gänge, die ich nicht kannte, obwohl ich schon seit vier Jahren hier zur Schule ging. Und plötzlich standen wir in der Sporthalle. Unsere Betreuer bugsierten mich auf eine Bank in der ersten Reihe. Überall standen Kameras und Journalisten herum. Ich bemühte mich, ruhig zu atmen. Noch immer war ich mir nicht ganz sicher, ob ich mich wirklich trauen sollte, vor so vielen Menschen das Wort zu ergreifen. Da brüllten die anderen plötzlich: »Sie kommt, sie kommt!«

Draußen fuhr ein dunkles Auto vor. Ein Ruck ging durch den Raum. Unsere Schulleiterin stand an der Seite, um Frau Merkel kurz zu begrüßen, und ging dann aus dem Raum. Der Moderator, der auch schon den Workshop geleitet hatte, begann das Gespräch sehr unkonventionell: »Wir haben wirklich intensive Fragen für Sie vorbereitet. Ein großes Thema war tatsächlich auch, was Sie heute anhaben, Frau Kanzlerin. Ein Kursteilnehmer meinte: ›Na Hauptsache, sie hat irgendwas an.‹« Frau Merkel schmunzelte: »Sehr praktisch.« Ich fand sie auf Anhieb sympathisch. Als der Moderator des Workshops sie fragte, was ihr selbst eigentlich wichtig wäre, spitzte ich die Ohren. Frau Merkel musste nicht lange überlegen. »Mir persönlich ist es wichtig, dass mir meine Arbeit Spaß macht. Mir ist es wichtig, dass ich Freunde habe und mich natürlich auch mit meinem Mann gut verstehe. Ansonsten finde ich es wichtig, dass wir in unserem Land friedlich zusammenleben können und dass die Menschen einander achten. Das ist mir sehr wichtig, und da versuche ich, auch in meiner Arbeit darauf zu achten.«

Spätestens jetzt wusste ich, dass mein Thema bei Frau Merkel durchaus gut platziert wäre. All ihre angesprochenen Punkte – mal abgesehen von der Sache mit dem Mann, den ich ja noch nicht hatte – waren mir ebenfalls wichtig. Allerdings waren sie für mich komplett daran gekoppelt, in Deutschland bleiben zu können. Unschlüssig kaute ich auf meiner Unterlippe herum. Sollte ich oder nicht? Ich war überzeugt davon, dass Frau Merkel empathisch genug war, mich zu verstehen. Schade nur, dass ich mich vermutlich nicht traute, hier das Wort zu ergreifen!

Unruhig rutschte ich auf meinem Platz hin und her und überlegte, wie ich anfangen könnte. Währenddessen redeten die anderen über Müllberge, Umwelt und den Klimaschutz – Frau Merkel gab zu jedem Thema routiniert Antwort und wich geschickt aus, wenn der Moderator versuchte, ihr konkrete Zugeständnisse zu entlocken: »Ich muss dann die Mehrheiten dafür kriegen. Ich muss gucken, dass die Wirtschaft nicht sagt, jetzt sind wir noch mehr belastet. Deshalb nehme ich das jetzt einfach mit. Dafür machen wir ja diesen Dialog.«

Ungefähr vierzig Minuten lang ging das so. Dann gelang dem Moderator Felix Seibert-Daiker völlig überraschend der Übergang von der Diskriminierung von Behinderten im Job zu mir. Er sagte einfach: »Reem, da hattest du ja auch eine schöne Geschichte zu.« Einen kurzen Moment war ich wie erstarrt. Sofort hielt mir irgendwer an einer langen Stange ein Mikrofon unter die Nase. Ich bemühte mich, ruhig zu bleiben, und begann mit den Worten, die ich mir schon vorher zurechtgelegt hatte. »Hallo, ich heiße Sie erst einmal herzlich willkommen. Ich bin Reem, ich bin seit vier Jahren hier an der Schule.« Und dann redete ich und redete ich. Ohne auf den Punkt zu kommen. Ich merkte selbst, dass ich herumeierte, und wunderte mich beinahe, dass Frau Merkel trotzdem verstand, worauf ich eigentlich hinauswollte – nämlich, dass ich es unerträglich fand, so lange mit der Ungewissheit zu leben: Durften wir nun in Deutschland bleiben, oder wurden wir in den Libanon abgeschoben?

Die Bundeskanzlerin überraschte mich mit der Aussage, dass sie aktuell genau diese Problematik im Bundestag diskutierten. Offenbar war den Politikern bewusst, dass es schwierig war, wenn Asylverfahren zu lange dauerten. Frau Merkel sah beinahe zerknirscht aus, während sie ihr Dilemma schilderte: »Wie gehen wir mit denen um, die schon viele Jahre hier sind? Wir werden nicht alle Menschen in Deutschland aufnehmen können. Weil wir viele aufnehmen müssen, die direkt aus Kriegsgebieten kommen.« Mein Herz raste. Wie meinte sie das? Hieß das, dass wir gehen sollten? Schließlich herrschte bei uns doch kein Krieg …

In diesem Moment zog sich alles in mir zusammen. Ich konnte mir nicht mehr vorstellen, in einem Flüchtlingslager zu leben! Ich hatte mich an mein Leben in Deutschland gewöhnt. Die Vorstellung, wieder in einem baufälligen Haus im Libanon zu leben, in dem es nicht einmal eine zuverlässige Strom- und Wasserversorgung gab, darauf hoffend, dass mich irgendein Mann auswählte – das alles war für mich inzwischen viel zu weit weg! War den Politikern nicht bewusst, dass in jedem einzelnen dieser Menschen, die sie nach Jahren wieder zurück in ihre alte Heimat schickten, Gefühle steckten? Wünsche, Träume, Hoffnungen, Beziehungen, Wissen, Erfahrungen, Gewohnheiten? Eben all das, was einen Menschen ausmachte. Obwohl ich mich weiter um ein Lächeln bemühte, spürte ich, wie meine Verzweiflung wuchs. »Ich habe ja auch Ziele. Ich will studieren«, schob ich hilflos hinterher und spürte schon den dicken Kloß, der in meinem Hals wuchs. Frau Merkel nickte sanft. »Ich verstehe das. Politik ist manchmal hart. Du bist ja ein unheimlich sympathischer Mensch, aber in den Flüchtlingslagern leben noch Tausende und Abertausende. Das können wir auch nicht schaffen.« Ich hörte nur noch *nicht schaffen.* Alles, was Frau Merkel jetzt noch sagte, erreichte lediglich in Bruchstücken mein Bewusstsein. Dann folgte dieser Satz: »Es werden auch manche wieder zurückgehen müssen.«

Spätestens jetzt konnte ich mich nicht mehr zusammenreißen. Ich musste weinen. Meine Sitznachbarin, eine der Betreuerinnen von »Think Big«, versuchte, mich zu trösten, aber ich hatte in diesem Moment das Gefühl, den Boden zu verlieren. Als wäre gerade die Entscheidung gefallen, dass meine Familie und ich gehen müssten.

Frau Merkel kam zu mir rüber und strich mir unbeholfen über den Hinterkopf und meine Schulter. Sie wirkte hölzern. »Deshalb möchte ich dich trotzdem einmal streicheln, weil du es schwer hast.« So spröde ihre Worte klangen – ich spürte, dass sie meinen Schmerz durchaus verstand, aber meine Tränen überforderten sie. Schließlich war Frau Merkel ebenso hilflos wie wir. Was sollte sie denn machen? Natürlich konnte sie nicht allen Bedürftigen dieser Welt ein sorgloses Leben in Deutschland ermöglichen. Immerhin lebten laut Weltbank weltweit über 700 Millionen Menschen in Armut. Dabei wurden vermutlich nicht einmal die mitgezählt, die in Krisenregionen lebten oder die aufgrund ihres Glaubens oder ihrer politischen Überzeugungen in ihren Ländern bedroht oder verfolgt wurden.

Selbstverständlich konnten die nicht alle nach Deutschland kommen. Das verstand ich ja. Und selbstverständlich gab es auch viele, denen es viel schlechter ging als mir. Aber Rostock war mein Zuhause geworden. Ich lebte hier seit meinem zehnten Lebensjahr. Ich hatte hier Freunde, Ärzte, mein Zimmer, meinen Alltag. Für Ahmed war Deutsch wie seine Muttersprache. Er spielte mit Begeisterung Fußball und sollte demnächst sogar eine Schule mit Sportschwerpunkt besuchen, weil er offenbar extrem talentiert war. Mein kleiner Bruder träumte davon, ebenso erfolgreich zu werden wie Bastian Schweinsteiger, sein großes Vorbild. In unserem Lager im Libanon gab es keine Fußballvereine. Da fand sich nicht einmal eine Wiese mit Tor … Ich weiß: Ein Leben ohne Fußball würde uns nicht umbringen. Trotzdem wäre es schrecklich, noch einmal entwurzelt zu werden. Wir waren glücklich hier.

Und deshalb konnte ich die Tränen nicht mehr zurückhalten.

Es war mir ein bisschen unangenehm, dass ich vor allen Leuten heulte, deshalb war ich froh, dass meine Klassenkameraden mich nicht sahen. Überhaupt war ich froh, dass nur ein paar wenige Schüler aus meiner Schule meinen Ausbruch miterlebten. Zwar wusste ich, dass diese Veranstaltung aufgezeichnet worden war, aber mal ehrlich: Wer interessierte sich schon für das, was in der provisorisch umgebauten Turnhalle meiner Schule passierte? Genau: niemand!

Dachte ich.

Jedenfalls bis ich Schulschluss hatte.

7

Schon als ich aus dem Schultor ging, fielen mir die vielen Journalisten auf, die aufgeregt in meine Richtung schauten und dann blitzschnell in ihre Autos sprangen. Sie hatten offenbar nur auf mich gewartet – nun rasten sie los. In Richtung Evershagen. Keine Ahnung, woher die meine Adresse hatten …

Da die Meute auch meiner aufmerksamen Schulleiterin aufgefallen war, hatte sie den Busfahrer instruiert, vorsichtshalber lieber den Hintereingang unseres Wohnblocks anzufahren. Außerdem rief sie meine Mutter an, um ihr zu sagen, dass ich heute von hinten durchs Haus käme, weil so viele Journalisten hinter mir her waren. Meine Mutter reagierte verwirrt. »Journalisten? Warum?« Meine Schulleiterin konnte ihr das alles nicht so richtig erklären, versprach aber, sich später noch einmal zu melden. Beunruhigt sah meine Mutter aus dem Fenster und beobachtete, wie sich vor unserer Haustür tatsächlich Männer und Frauen mit Kameras und Mikrofonen aufstellten. Besorgt schüttelte sie den Kopf und lief nach unten, um mich am Hintereingang in Empfang zu nehmen. Sie hatte Angela Merkels Auftritt in unserer Schule zwar live mitverfolgt, aber trotzdem nicht damit gerechnet, dass mein Tränenausbruch ein solches Nachspiel haben würde. Klar: Auch meine Mutter war ziemlich aufgewühlt, weil ihr mein Auftritt verdeutlicht hatte, unter welchem Druck ich stand und mit welchen Ängsten ich kämpfte. Denn im Alltag sprachen wir kaum über unsere Sorgen – wozu sollten wir uns auch ständig gegenseitig verrückt machen? Jetzt wollte sie mich eigentlich nur in den Arm nehmen. Stattdessen musste sie mich erst einmal klammheimlich ins Haus schaffen. Verunsichert lugten wir durch das Fenster im Hausflur auf die Straße. »Na, so was!«, murmelte meine Mutter vor sich hin. »Na, so was!« Wir wussten gar nicht, wie uns geschah. In dem verzweifelten Versuch, uns zu schützen, schlossen wir vorsichtshalber sämtliche Fenster unserer Wohnung und zogen sogar die Gardinen zu. Dann hockten wir wie verängstigte Mäuschen in unserer Wohnung und warteten darauf, dass meine Schulleiterin wieder anrief. Um die Wartezeit zu verkürzen, setzte ich mich an den Computer, um zu schauen, ob mir meine Freunde aus dem Libanon über Facebook geschrieben hatten. Das lenkte mich gerade nach anstrengenden Schultagen meistens gut ab – und dieser Schultag war wegen der ganzen Aufregung besonders anstrengend gewesen.

Ich hatte Facebook kaum geöffnet, da stutzte ich und wollte meinen Augen nicht trauen. Da warteten Tausende Freundschaftsanfragen an mich. Von Wildfremden! Journalisten, Jugendliche, Erwachsene – alle wollten plötzlich mit mir befreundet sein. Vor lauter Schreck schloss ich erst einmal das Internetprogramm. Was sollte das?

Auf wackeligen Beinen ging ich zurück zu meinen Eltern, die ebenfalls vor ihrem Rechner saßen und staunten, welche Wellen mein Auftritt offenbar schlug. Unter den Hashtags *#merkelstreichelt* und *#primagemacht* ließen sich die User über die Bundeskanzlerin aus. Der TV-Moderator Jan Böhmermann lästerte: »Ich weiß nicht, ob das eine gute Idee ist, dass die Kanzlerin jetzt mit Menschen reden muss.« Scheinbar alle machten sich über die Kanzlerin lustig. »Warum?«, fragten wir uns. Warum interessierte das plötzlich alle? Warum waren alle so wütend auf Angela Merkel? Und vor allem: Warum wollten jetzt alle mit mir sprechen?

Wir fühlten uns komplett überfordert. Zwischendurch spähten wir ängstlich durch die Gardine, um entsetzt festzustellen, dass die Journalisten weiterhin vor unserem Haus lauerten. Als die Ersten später am Abend endlich abzogen, waren wir mehr als erleichtert. »Was war das?«, fragte ich atemlos. »Keine Ahnung!«, gab Papa zurück. Ich hatte ihn selten so irritiert erlebt.

Wir waren so naiv zu glauben, dass es damit nun vorbei war. Leider gab sich meine Schulleiterin diesbezüglich weniger optimistisch. »Das ist längst nicht vorbei«, erklärte sie uns am Telefon. »Frau Merkel wird wegen ihres Verhaltens stark kritisiert. Dieses Thema wird bestimmt noch eine Weile aktuell bleiben.« Ich zog meine Nase kraus. »Hä? Warum?« Ich fand, dass Frau Merkel ziemlich nett reagiert hatte. Was hätte sie denn tun sollen? Sie hatte mir doch bloß eine ehrliche Antwort gegeben. »Auf jeden Fall werden die Journalisten weiterhin versuchen, ein Interview mit Reem zu bekommen.« Mir wurde schlecht. Ich hasste es, im Mittelpunkt zu stehen. Das war mir unangenehm. Am liebsten wäre ich untergetaucht. Meine Schulleiterin versprach meinen Eltern, am nächsten Tag gut auf mich achtzugeben. »Aufs Schulgelände dürfen die Presseleute nämlich nicht.« Dann legte sie auf – und ich konnte mal wieder eine Nacht nicht schlafen. Was für ein Albtraum!

Tatsächlich belagerten auch am folgenden Tag unzählige Fotografen und Kamerateams meine Schule. In sämtlichen Fernsehsendungen und allen Zeitungen wurde über unseren Bürgerdialog berichtet – und alle hackten auf Frau Merkel herum. Ich bekam ein furchtbar schlechtes Gewissen, weil sie wegen mir solchen Ärger bekam. Nur wegen dieses kurzen Gesprächs … Außerdem fragte ich mich, was die Journalisten nun von mir wollten. Was sollte ich denn noch dazu sagen?

Um mich vor den lauernden Kamerateams und Fotografen zu schützen, die bereits am Schultor auf mich warteten, holte mich eine Lehrerin am nächsten Morgen persönlich vom Bus ab und begleitete mich bis zu meinem Klassenraum. Meine Klassenkameraden sprachen natürlich ebenfalls über nichts anderes. »Na, da bist du ja in was reingeraten«, meinte Larissa. Ich mochte sie besonders gerne, weil sie meistens genau verstand, wie ich mich fühlte, und alles, was sie dachte, ohne Schnörkel aussprach. Wie heute. Mit zusammengekniffenen Lippen nickte ich ihr zu. Immerhin blieb ich wenigstens während der Unterrichtszeit von den Journalisten verschont. Aber natürlich standen sie unmittelbar nach Schulschluss wieder vor unserem Haus. Wir waren unsicher, wie wir mit diesem Medieninteresse umgehen sollten. Noch dazu wollten wir niemanden verärgern. Vielleicht galt es in Deutschland als selbstverständlich, mit den Journalisten zu reden – so selbstbewusst wie die auftraten … Deshalb meinte Papa: »Vielleicht solltest du denen ein Interview geben, damit das endlich aufhört.« Eine weitere naive Fehleinschätzung. Aber woher hätten wir es besser wissen sollen?

Wir entschieden uns, einer sympathischen jungen Frau zuzusagen, die für die *Bild am Sonntag* schrieb. Wir hatten sie zu uns zum Frühstück eingeladen. Mama hatte sogar extra Rührei zubereitet, dazu gab es arabisches Brot. Den ganzen Morgen huschte meine Mutter hektisch durch die Wohnung, während ich Ewigkeiten vor dem Schrank verbrachte und überlegte, was ich anziehen und wie ich meine Haare frisieren sollte. Wir waren sehr aufgeregt. Als es an der Haustür klingelte schauten wir uns unsicher an. Und wer öffnete jetzt die Tür? »Los geht's!«, meinte Papa schließlich und scheuchte einfach uns alle nach vorne. Erwartungsvoll standen wir auf der Türschwelle und warteten, bis sich die Reporterin ihre Schuhe ausgezogen hatte. Offenbar hatte sie sich erkundigt, wie man sich in einem arabischen Haushalt benimmt. Das fand ich schon einmal sehr aufmerksam von ihr. Schüchtern reichte ich ihr meine Hand. »Wie schön, dich zu treffen!«, freute sich die Journalistin, die natürlich froh war, das erste Interview mit mir zu bekommen. Aber sie war genau die richtige Wahl dafür.

Mit ihrer freundlichen, aufgeschlossenen Art verstand es die Reporterin, uns ziemlich schnell unsere Angst zu nehmen. Sie spielte mit Raneem, die sich natürlich über die Aufmerksamkeit unserer blonden Besucherin freute, und unterhielt sich mit Ahmed, der mittlerweile besser Deutsch als Arabisch sprach. Dann gingen wir in mein Zimmer, um das Interview zu führen. Ich war überrascht: Das war eigentlich ein ganz normales Gespräch. Die Journalistin wollte ein bisschen mehr von meinem Leben wissen. Wo war ich geboren? Wie verlief mein Leben im Libanon? Wie stellte ich mir meine Zukunft vor? Die Journalistin schrieb alles mit. Am Ende bedankte sie sich für den herzlichen Empfang und unsere Offenheit. Als sie ging, standen wir alle zusammen an der Tür und strahlten erleichtert. Wir waren uns einig: Das war richtig gut gelaufen.

Während ich mich erschöpft auf mein Bett legte, verschwand Mama wieder in der Küche, um unser Abendessen vorzubereiten. Nun konnte der Alltag wieder beginnen …

Die Reporterin hatte versprochen, uns den Artikel lesen zu lassen, ehe er in ihrer Zeitung erschien. Sie schickte ihn per

Mail und die Überschrift lautete: »Ich bin die Einzige in meiner Klasse mit einer Eins in Deutsch.« Genervt verzog ich mein Gesicht. Was für eine Angeberei! Ich maulte: »So habe ich das gar nicht gesagt!« Aber Papa schmunzelte bloß. Er war unendlich stolz.

Mir blieb die ganze Angelegenheit weiterhin unangenehm. Aber mein abenteuerlustiger Papa verwarf meine Bedenken: »Das ist gut, Reem! Du kannst auf unsere Situation aufmerksam machen. Das ist gut!« Tatsächlich hatte sich sogar Rostocks Oberbürgermeister Roland Methling in dem *BamS*-Artikel geäußert, dass er den Abschiebebeschluss für unsere Familie vorläufig nicht vollziehen wollte. Diesen Absatz las ich gleich mehrfach, weil ich ihn so schön fand. Schon alleine dafür hatte sich mein Auftritt mit Angela Merkel dann doch gelohnt. Das sah Papa genauso »Das ist prima!«, wiederholte er noch einmal und atmete tief durch – nun schien sich für uns doch noch alles zum Guten zu wenden. In dem Artikel lasen wir, dass im Sommer ein Beschluss gefasst werden sollte, nach dem jugendliche Flüchtlinge, die seit mindestens vier Jahren in Deutschland lebten, hier zur Schule gingen und gut integriert waren, nicht abgeschoben werden sollten. Papa strahlte mich an. »Siehst du: Es war ein großes Glück, dass du bei dieser Veranstaltung mitgemacht hast.«

Deshalb motivierte er mich auch, weitere Interviews zu geben – schließlich hatten wir den Journalisten und ihrer Berichterstattung viel zu verdanken. Sogar die *New York Times* berichtete über uns. Papa hoffte, dass mich dieser Presserummel ein wenig mutiger machen würde, selbstbewusster. Aber mir bereitete jedes neue Interview Stress. Genau wie Mama, da sie jeden Journalisten wie einen Gast empfangen und bewirten wollte. Papa erinnerte sie manchmal daran, dass diese Leute nur ihrer Arbeit nachgingen: »Sie wollen doch was von uns, Manal.« Aber Mama zog die Augenbrauen zusammen und schüttelte ihren Kopf. Es kam für sie gar nicht infrage, dass ein Gast nicht umsorgt und verwöhnt wurde. Meistens lächelte Papa dann ganz mild, und ich spürte wieder, wie sehr er seine Frau genau dafür liebte. Für ihn war dieses ganze Theater ein großes spannendes Abenteuer.

Allerdings zeigte sich ziemlich bald, dass meine Eltern und ich im Umgang mit der Presse viel zu naiv vorgingen. Journalisten waren nicht alle nett. Und sie wünschten uns auch nicht alle nur das Beste. Aber das merkten wir leider viel zu spät. Inzwischen kannten wir einige Journalisten schon besser, weil sie uns mehrfach besucht hatten. Manchmal folgte ihrem Besuch ein kurzer Artikel, manchmal auch nicht. Je nachdem, ob es irgendetwas Neues gab. Einmal brachte ein Zeitungsreporter, den wir sehr schätzten, einen Kollegen von einer vermeintlich seriösen deutschen Tageszeitung mit zu uns nach Hause. Ein unscheinbarer Typ mit einem laschen Händedruck, der die ganze Zeit freundlich vor sich hin schaute. Leider gingen wir seiner zur Schau gestellten Harmlosigkeit voll auf den Leim. Als er irgendwann fragte, ob er sich mit mir privat unterhalten und für seine Kinder ein Bild von mir schießen dürfte, hatte ich überhaupt nichts dagegen. Ein Fehler.

Denn kurz darauf erschien ein Artikel von ihm. Papa sah mich überrascht an. »Wann hast du dieser Zeitung denn ein Interview gegeben?« Ich schüttelte den Kopf. »Habe ich nicht! Der wollte sich doch bloß privat mit mir unterhalten.«

Das war schon der erste Schock. Dass ein Journalist einfach einen Bericht veröffentlichte, ohne meine Eltern – schließlich war ich minderjährig – um Erlaubnis gefragt zu haben. Was uns allerdings noch viel mehr entsetzte, war der Inhalt: Da stand dann plötzlich, dass ich glaubte, Israel hätte uns aus Palästina vertrieben. Meiner Familie und mir wurde dadurch eine antisemitische Haltung unterstellt, die wir überhaupt nicht teilten! Noch dazu hatte ich mich mit dem Journalisten überhaupt nicht politisch unterhalten. Ganz ehrlich: Ob jemand Jude, Christ oder Moslem war, spielte in unserer Familie keine Rolle, hatte noch nie eine Rolle gespielt. Uromas beste Freundin war Jüdin gewesen. Niemals hätte sie *die* Juden oder Israel für ihre Flucht verantwortlich gemacht … »Das war die Politik«, hatte sie immer beteuert. Nur *die Politik*. Nicht Israel. Natürlich träumten wir von Haifa. Und wir wünschten uns auch, dort irgendwann wieder mit der ganzen Familie leben zu können. In schönen Häusern, mit sicheren Berufen, Karrieremöglichkeiten, Krankenversicherungen und allem, was zu einem sorgenfreien Leben dazu gehörte. Aber eben *mit* (!) den Juden. Friedlich. So wie Uroma es uns immer erzählt hatte. Einfach als Bewohner von Haifa und nicht als Juden, Christen oder Moslems. Wir wünschten uns ein Miteinander, wie wir es hier in Rostock erlebten, wo es völlig gleichgültig war, ob jemand Katholik, Protestant, Jude, Moslem, Hinduist oder Buddhist war. Im Zweifel kannte man hier die Religionszugehörigkeit seines Gegenübers nicht einmal. Ich zum Beispiel hatte keine Ahnung, woran meine Lehrer glaubten. Oder meine Nachbarn. Oder die vielen Journalisten, die wir zu uns eingeladen hatten, die mit uns gegessen und geredet hatten. Ich hatte auch keine Ahnung, welcher Religion dieser Journalist angehörte, der nun diese schrecklichen Unterstellungen über uns verbreitete. Weil mir das völlig egal war: Für uns zählte der Mensch!

Dieser Artikel schockierte mich so sehr, dass ich mich erst einmal für Tage in mein Bett verkroch. Ich hatte Angst, vor die Tür zu gehen. Hatte Angst davor, wie die Leute mich nun ansehen würden. Albträume quälten mich – wenn ich überhaupt mal schlief. Am liebsten hätte ich mich für alle Zeiten in meinem Zimmer eingeschlossen. So sehr schämte ich mich. So sehr verunsicherte mich dieser Artikel. Prompt meldeten sich auch die Schatten auf meinem Herzen zurück – allerdings kamen sie diesmal nicht als dichter Nebel, sondern stürzten wie eine undurchdringbare Betonwand auf mein Herz. Dieser Journalist hatte mir meine Unschuld geraubt, meinen Glauben an ein respektvolles, zugewandtes und faires Miteinander. Ich verstand überhaupt nicht, warum sich alle über Angela Merkel aufregten – sie war wenigstens ehrlich gewesen. Bei ihr wusste ich zu jedem Zeitpunkt, woran ich war. Dieser Journalist dagegen hatte so getan, als fände er uns sympathisch, um uns dann vor aller Welt schlecht darzustellen, so jedenfalls empfand ich das. Ich war entsetzt. Sprachlos. Völlig schockiert. Weil ich mich so ungerecht behandelt fühlte.

Und absolut hilflos.

Ausgeliefert.

Wie sollte ich diesen Vorwurf jemals wieder aus der Welt schaffen? Auch Papa war wie vor den Kopf geschlagen. Auch er verstand nicht, warum man so unfair mit uns umging. Sein Blick wurde düster und misstrauisch. Journalisten begegneten wir nun mit größter Vorsicht. Interviewanfragen lehnten wir grundsätzlich ab.

Gleichzeitig kochten im Internet weitere Gerüchte hoch: So kümmerte sich nun angeblich Angela Merkel höchstpersönlich um unser Wohlergehen. Irgendwann rief uns Mamas

Großonkel Ahmed aus Essen aufgeregt an: »Ihr habt jetzt ein Auto und wohnt in einer Villa?« Papa dementierte: »Quatsch! Wie kommst du denn darauf?« Ahmed hatte diese Nachricht im Internet gelesen. Es war wie ein Tsunami, der über uns hinwegfegte. Wir hatten ihm nichts entgegenzusetzen.

Ausgerechnet in diesem Moment flatterte eine Einladung von Rostocks Oberbürgermeister Roland Methling in unser Haus. Als hätte er von unserer großen Krise geahnt … Kleinlaut betraten wir ein paar Tage später sein Büro, in dem Getränke und Süßigkeiten für uns bereitstanden. Irritiert blickten wir uns um. Herr Methling bat uns freundlich, Platz zu nehmen. Er eröffnete das Gespräch in meine Richtung, indem er beteuerte, wie sehr er mich für meinen Mut und meinen Willen, etwas aus meinem Leben machen zu wollen, bewunderte. Für ihn war ich ein Beispiel gelungener Integration. Und er freute sich, dass das in Rostock gelungen war. Ich lächelte unsicher. »Vielen Dank!« Noch immer wusste ich nicht genau, warum uns Herr Methling eingeladen hatte. Doch dann kam er ziemlich bald auf diesen unsäglichen Zeitungsartikel zu sprechen und darauf, dass man im Umgang mit der Presse vorsichtig sein müsse. Aber diese Erfahrung hatten wir ja nun selbst gemacht. Glücklicherweise ging auch er davon aus, dass der Artikel nicht stimmte, was wir sofort bekräftigten.

Es fühlte sich gut an, dass der Oberbürgermeister der Stadt, in der wir leben durften, uns in dieser Zeit seine Hand reichte. Das war eine sehr warmherzige, menschliche Geste, die man von Politikern oft nicht erwartete. Sie bedeutete uns unglaublich viel und schenkte uns den Mut, den wir so nötig hatten.

Freundlicherweise bot uns ein Journalist, der uns schon häufiger besucht hatte und daher wusste, dass diese bösen

Gerüchte nicht der Wahrheit entsprachen, seine Unterstützung an. Er empfand es ebenfalls als unanständig, sich ein Interview mit einer Minderjährigen zu erschleichen und obendrein noch Unwahrheiten zu verbreiten. »Ich kenne einen Rechtsanwalt aus Berlin, der sich immer sehr für Menschen einsetzt, denen Unrecht widerfährt. Der wird euch helfen.« Und dann gab er uns die Telefonnummer von Eberhard Schultz, der obendrein versprach, sich ab sofort um sämtliche Presseanfragen zu kümmern.

Was für eine Erleichterung! Schließlich traute ich mich nach dem fiesen Artikel überhaupt nicht mehr, mit einem Journalisten auch nur ein Wort zu wechseln, und das, obwohl alle anderen doch sehr fair mit uns umgegangen waren. Es dauerte Wochen, ehe ich den Schock überwunden hatte und mich allmählich wieder aus meinem Schneckenhaus wagte. Dabei half mir auch Herr Schultz, indem er mir glaubte und sich dafür einsetzte, dass dieser Artikel richtiggestellt wurde. Außerdem versprach er, sich künftig auch um unsere Aufenthaltsgenehmigung zu kümmern. Dann war alles in einer Hand – das fand Papa natürlich praktisch.

Schultz berief sich auf die neue Regelung, die Frau Merkel im Bürgerdialog bereits angekündigt hatte. »Ihr seid vier Jahre hier, die Kinder sind gut integriert«, meinte er. »Das sollte klappen!« Und so kam es dann auch. Uns wurde tatsächlich ein Aufenthaltstitel erteilt oder auf Amtsdeutsch: eine Aufenthaltserlaubnis nach Paragraf 25a Aufenthaltsgesetz. Das bedeutete: Bis Oktober 2017 war unser Aufenthalt gesichert. Damit standen uns immerhin zwei sorgenfreie Jahre bevor! Nach den vielen Unsicherheiten der vergangen Monate erschienen uns diese zwei Jahre wie eine Ewigkeit! Viele Zeitungen jubelten:

»Reem darf bleiben!« Wobei ja eigentlich korrekt gewesen wäre: »Reems Aufenthalt wurde verlängert.« Aber das klang natürlich nicht so schön nach Happy End.

Trotzdem veränderte dieser neue Status unser ganzes Leben. Vor allem weil er meinen Eltern ermöglichte, sich nun endlich Arbeit zu suchen.

Meine Mama fand dank der Hilfe unserer ehemaligen Betreuerinnen ziemlich schnell eine Stelle als Sozialarbeiterin in unserem alten Flüchtlingsheim, in dem wir kurz nach unserer Ankunft in Rostock gelebt hatten. Sie kümmerte sich zum Beispiel darum, wenn eine Frau von ihrem Mann schlecht behandelt wurde. Dann marschierte sie in die Familie und stellte klar: »Ein solches Verhalten ist in Deutschland nicht erlaubt. Wenn ihr hier leben wollt, müsst ihr euch an die Regeln halten, und wenn ihr das nicht tut, rufen wir die Polizei.« Beim Abendessen erzählte sie uns dann kopfschüttelnd, was sie am Tag alles erlebt hatte. Besonders beeindruckend fand ich jedes Mal ihre Schilderungen von den Männern, die mit mehreren Frauen nach Deutschland gekommen waren und nun darüber staunten, dass solche Mehrfachehen in Deutschland problematisch waren – schließlich waren im Islam vier Ehefrauen erlaubt, vorausgesetzt, der Mann konnte sie alle gleichermaßen versorgen. Ich schüttelte meinen Kopf: »Das könnte ich mir niemals vorstellen, meinen Mann mit mehreren Frauen zu teilen.« Papa lachte. »Also mir wäre das viel zu anstrengend.« Aber ehe Mama noch etwas dazu sagen konnte, klingelte schon wieder Papas Telefon.

Seit er als Flüchtlingsberater für das Deutsche Rote Kreuz arbeitete, hatte er eigentlich überhaupt keinen Feierabend mehr. Gerade rief eine aufgebrachte Familie aus dem Krankenhaus an.

Die Eltern hatten am Kopf ihres Säuglings eine Zecke entdeckt und waren sofort in die Klinik gefahren, um das Tierchen entfernen zu lassen. Nur leider war der Kopf der Zecke im Kopf des Babys stecken geblieben. Die deutsche Ärztin schaffte es nicht, die panischen Eltern zu beruhigen, weil die Eltern weder Deutsch noch Englisch sprachen. Also riefen sie bei Papa an und reichten den Hörer dann an die entnervte Ärztin weiter, die meinen Vater beruhigte: »Es ist alles gut! Ich habe versucht, den Zeckenkopf mit einer Kanüle zu entfernen, aber das hat leider nicht geklappt. Nun müssen die Eltern das Kind beobachten und schauen, ob sich möglicherweise ein roter Ring um diese Stelle bildet, oder ob das Kind Fieber bekommt. Das passiert in Deutschland allerdings sehr selten. Trotzdem kann ich vorerst nicht mehr für sie tun.« Das war zwar keine besonders beruhigende Aussage für die Eltern, aber zumindest konnte mein Vater ihnen übersetzen, was die Ärztin ihnen zuvor vergeblich mitteilen wollte. So ging es ständig.

Meine Eltern kümmerten sich um Kommunikationsschwierigkeiten aller Art: Sie vereinbarten Arzttermine oder halfen beim Ausfüllen von Formularen. Es machte sie stolz und glücklich, endlich eigenes Geld zu verdienen. Auch wenn ihre Verträge befristet waren. Aus gutem Grund: »Irgendwann kommen nicht mehr so viele Flüchtlinge nach Deutschland«, seufzte mein Vater, »dann brauchen sie auch keine Sozialarbeiter mehr.« Deshalb bemühte er sich auch weiter darum, dass seine Ausbildung als Schweißer in Deutschland anerkannt wurde. Inzwischen sprach er allerdings so gut Deutsch, dass er sich ohne meine Hilfe darum kümmern konnte. Uns allen erschien mein Treffen mit Angela Merkel wie der Startschuss in ein neues Leben. Zum ersten Mal seit Jahren fühlte ich mich wirklich frei, zuversichtlich und selbstbewusst. Ich, Reem aus Wavel, würde mein Abitur machen, studieren und ein selbstbestimmtes Leben führen. Plötzlich erschien mir mein Leben wie ein Geschenk – und ständig kamen neue Geschenke hinzu.

So meldete sich das Rostocker Volkstheater bei mir, weil der Intendant erfahren hatte, dass ich gerne sang. Er lud mich in sein Theater ein, um die neue Spielzeit zu eröffnen, die unter dem Motto »Toleranz in religiösen und kulturellen Fragen« stand. Diese Anfrage machte mich sehr glücklich. Ich wollte gerne singen! Weil ich glaubte, den Menschen damit etwas von meiner Freude abgeben zu können und von dem unglaublichen Reichtum, den mir mein Leben gerade bescherte. Als ich zur ersten Probe kam, strahlte ich vermutlich heller als die Studiobeleuchtung – so sehr freute ich mich.

Doch dann sollte ich mir aus dem umfangreichen Kostümfundus des Theaters ein Kleid für meinen Auftritt aussuchen. Eine der Frauen vom Volkstheater hielt mir ein rotes Kleid in meiner Größe unter die Nase. »Das ist doch schön!« Entsetzt sah ich sie an. Damit würde ich ja wie Rotkäppchen aussehen! »Ich würde eigentlich lieber ein weißes Kleid tragen«, formulierte ich vorsichtig. Schließlich wollte ich nicht undankbar oder zickig erscheinen. «Weil ich doch ein arabisches Hochzeitslied singen möchte.« Die Frau zuckte mit den Schultern und hängte das Rotkäppchenkleid zurück auf die Stange. »Kein Problem, dann besorgen wir dir ein weißes Kleid.« Erleichtert lächelte ich sie an. Dann war es ja gut!

Am Abend meines ersten Auftritts schickten sie mir sogar ein Taxi, um mich abzuholen. Ich fühlte mich wie ein Star, als ich die Beifahrertür öffnete und der Fahrer fragte: »Reem

Sahwil?« Strahlend strich ich beim Einsteigen meinen grauen Rock glatt. »Ja, das bin ich.«

Mama hatte mir einen wirklich schicken grauen Zweiteiler gekauft, in dem ich sehr festlich aussah – auch wenn klar war, dass ich das Kleid beim Auftritt selbst nicht tragen würde. Aber ich konnte doch schlecht in Jeans und Sweatshirt zu einem solchen Termin gehen!

Der Taxifahrer setzte seinen Blinker und fuhr in die Dunkelheit. Auf der Fahrt betrachtete ich die hell erleuchteten Fenster der anderen Hochhäuser. Hinter jedem lebten andere Familien. Jede hatte ihre eigenen Probleme, Wünsche und Ziele. Ich hatte in diesem Moment das Gefühl, alles erreicht zu haben, wovon ich geträumt hatte. Wäre mein Leben ein Film, könnte jetzt das *Happy End* eingespielt werden – so glücklich war ich gerade. Und so glücklich blieb ich auch den ganzen Abend lang.

Ich hatte Papa überredet, meine Schiene an diesem Abend zu Hause lassen zu dürfen, und er hatte es ausnahmsweise erlaubt. Als ich also ohne meine Schiene auf die Bühne trat, fühlte ich mich frei. Frei, dankbar, zuversichtlich und grenzenlos zufrieden.

Von irgendwem hatte ich aufgeschnappt, dass an diesem Abend angeblich fünfhundert Leute im Publikum saßen. Fünfhundert Menschen, die mich nun neugierig anstarrten. Unruhig trippelte ich auf der Stelle und lächelte. Lächelte meine Aufregung einfach weg. Und dann begann ich zu singen. Ich hatte mich für ein arabisches Hochzeitslied entschieden, weil meine Cousine Walaa demnächst heiraten wollte. Solche Familienfeste machten uns jedes Mal traurig, da wir wegen unseres unsicheren Status nicht in den Libanon reisen durften – und vermutlich ohnehin nicht genug Geld gehabt hätten, um die teuren Flüge zu bezahlen. Deshalb wollte ich hier in Rostock für Doaas große Schwester Walaa ein Hochzeitslied singen und ihr später das Video von meinem Auftritt schicken. Das Lied war schwierig, mit heftigen Tonsprüngen. Aber ich sang und fühlte mich dabei wie schwerelos. Ich genoss das Gefühl, dass ich so laut singen konnte, wie ich wollte, und dass ich die Töne treffen konnte, die ich wollte. Es war sensationell! Als ich mein Lied beendet hatte, lachten mir die Leute begeistert entgegen. Und sie klatschten, klatschten und klatschten. Trotzdem beeilte ich mich, von der Bühne zu kommen. Singen fand ich prima. Aber nur dastehen und mich anschauen lassen, das war mir unangenehm. Deshalb verschwand ich eilig in den Backstagebereich und lief mit glühenden Wangen der Organisatorin entgegen, die mich lachend empfing. »Beim nächsten Mal könntest du dich ruhig noch kurz verbeugen, ehe du wegrennst. Das mögen die Leute. Außerdem ist das doch dein Applaus, den hast du doch verdient.« Dabei zwinkerte sie mir freundlich zu und ich zog beschämt meinen Kopf ein. »Okay!« Aber mal abgesehen von meiner Bühnenflucht war ich furchtbar stolz, weil ich es tatsächlich geschafft hatte, vor fünfhundert Menschen zu singen! Und das offenbar ziemlich gut, denn jetzt meldete sich auch noch der Pfarrer einer christlichen Kirche, der mich gesehen hatte und nun zu einem Fest einladen wollte, auf dem ich singen sollte. Da sagte ich natürlich ebenfalls zu. Und das entpuppte sich gleich als doppeltes Glück. Denn ich hatte nicht nur Lust, wieder vor Publikum zu singen – diesmal trug ich meinen grauen Zweiteiler, weil das Volkstheater das weiße Kleid leider behalten hatte. Das Tollste war, dass mir im Anschluss die Lehrerin einer Musikschule anbot, mir Unterricht zu erteilen. Kostenlos! Da ich schon immer gerne gesungen hatte und häufig für meine klare Stimme gelobt worden war, freute ich mich natürlich riesig – schließlich hätten meine Eltern mir den teuren Gesangunterricht niemals bezahlen können.

Allerdings spürte ich auch schnell, dass mir meine Aufmerksamkeit nicht *nur* Vorteile brachte.

Wenn ich Mama nun zum Einkaufen begleitete, stürmten plötzlich wildfremde Leute auf mich zu, die mit mir ein Selfie schießen wollten. Sie drückten mich an sich und hielten mir ihre Kamera vors Gesicht. Einige fragten dabei noch: »Warum hast du eigentlich so geheult?« Diese fehlende Zurückhaltung überforderte mich manchmal. Wenn mich jemand um ein Autogramm bat, schämte ich mich sogar. Noch unangenehmer wurde es, wenn mich Passanten plötzlich beschimpften. »Du bist schuld, dass wir nun alle reinlassen!«, rief mir ein alter Mann hinterher. Ich tat natürlich so, als ob ich ihn nicht gehört hätte. Was hätte ich auch tun sollen? Eine Diskussion anfangen? Manchmal zweifelten die Menschen auch daran, dass wir uns tatsächlich gut integriert hatten – vor allem wenn sie Mama mit ihrem Kopftuch sahen. Hin und wieder bauten sich dann aggressiv dreinschauende Männer vor uns auf, die verlangten, dass Mama ihnen die Hand reichte. »Oder darfst du das nicht?«, höhnten sie. Meine Mutter sah den Männern dann freundlich ins Gesicht und reichte ihnen ihre Hand. Papa saß einmal mit ein paar Deutschen zusammen, von denen einer plötzlich fluchte: »Nur wegen diesem Merkel-Mädchen geht es jetzt mit Deutschland bergab.« Bis jemand dem wütenden Redenschwinger den Hinweis gab, dass mein Vater mit am Tisch saß.

Am meisten verletzte mich allerdings die Häme im Netz. Papa meinte zwar, ich sollte solche Sachen gar nicht lesen, aber manchmal gab ich meinen Namen eben doch bei Google ein. Das war dann heftig. Da wurde ich beschimpft, verunglimpft, lächerlich gemacht. Was sollte das? Ich hatte niemandem etwas getan! Papa meinte, dass solche Kommentare mehr über den Schreiber als über mich aussagten – damit hat er sicher recht. Wer einigermaßen mit sich und seinem Leben zufrieden war, würde kaum auf einem vierzehnjährigen Mädchen herumhacken …

Aber es war offenbar so, dass einige Leute mein Zusammentreffen mit Angela Merkel für den Schlüsselmoment ihrer späteren Flüchtlingspolitik hielten. Sie schienen zu glauben, nur wegen mir hätte die Bundeskanzlerin die Grenzen geöffnet und alle Flüchtlinge nach Deutschland einreisen lassen. Ganz ehrlich: So wichtig würde ich mich und mein Gespräch mit Frau Merkel niemals nehmen. Ich bin mir sicher, dass sie sich dazu ihre eigenen Gedanken gemacht hat. Immerhin ist sie die Tochter eines Pastors – daher wird sie von Nächstenliebe und Verantwortung vermutlich schon einmal gehört haben, bevor ich weinend vor ihr saß … Trotzdem war es irgendwie merkwürdig, dass wir diesen sehr intensiven Moment miteinander hatten – und uns danach nie wieder begegnet waren. Ich hätte mich gerne bei ihr entschuldigt und ihr gesagt, wie leid es mir tat, dass sie wegen mir einen solchen Ärger bekommen hatte. Gleichzeitig hätte ich mich auch gerne bei ihr bedankt. Immerhin hatte sich seit unserer Begegnung im Sommer so viel Gutes ergeben. Ich hätte ihr gerne gesagt, wie toll und stark ich sie fand und wie gerne ich auch etwas von ihrer Ausdauer und ihrem Mut hätte. Da ich dazu aber nicht die Gelegenheit bekam, versuchte ich, zumindest in den Interviews klarzustellen, dass *ich* ihre Reaktion im Bürgerdialog angemessen fand und mich kein bisschen schlecht behandelt fühlte. Auch im Jahresrückblick bei Günther Jauch, zu dem meine ganze Familie nach Köln eingeladen worden war, betonte ich deshalb, dass ich an ihrer Stelle genauso reagiert hätte.

Als diese ganze Angelegenheit nach Monaten dann endlich in Vergessenheit geriet – im Februar oder März – kam meine Schulleiterin auf mich zu. Ich erkannte schon an ihrem Gesichtsausdruck, dass etwas Besonderes geschehen sein musste. Und so war es auch. Meine Schulleiterin eröffnete mir, dass ich ins Bundeskanzleramt eingeladen worden war. Überrascht zog ich die Augenbrauen hoch. »Wie? Was soll ich denn da?« Offenbar wollte Frau Merkel mich noch einmal sprechen. Ganz alleine. Ohne Presse. Deshalb sollte ich über dieses neue Treffen auch Stillschweigen bewahren. Verdutzt sah ich meine Schulleiterin an. »Frau Merkel will *mich* sprechen?« Die Direktorin nickte. Während sie mir den Brief überreichte, strahlten ihre Augen. Ich konnte es kaum glauben. Im Kopf hatte ich mir schon tausendmal überlegt, was ich zur Kanzlerin sagen wollte, sollte ich ihr noch einmal begegnen. Nun bekam ich tatsächlich die Gelegenheit dazu!

Im April 2016 fuhr ich zusammen mit meiner Schulleiterin nach Berlin. Die gesamte Fahrt über war ich so aufgeregt, dass ich eigentlich permanent grinsen musste. Meine Schulleiterin lachte jedes Mal, wenn sie mich ansah, weil mir meine Freude im Gesicht geschrieben stand. »Ich kann es noch immer nicht richtig glauben!« Einerseits konnte ich es kaum erwarten, Angela Merkel zu begegnen. Andererseits ermahnte ich mich selbst, jeden Moment dieser besonderen Reise zu genießen. Ich wollte mir alles genau einprägen. Schließlich hatten mich die Ereignisse beim Bürgerdialog einfach überrollt – diesmal wollte ich jede Sekunde dieses besonderen Tages in meinem Herzen aufnehmen und für alle Zeiten bewahren.

Als wir vor dem Kanzleramtsgebäude ankamen, blieb ich erst einmal stehen. Hier arbeitete Angela Merkel also. Nicht schlecht! Ihr Büro lag in einem futuristischen Bau mit weiten, breiten Treppen. Es erschien mir beinahe unwirklich, als ich neben meiner ebenfalls ehrfürchtig um sich schauenden Schulleiterin die hellen Stufen zum Eingang erklomm. Kaum vorstellbar, wer schon alles diese Treppe hoch gestiegen war: die englische Königin, der Dalai Lama, die Präsidenten sämtlicher Staaten dieser Welt. Und nun wir. Ich kam mir winzig vor. Aber das war vermutlich auch der Sinn solcher Prachtbauten. Schwer beeindruckt blickten wir uns um. Eine Dame in einem schicken dunklen Anzug hatte den Auftrag erhalten, uns im Kanzleramt herumzuführen. Ich konnte mir die vielen Informationen, mit denen sie uns permanent überschüttete, überhaupt nicht merken.

Eigentlich blieb bei mir nur hängen, dass das Gebäude ein Jahr nach meiner Geburt, also 2001, bezogen worden war und dass es das größte Regierungshauptquartier der Welt war. Ansonsten war ich viel zu sehr mit Gucken und Staunen beschäftigt. Überall konnte man durch große Glasflächen auf die Spree oder das benachbarte Reichstagsgebäude schauen, innen gab es imposante Innenhöfe, die teilweise mit richtigen Bäumen bepflanzt waren. »Wahnsinn!«, hauchte ich. Meine Schulleiterin nickte. Überall liefen Menschen in schicken Anzügen herum. Einige erkannten mich und nickten mir freundlich zu. Dann erreichten wir die Terrasse, von der aus man vermutlich den schönsten Blick über die Hauptstadt hatte. Zumindest kam es mir so vor. Ich hielt mich am Geländer fest und holte tief Luft – unsagbar dankbar, dass ich das erleben durfte.

Unsere Begleiterin räusperte sich. »So, dann gehen wir jetzt in das Büro der Kanzlerin.« Sofort machte mein Herz einen Hopser. Ich folgte der netten Dame erneut über endlose Flure, vorbei an unzähligen Türen, da sah ich sie plötzlich auf mich zukommen: Frau Merkel. Sie lächelte mich herzlich an. Dabei fühlte sie sich gar nicht an wie die Bundeskanzlerin, sondern vielmehr wie eine sympathische, warmherzige Frau, die mich zu sich zum Kaffee eingeladen hatte. Sie führte mich in einen Raum, der mir so groß vorkam wie unsere komplette Wohnung. In den Regalen reihten sich unzählige Bücher aneinander, und auf dem dunklen Schreibtisch stapelten sich beeindruckende Blätterberge. Ich war mir sicher: Wenn Frau Merkel saß, konnte sie dahinter garantiert keiner sehen. Sie geleitete uns in eine Sitzecke. Auf dem Tisch standen Kakao und Kekse, Bonbons und Schokolade. Ich fühlte mich herzlich willkommen, trotzdem war ich erst einmal wieder unglaublich schüchtern. Da hatte ich mir Tausende Sachen überlegt, die ich Frau Merkel sagen wollte, und nun lächelte ich sie einfach nur stumm an. Glücklicherweise hatte Frau Merkel sich ebenso viele Fragen überlegt, sodass keine unangenehme Stille entstand. Sie wollte wissen, wie es mir in der Schule ging, was meine Hobbys waren und ob meine Eltern Arbeit gefunden hätten. Dann grinste sie. »Hast du eigentlich auch irgendwelche Fragen?« Ich zog bloß meine Schultern hoch und schüttelte den Kopf. Nach etwa dreißig Minuten streckte eine Frau mit Hochsteckfrisur ihren Kopf zur Tür herein und erinnerte Frau Merkel daran, dass sie einen weiteren Termin hätte. »Frau Bundeskanzlerin. Sie müssten dann bitte los …

Wie benommen taumelte ich nach der freundlichen Verabschiedung über die breite Treppe nach draußen und rüber zum Bahnhof Friedrichstraße, wo unser Zug nach Rostock abfuhr. Ich konnte gar nicht viel reden. Ich war überwältigt. Später ärgerte ich mich natürlich, dass ich so wenig gesagt hatte. Trotzdem hoffte ich, dass Frau Merkel schon wüsste, was ich ihr alles hätte sagen wollen.

Wenn ich mich denn getraut hätte.

Ich lebe meinen Traum

Rostock.

Menschen flanieren fröhlich lachend über die breite Promenade mit ihren eleganten Villen, die hier vermutlich schon zur Kaiserzeit standen. Direkt gegenüber liegt der feine weiße Sandstrand. Weiter hinten erkenne ich den Leuchtturm, von dessen Galerie aus man einen herrlichen Rundblick über ganz Warnemünde und den Hafen hat. Hier kommen die großen Kreuzfahrtschiffe an, die schon die halbe Welt bereist haben. Sobald eines auftaucht, jubeln die Kinder, und die Erwachsenen blicken ihnen sehnsüchtig hinterher.

Alles ist friedlich.

Und alle sind glücklich.

Wenig später bin ich mit meiner Familie in der Rostocker Innenstadt unterwegs. Mama und Papa wollen für Ahmed neue Schuhe kaufen. Raneem reißt sich von meiner Hand und läuft zu den anderen Kindern, die versuchen, unter den sprudelnden Fontänen am Universitätsplatz hindurchzulaufen. Ich rufe noch: »Raneem, du musst deine Sandalen ausziehen!« Aber meine kleine Schwester hat schon ein paar andere kleine Kinder gefunden, die mit ihr lachend um die Wette rennen. Ich muss schmunzeln. Kleine Raneem. Ganz unbeschwert spielt sie hier mit den anderen. Juden, Christen, ganz egal. Die Religion spielt überhaupt keine Rolle. Das ist gut so. Denn das ist richtig.

Ich setze mich auf eine nahe gelegene Bank und beschließe, darauf zu warten, dass Raneem irgendwann patschnass zurückkehrt. Glücklicherweise ist es heute so warm, dass ihre Kleider trocken sein werden, noch ehe wir die Straßenbahn zurück nach Evershagen nehmen. Ich schließe die Augen und genieße die Sonne.

Seit ein paar Monaten schlendere ich wieder gerne durch die Rostocker Innenstadt. Inzwischen erkennt mich kaum jemand. Nur noch ganz selten bittet mich ein Passant um ein Autogramm oder ein gemeinsames Selfie.

Ich höre Raneem quietschen und sehe mich suchend nach ihr um. Sie steht zusammen mit einem anderen Mädchen, das ungefähr in ihrem Alter ist, am Rande des Brunnens, und beide versuchen, die kleinen Fontänen, die aus dem Boden schießen, mit ihren Füßen abzudecken. Natürlich schaffen sie das nicht. Darüber lachen sich die Mädchen kringelig, deshalb muss ich mitlachen.

Wir alle leben zufrieden in Rostock. Wir haben hier nicht nur unser Zuhause, sondern vor allem auch zu uns gefunden. Mama ist nicht mehr die zurückhaltende Frau aus dem Flüchtlingslager Wavel, die sich am liebsten in ihrer Küche verkrümelt. Sie ist eine engagierte Sozialarbeiterin geworden, die sich für ihre Schützlinge einsetzt und ihnen hilft, sich in diesem Land zurechtzufinden, das so ganz anders ist als ihre Heimat.

Mein Vater hat noch immer tausend Ideen, wie er es doch noch schaffen könnte, in Deutschland als Schweißer zu arbeiten. Diesen Traum hat er noch nicht aufgegeben. Er ist stolz und dankbar, dass er uns hier ein Leben ermöglichen kann, das er selbst nie führen durfte. »Ihr habt die Chance, etwas aus eurem Leben zu machen«, ermahnt er uns immer wieder.

Dabei ist ihm kein Ziel zu groß. Wenn es nach ihm ginge, würde ich Ärztin werden oder Journalistin.

Für Ahmed steht der Berufswunsch ebenfalls schon fest: Er will als Fußballstar in der deutschen Nationalmannschaft spielen. Seine Trainer sagen, er hätte Talent. Wir wünschen ihm von Herzen, dass er sich seinen Traum erfüllen kann.

Ich möchte erst einmal mein Abitur machen und anschließend studieren, um Lehrerin zu werden. Und dann will ich reisen – einmal um die ganze Welt. Unbedingt nach Australien! Und natürlich in den Libanon.

Noch immer telefonieren wir regelmäßig mit unserer Familie in Wavel. Dass wir sie so lange nicht besuchen konnten, liegt an unserem komplizierten Aufenthaltsstatus. Mein Papa bemüht sich gerade darum, dass zumindest Ahmed und ich in den Ferien einmal zu unserer Familie fliegen können. Das ist ein bisschen kompliziert, da Deutschland anscheinend unsere palästinensischen Pässe nicht mehr akzeptiert. Aber es wird sich ein Weg finden. Die Mitarbeiter der Ausländerbehörde sind sehr hilfsbereit, aber sie müssen sich eben an die Gesetze halten.

Ich wünsche mir so sehr, dass es klappt!

Und danach möchte ich weiter in Deutschland zur Schule gehen. Bislang ist mein Status nur bis Oktober 2017 geklärt. Was danach passiert? »Das wird immer davon abhängen, welche Gesetzesänderungen in den kommenden Jahren beschlossen werden«, sagt unser Anwalt.

Im Klartext heißt das: Unsere Zukunft in Deutschland wird wohl auf längere Zeit immer ein bisschen ungewiss bleiben. Doch ich versuche gar nicht, darüber nachzudenken. Immerhin müssen wir zumindest *jetzt* nicht damit rechnen, abgeschoben zu werden – und das fühlt sich großartig an! Letztendlich muss ich darauf vertrauen, dass mein Leben es gut mit mir meint. Und das hat es bisher immer wieder bewiesen. Deshalb begreife ich in meinen guten Momenten das Leben als eine riesengroße Chance für mich! Dass es dabei immer auf und ab geht, gehört wohl dazu – wie im Riesenrad: rauf in den Himmel, dann zurück auf den Boden.

Heute geht es mal wieder rauf. Unsere Ersatzoma aus Horst kommt uns besuchen. Sie ist genau wie wir in Rostock gelandet. In Horst hat sie uns immer mit Nussnougatschälchen verwöhnt. Heute bringt sie für uns Kinder Schokolade mit.

Es ist also alles gut.

Und es ist alles in Rostock.

Mein Traum hat sich erfüllt.

Dafür danke ich.

Brief von Reems Freundin Larissa:

Liebe Reem,

als du zu uns kamst, war das für die ganze Klasse eine ganz große Umstellung. Eine Person, die kein Deutsch kann … Aber du hast dich ja ganz schnell wohlgefühlt in unserer Klasse. Ich glaube, dass wir beide diese Schule mögen. Wir bleiben immer zusammen. Ich sage es dir noch einmal: Wir wollen zusammen das Abitur schaffen! Für mich fühlt es sich so an, als würdest du schon dein ganzes Leben in Deutschland leben. Du sprichst fließend Deutsch, bist die Einzige aus der Klasse, die eine Eins auf dem Zeugnis hat. Das ist für mich immer noch unbeschreiblich. Ich finde es immer toll, zu dir nach Hause zu kommen. Es ist fast wie mein zweites Zuhause. Wenn wir zusammen auf die Straße gehen, erkennen dich alle, aber: Na und? Hauptsache, wir machen uns einen schönen Tag. Für mich bist du kein »heulendes Flüchtlingsmädchen«, sondern meine weltbeste Freundin. Du hältst mich oft von Sachen ab, bei denen ich nicht nachdenke und nur meinen Spaß sehe. Damit hast du mir schon eine Menge Ärger erspart. Dafür danke ich dir. Nur eins noch: Ich finde, du setzt dich oft zu doll unter Druck. Das möchte ich dir noch abgewöhnen. Jedes Mal, wenn du fragst, ob wir zusammen rausgehen, freue ich mich. Vielleicht zeige ich das ja nicht immer. Aber glaube mir: Ich freue mich immer. Ich bin froh, dich zu haben.

Deine Larissa